W0386073

V…

Dieser REN DHARK-Sonderband ist eine Besonderheit. Denn eigentlich war er ursprünglich gar nicht so geplant. Doch nach dem ersten Buch, das Marten Veit für diese Reihe verfaßte und das mit dem Titel *Hexenkessel Erde* veröffentlicht wurde, erreichten uns jede Menge Briefe und E-Mails, die nach der Fortsetzung und dem Abschluß der Abenteuer Kyle Larkins verlangten. So etwas wird bei uns nicht ignoriert.

Die Fortsetzung mußte her – und da ist sie. Rufen wir uns noch einmal kurz ins Gedächtnis, was in *Hexenkessel Erde* geschah: Kurz nach dem Start des Kolonistenraumers GALAXIS mit 50.000 Menschen an Bord – darunter der blutjunge Ren Dhark – wird die Erde von den Giants erobert und versklavt.

Mit Hilfe einer unbekannten Strahlung gelingt es den Eindringlingen aus dem Weltall, praktisch der gesamten Menschheit den freien Willen zu nehmen, sie zu geistlosen Sklaven zu machen, zu leeren Hüllen ohne jeden eigenen Willen. Nur ganz wenige Menschen sind aus unbekannten Gründen immun gegen diese Lethargiestrahlung.

Zu diesen Immunen gehört Kyle Larkin, Agent des GIIC, des GLOBAL INFORMATION AND INTELLIGENCE CENTER. Zum Zeitpunkt des Giant-Angriffs befindet er sich gerade mit einer Raumfähre in der Erdumlaufbahn. Nach der geglückten Landung und der Vernichtung der GIIC-Zentrale nimmt er den Kampf gegen die Invasoren auf. Er schart die wenigen Immunen, die er finden kann, um sich; ebenso einige Menschen, die den Lethargiestrahlen entgangen sind. Zu ihnen gehören der hawaiianische GIIC-Agent Niu Kelauakoha, ein wahrer Hühne, und die zierliche Asiatin Xiao Feng.

Xiao ist eine besonders interessante Figur, denn sie leidet an Persönlichkeitsspaltung. In ihr verbergen sich eine Reihe von Pseudopersönlichkeiten, die manchmal das Kommando übernehmen – obwohl Xiao gelernt hat, sie meistens zu kontrollieren.

Bevor Sie sich nun auf die weiteren Abenteuer Kyle Larkins und seiner Freunde stürzen, will ich Ihre Aufmerksamkeit noch kurz auf den neuen REN DHARK richten, der gleichzeitig mit diesem Sonderband erscheint. Denn der Band *Das Geheimnis der Mysterious* ist schon etwas Besonderes, handelt es sich dabei doch um das erste Buch des neuen *Drakhon*-Zyklus. Nach mehr als dreißig Jahren wird die REN DHARK-Serie von einem Team renommierter SF-Autoren kongenial weitergeschrieben, so wie Kurt Brand es 1969 geplant hatte. Mit dem neuen Buch bietet sich auch die Chance zu einem neuen Einstieg in die Serie für all jene, die REN DHARK bisher nur sporadisch gelesen haben, die nur die Sonderbände kennen oder die ohne jede Vorkenntnisse einsteigen möchten in diese großartige SF-Serie.

Die nächsten Ausgaben von REN DHARK – Sonderband und reguläre Reihe – werden pünktlich im Juni erscheinen. Jetzt aber viel Spaß mit *Der Verräter*.

Giesenkirchen, im Februar 2000
Hajo F. Breuer

Prolog

Persönliches Tagebuch von General John Martell

T-XXX, 2. Juli 2051

Die Lage in der Station ist nach wie vor angespannt, aber stabil. Wir sind weiterhin zum Abwarten verdammt. Pavel Bushkin vom GIIC hat uns gestern in einer letzten Katastrophenmeldung informiert, daß seine geheime Zentrale von den Außerirdischen entdeckt worden ist und angegriffen wird. Er hat die Selbstzerstörung eingeleitet. Da wir seither nichts mehr von ihm gehört haben, gehen wir davon aus, daß das GIIC nicht mehr existiert und wir somit die letzten freien Menschen auf diesem Planeten sind.

Die Disziplin ist den Umständen entsprechend gut. Captain Bowden hat in Zusammenarbeit mit Dr. Serano einen Trainingsplan ausgearbeitet, um die Soldaten ständig beschäftigt zu halten. Nichts wäre jetzt gefährlicher als Untätigkeit.

Captain Sherman bedrängt mich laufend, ein Kommandounternehmen seiner mobilen Einsatzgruppe zu bewilligen, um die Gegend um den Mount King aufzuklären. Ich werde ihm vorläufig nicht die Erlaubnis erteilen. Unsere Beobachtungssysteme auf dem Mount King und dem Princess Peak deuten auf keinerlei Aktivitäten der Außerirdischen in diesem Teil Alaskas hin, und die nächste kleine Siedlung ist Meilen entfernt. Eine Expedition ins Freie hätte keinen strategischen Sinn. Trotzdem bleibt Sherman beharrlich. Er könnte sich noch zu einem Problem entwickeln.

Die Blockierung des Funkverkehrs ist vollständig verschwunden, aber wir empfangen kaum noch etwas. Gestern hat die Funkzentrale einen verstümmelten Spruch auf dem Hyperfunkband aufgezeichnet, doch sein Inhalt war nicht entzifferbar und die Quelle nicht zu lokalisieren. Sollte er von einem unserer Schiffe stammen, müßte er aufgrund der Energiesignatur aus mehr als 10.000 Lichtjahren Entfernung abgeschickt worden sein. Keines unserer Schiffe ist auch nur annähernd so tief in den Raum vorgestoßen. Bowden schlug die GALAXIS als Sender vor, was mir jedoch unmöglich erscheint. Das Deneb-System, zu dem sie unterwegs war, ist nur rund 270 Lichtjahre von Sol entfernt.

Unsere Erkenntnisse über die Außerirdischen bleiben lückenhaft. Seit wir den Kontakt zum GIIC verloren haben, dürfte sich daran auf absehbare Zeit nicht viel ändern. Uns bleibt nur die Hoffnung, daß die Besetzung der Erde nicht von Dauer sein wird. Die uns vorliegenden Informationen lassen darauf schließen, daß die Fremden nicht das Ziel verfolgen, die Menschheit auszulöschen. Offenbar benötigen sie sie als Arbeitssklaven, um den Planeten zu plündern. Uns bleibt nur die Hoffnung, daß sie genauso schnell abziehen werden, wie sie gekommen sind, sobald sie ihre Beute eingesammelt haben. Bis dahin werden wir hier ausharren und uns bereithalten müssen, eine völlig verwüstete Erde wiederaufzubauen.

Persönliches: Im Grunde kann ich Captain Sherman und alle anderen Männer verstehen, die diesen Sarg unter dem Mount King verlassen wollen, jeder Vernunft zum Trotz. Aber ich darf ihren Gefühlen nicht nachgeben. Auch ich träume von einem Partisanenkrieg gegen die Invasoren, wie aussichtslos er auch sein mag. Obwohl Bushkin es nie explizit erwähnt hat, ging aus einigen seiner Berichte hervor, daß eine Handvoll Menschen auf der Erdoberfläche der geistigen Versklavung durch die Außerirdischen entgangen sein könnte.

Wie mag es ihnen ergehen? Werden sie sich irgendwie vor den Fremden verstecken können? Oder werden sie sogar versuchen, den Kampf gegen sie aufzunehmen? Bei Gott, sollte es noch solche Menschen auf unserer Welt geben, wie gerne würde ich dann mit ihnen tauschen! Es sind solche Träume, aus denen ich manchmal Kraft schöpfe. Vermutlich sind es wirklich nicht mehr als Träume. Aber wenn sie mir dabei helfen, nicht die Hoffnung und den Verstand zu verlieren, dann wünsche ich meinen Leuten, daß sie diese Träume mit mir teilen.

1.

Montreal, östlicher Außenbezirk, 3. Juli 2051

»Da kommt ein Trupp der Bestien!« zischte Niu Kelauakoha und brachte den Raketenwerfer in Stellung.

»Ich sehe sie«, erwiderte Kyle Larkin leise. Er justierte die Schärfe des Fernglases. »Aber sie sind nicht allein. Ich zähle mindestens 30 Menschen, die ihnen folgen, wahrscheinlich sogar mehr.«

Der korpulente Hawaiianer zerbiß einen Fluch zwischen den Zähnen. »Verdammt! So viele häßliche Vögel auf einem Haufen sind selten, und wir können sie nicht erledigen, ohne die Menschen zu gefährden.«

Sie befanden sich in den östlichen Randbezirken von Montreal inmitten eines Gewerbegebiets. Seit der Selbstzerstörung der geheimen GIIC-Zentrale waren zwei Tage vergangen. Kyle, Niu und Xiao hatten sich in einem leeren Ferienhaus am entgegengesetzten Ende der Stadt einquartiert, wo Xiao auf sie wartete und die nähere Umgebung erkundete. Dies war der erste größere Ausflug der beiden ehemaligen Agenten.

Das Gewerbegebiet bot sich nicht nur wegen der sicheren Entfernung zu ihrer provisorischen Operationsbasis als Ziel an. Wie sich in den letzten Tagen herausgestellt hatte, suchten die Außerirdischen bevorzugt Fabriken und Lagerhallen auf. Erstere, um die Produktion wieder aufzunehmen, letztere, um sie auszuplündern und die Beute in ihre Raumschiffe zu schleppen. Oder besser gesagt, schleppen zu lassen, denn die eigentliche Arbeit verrichteten ihres Willens beraubte Menschen für ihre neuen Herren.

»Es sind insgesamt sieben Aliens«, meldete Kyle. »Und die Menschen ziehen mehrere Schwebeplattformen hinter sich her. Scheint sich tatsächlich um einen weiteren Beutezug zu handeln.«

Die Außerirdischen hockten auf einem Gefährt, das vage an ein zusammengedrücktes und in sich verdrehtes Rohr erinnerte. Warum sie die Menschen zwangen, zu Fuß zu gehen, war Kyle ein Rätsel, aber es fachte seine Wut von neuem an. Die absolute Gleichgültigkeit dieser Kreaturen gegenüber dem Leid anderer Geschöpfe war einfach unerträglich.

Niu beobachtete die Szenerie durch die Zieloptik des tragbaren Raketenwerfers, den er auf die Vorderachse des Schwertransporters gestützt hatte, unter dem sie kauerten. Die sieben fremdartigen Geschöpfe machten nicht den Eindruck, als rechneten sie mit Widerstand oder gar einem Hinterhalt. Zwar trugen sie stabförmige Gegenstände in den Händen ihrer oberen Armpaare, bei denen es sich höchstwahrscheinlich um Waffen handelte, aber sie schwebten geradezu lässig die verwaiste Straße entlang. Sofern man aus der Haltung dieser Kreaturen überhaupt auf irgend etwas schließen konnte. Die rasiermesserscharfen Zähne ihrer Raubtiergebisse blitzten im hellen Sonnenlicht, die grellgelbe Haut leuchtete wie ein Warnsignal.

Ihre menschlichen Sklaven machten zwar einen verwahrlosten, aber trotzdem einen gesunden Eindruck. *Gut genährt, um ihre Frondienste leisten zu können*, dachte Kyle bitter. Sie folgten ihren Herren gehorsam wie abgerichtete Hunde.

Der seltsame Zug hielt vor dem Tor eines fensterlosen Gebäudes an. »Ein Lager für Elektrokabel, Drähte und Metallzäune«, murmelte Kyle. »Wozu braucht eine technisch offensichtlich so fortschrittliche Rasse nur all diesen Kram? Die Frachtkosten können doch in keinem vernünftigen Verhältnis zum Wert stehen.«

»Vielleicht denken unsere Freunde einfach nicht so ökonomisch wie du«, knurrte Niu. »Oder vielleicht ist terranischer Maschendrahtzaun der letzte Schrei auf ihrer Heimatwelt.«

Kyle grinste verkniffen. Die Vorgehensweise der Fremden war in der Tat rätselhaft. Er hatte sogar eine Kolonne von Menschen beobachtet, die Altmetall in die kugelförmigen Raumschiffe der Fremden geschafft hatten. Nach menschlichen Maßstäben machte das überhaupt keinen Sinn.

Aber vielleicht verhielten sich die Menschen aus Sicht der Außerirdischen genauso unlogisch.

»Jetzt öffnen sie das Tor«, sagte er. »Kannst du irgend etwas im Inneren des Lagers erkennen?«

Der Hawaiianer nahm eine Einstellung an der Zieloptik des Raketenwerfers vor. Die Wand des Lagers schien zu wabern und wurde halb transparent. Er regelte den Infrarotlichtverstärker hoch. »Keine Wärmebilder aus dem Inneren, also keine Menschen. Nur Kisten und Kabelrollen.«

Zwei der Fremden hoben die stabförmigen Gebilde und richteten sie auf das geöffnete Tor. Dann betraten sie das Lager. Nach einer Weile folgten ihnen die Menschen mit den Schwebeplattformen, ohne daß einer der Aliens ihnen ein Zeichen gegeben hatte.

»Sie beginnen, die Plattformen zu beladen«, berichtete Niu, das Auge an die Zieloptik seiner Waffe gedrückt. »Ich könnte die Burschen vor dem Tor mit einer Thermogranate ausschalten, ohne die Menschen drinnen zu gefährden. Was meinst du?«

Kyle beobachtete die fünf Gestalten vor dem Lager. Sie lungerten wie gelangweilte Touristen herum. *Und vielleicht*, schoß ihm ein verrückter Gedanke durch den Kopf, *sind sie das ja auch. Außerirdische Touristen auf einem interstellaren Abenteuerurlaub.* Undeutlich hörte er Fetzen des schauderhaften Schlangenzischens herüberwehen, mit dem sie sich verständigten.

»Wenn den Leuten da drinnen nichts passiert, gilt das auch für die anderen beiden Bestien«, gab er zu bedenken. »Und dann haben wir sie garantiert sofort auf dem Hals. Du kennst das Risiko.«

Niu spuckte aus. »Es ist mein Arsch, den ich riskiere.« Er tippte sich an den Kopf. »Oder besser, mein Hirn.«

Im Gegensatz zu Kyle war er nicht immun gegen die geheimnisvollen Strahlen, mit denen die Außerirdischen den Willen ihrer Opfer brachen. Und sollte er in ihren Einflußbereich geraten, war das gleichbedeutend mit seinem Todesurteil. Denn in seinem Magen tickte eine Zeitbombe in Form einer Giftkapsel, deren Uhr er spätestens alle drei Minuten durch einen Sendeimpuls zurückschalten mußte, damit sie nicht aufplatzte.

Sie hatten sich auf alle Eventualitäten vorbereitet. In einer Seitengasse parkte ein Zweimannschweber, der von Kyle kurzgeschlossen und auf einen Fluchtkurs programmiert worden war. Aber er war nur für den äußersten Notfall vorgesehen, denn seine energetische Spur war leicht zu verfolgen. Normalerweise benutzten sie ultraleichte Elektroräder, die sich als sehr zuverlässig erwiesen hatten, da ihre anmeßbaren Emissionen sehr gering waren.

»Wenn wir noch lange warten, ist es zu spät«, riß ihn Nius Stimme aus seinen Gedanken. »Die erste Plattform ist schon fast beladen.«

Kyle gab sich einen Ruck. »Also, gut. Aber sobald du deine Rakete abgefeuert hast, lassen wir alles stehen und liegen und machen uns mit den Rädern aus dem Staub, ohne uns zu vergewissern, was aus den Ungeheuern geworden ist.«

Niu grinste und setzte eine Schutzbrille auf. »Geht klar, Boß. Schau nicht direkt auf den Zielpunkt.« Er schob eine Thermogranate in die Ladekammer, entsicherte die Waffe und zielte.

Sie waren keine 300 Meter von den fünf Aliens entfernt und hatten noch immer keine Ahnung, wie groß die Reichweite ihrer handlichen Lethargiestrahler war. Auf jeden Fall, das hatten frühere Beobachtungen gelehrt, weiter als dreihundert Meter.

Der Raketenwerfer entlud sich mit einem leisen Fauchen, und gleich darauf flammte vor der Lagerhalle ein gleißendes Licht auf, gefolgt von einem blechernen Knall.

Kyle rollte sich unter dem Schwertransporter vor und sah aus den Augenwinkeln, wie Niu den Raketenwerfer fallenließ und mit einer Geschmeidigkeit, die man seinem massigen Körper gar nicht zugetraut hätte, auf der anderen Seite hervorsprang. Sie hetzten die Straße entlang und bogen in die nächste Seitengasse ein.

»Schade, daß wir uns das Ergebnis nicht ansehen konnten«, keuchte Niu, während sie zu ihren Elektrorädern rannten. »Das nächste Mal müssen wir eine Kamera mitnehmen und die Auf-naha-mennn…«

»Planänderung!« schrie Kyle. »Sofort in den Schweber, Niu!« Er spürte das vertraute Kribbeln im Nacken, das den Einsatz eines Lethargiestrahlers verriet. Es war nicht so intensiv wie damals, als die Aliens die Erde großflächig bestrahlt hatten, aber Niu zeigte bereits die ersten Symptome.

»Jaaa…« Das fleischige Gesicht des Hawaiianers verzerrte sich. Er änderte die Richtung. Seine Schritte wurden unsicherer.

Kyle stützte ihn und hastete mit ihm auf den kleinen Schweber zu. »Halt durch, Niu!« preßte er hervor. »Nur noch ein paar Meter!«

»Ich... ka-kaa-ann...«, lallte Niu und strauchelte, als sie gemeinsam den Schweber erreichten und die Türen automatisch aufschwangen. Kyle konnte ihn gerade noch hineinschieben, bevor der dunkelhäutige Mann völlig erschlaffte.

Bitte nicht! betete er, hastete um den Flitzer herum, hechtete auf den Beifahrersitz, schlug auf den Notstartknopf, obwohl seine Beine noch ins Freie ragten, und krallte sich in den Polstern fest.

Der Schweber katapultierte sich regelrecht in den Himmel und jagte mit Höchstgeschwindigkeit nach Norden. Kyle wurde durch die Beschleunigung fast herausgeschleudert. Es gelang ihm, die Beine in die enge Kabine zu ziehen und die Tür zu schließen. Das Kribbeln in seinem Nacken ließ bereits nach, aber Niu wirkte immer noch wie paralysiert.

Die Giftkapsel! Kyle beugte sich über ihn, tastete nach der linken Hand seines Partners und preßte den Daumen auf die Sensorfläche des Ringes, den Niu um den Mittelfinger trug. Hoffentlich hatte der Hawaiianer den letzten Deaktivierungsimpuls für die Sprengladung in der Giftkapsel noch vor dem Schuß auf die Außerirdischen abgegeben. Er schüttelte den dunkelhäutigen Mann. »He, Alter! Kannst du mich hören?«

Niu blinzelte und schüttelte schwerfällig den Kopf. »Laut... und... deutlich...«, brachte er mühsam hervor. Er hob die linke Hand und krümmte langsam die Finger. »Ich glaube... es geht schon wieder«, krächzte er. Seine Lippen zuckten. Er grinste gequält. »Ich glaube, ich werde allmählich zu alt für solche Spielchen.«

Kyle warf einen kurzen Blick auf den Ortungsmonitor des Schwebers. Bisher war der Himmel in einem Umkreis von gut zehn Kilometern leer, aber das würde bestimmt nicht mehr lange so bleiben. »Wir müssen schleunigst hier raus. Glaubst du, du kannst wieder laufen?«

»Können Fische schwimmen?« fragte Niu zurück. »Ich habe das schon einmal durchgemacht. Die Benommenheit läßt schnell wieder nach.« Er beugte und streckte die Arme. »Fühlt sich fast wieder normal an.«

»Gut, dann riskieren wir es«, entschied Kyle. Er übernahm die Steuerung und spähte durch die Windschutzscheibe. Sie hatten das Gewerbegebiet hinter sich gelassen und jagten über eine parkartige Landschaft. »Siehst du den See da vorne? Ich bringe uns bis auf ein paar Meter runter. Dann springen wir ab, lassen den Schweber mit Autopilot weiterfliegen und schlagen uns in die Büsche.«

Er drosselte die Geschwindigkeit und drückte die Nase des kleinen Fahrzeugs nach unten. Auf den Rändern des Ortungsmonitors erschien plötzlich drei leuchtende Punkte, die sich rasend schnell in einer Zangenbewegung ihrer Position näherten. Dicht unter ihnen glitzerte der See. »Wir springen direkt vor dem Ufer ab!« rief Kyle und entriegelte die Türen. »Fertig? Bei drei! Eins – zwei – drei!« Unmittelbar bevor er sprang schaltete er wieder auf Autopilot um.

Der Aufprall raubte ihm beinahe den Atem. Durch seine hohe Eigengeschwindigkeit tauchte er kaum in das Wasser ein und begann sofort, ans Ufer zu kraulen. Er erreichte es gleichzeitig mit Niu. Geduckt liefen die beiden Männer auf einen Buschgürtel zu und krochen unter das dichte Laub. Kyle drehte sich sofort auf den Rücken, zog seinen Kombinadler aus dem Holster und versuchte, eine Lücke in dem Blätterdach zu finden. Er hörte das Heulen des davonjagenden Schwebers, und dann klang das schrille Summen einer Maschine der Aliens auf, steigerte sich zu einem unangenehmen Pfeifen und wurde schnell wieder leiser.

»Hoffentlich hat unser Flugmanöver die Kerle nicht mißtrauisch gemacht«, keuchte Niu. Er hielt ebenfalls einen Kombinadler in der Hand, robbte zum Rand der Büsche vor und spähte in den Himmel. »Die Luft scheint rein zu sein.«

»Wir sollten uns nicht darauf verlassen«, erwiderte Kyle. »Nutzen wir lieber die Deckung und verschwinden.«

Niu setzte sich auf und schüttelte sich wie ein nasser Hund. »Sicher.« Er grinste kurz, dann wurde sein Gesicht ernst. »Danke, Partner.«

»Schon gut«, winkte Kyle ab. Er mußte an einen anderen Freund denken, dem er nicht hatte helfen können, den die Außerirdischen durch ihre Strahlen zuerst ausgeschaltet und dann in den Selbstmord getrieben hatten. »Aber noch einmal lasse ich mich nicht von dir zu einer solchen Kamikazeaktion überreden. Das war *zu* knapp. Wir müssen unsere Strategie ändern.«

Der Hawaiianer nickte langsam, dann blitzte sein breites Lächeln wieder auf. »Mag sein, aber wir haben fünf dieser Bastarde erlegt! Bei Gott, wir haben es ihnen gezeigt!«

Fünf Bestien, dachte Kyle. *Fünf von wie vielen?* Er verspürte ebenfalls eine grimmige Befriedigung über ihren kleinen Etappensieg, aber letztendlich brachten diese Einzelaktionen wenig. *Wir müssen sie da treffen, wo es ihnen wirklich weh tut. Aber wie?*

»Laß uns abhauen«, sagte er und schob den Kombinadler in das Holster zurück. »Wir haben noch einen langen Fußmarsch vor uns, und ich könnte mir vorstellen, daß unsere Freunde jetzt ganz besonders wachsam sind.«

*

Katastrophenschutzbunker der GIIC-Zentrale
Montreal, 3. Juli 2051

Rebecca Adams hatte das Gefühl, durch einen Berg von Watte zu schweben. Bildfetzen huschten an ihr vorbei, merkwürdig unscharf und blaß, wie vergilbte Farbfotografien. Ihr linker Oberarm prickelte unangenehm.

»Rebecca...«

Die Stimme schien von überall her gleichzeitig zu kommen, leise und doch drängend. Irgend etwas berührte sie an der Schulter. Rebecca seufzte und drehte sich zur Seite.

»Rebecca...«

Der Druck um ihre Schulter wurde stärker, die Bildfetzen bleichten völlig aus, und die Watte, die über ihre Haut strich, fühlte sich plötzlich rauh an.

»Laß mich noch ein bißchen schlafen, Mama«, nuschelte die rothaarige Frau und versuchte, die Hand abzuschütteln, die ihre Schulter drückte. Es gelang ihr nicht, und widerwillig öffnete sie die Augen.

Diffuses kaltes Licht umfing sie. Sie blinzelte verwirrt. Über ihr schwebte ein Frauengesicht, das ihr irgendwie vertraut vorkam, aber es war mit Sicherheit nicht das ihrer Mutter.

»Wo bin ich?« murmelte sie verwirrt und blinzelte erneut. Ihr Blick klärte sich, die Konturen des Gesichts wurden schärfer. Braune Augen musterten sie besorgt.

Sie richtete sich langsam auf und gähnte. »Wer sind Sie?« fragte sie verwirrt.

»Meine Name ist Sheila Duncan«, sagte die dunkelhaarige Frau sanft. »Haben Sie keine Angst. Ich bin Ärztin. Sie sind in Sicherheit.«

Ärztin, dachte Rebecca. *Was ist eine Ärztin?* Sie lauschte in sich hinein, konnte jedoch keine Antwort finden. Aber irgendwie hatte das Wort *Ärztin* einen beruhigenden Klang. Einen Moment lang blitzte so etwas wie Verstehen in ihr auf, dann war es wieder verschwunden.

»Sie sind jetzt völlig orientierungslos und werden jede Menge Fragen haben«, fuhr Sheila Duncan fort. »Machen Sie sich deswegen keine Sorgen. Es ist alles ziemlich kompliziert, aber Sie werden es bald verstehen. Vertrauen Sie mir. Hier, trinken Sie das.«

Rebecca nahm mechanisch den Becher entgegen, den die Frau ihr reichte, und trank gehorsam. Erst jetzt bemerkte sie, wie ausgetrocknet ihr Mund war. Die Flüssigkeit war kühl und belebend. Sie schmeckte nach… nach… Rebecca legte die Stirn in tiefe Falten. Wieso konnte sie sich nicht erinnern, was für ein Geschmack das war?

Sie sah sich verblüfft um und entdeckte mehrere Pritschen auf einem konturlos glatten Boden. Einige waren belegt, andere leer. Im Hintergrund saßen mehrere Menschen auf gepolsterten Stühlen. Zwei unterhielten sich flüsternd an einem Tisch, die anderen starrten wie gebannt auf flache Tafeln, die sie in den Händen hielten.

»Was… wo…?« stotterte sie. Ihr wurde schwindlig, und sie war dankbar, als Sheila ihre Hand ergriff und tröstend drückte. Die Ärztin reichte ihr einen flachen, rechteckigen Gegenstand, der zum größten Teil aus einer matt glänzenden Glasscheibe bestand. Darunter befand sich eine Reihe von Knöpfen und Tasten. Es war eine von den Tafeln, wie sie die anderen Menschen in den Händen hielten.

»Das ist ein Vipho-Recorder«, erklärte Sheila. »Er enthält eine Botschaft für Sie, die von Ihnen selbst stammt. Das Gerät ist ganz einfach zu bedienen. Und diese Strippe mit den beiden Stöpseln ist ein Kopfhörer. Sie müssen sich die Stöpsel in die Ohren schieben… so. Mit dieser Taste starten Sie die Aufzeichnung, mit der nächsten spulen Sie zurück, mit der übernächsten weiter vor. Hier können Sie die Lautstärke regeln. Wenn Sie Fragen haben, dann wenden Sie sich am besten an die Leute dort.« Sie deutete auf die beiden Männer, die sich leise unterhielten. »Aber versuchen Sie zuerst, sich Ihre Aufzeichnung anzusehen. Das ist das Beste für Sie. Vertrauen Sie mir.« Sie lächelte Rebecca beruhigend zu und drückte noch einmal ihre Hand. »Jetzt muß ich mich um die anderen kümmern.«

Rebecca öffnete den Mund, doch die Fragen, die über sie hereinbrachen, überwältigten sie beinahe, und so atmete sie nur tief durch.

Der Raum, in dem sie sich befand, war spartanisch eingerichtet. Der Boden, die Wände und die Decke bestanden aus dem gleichen fugenlosen Material. Neben den Pritschen entdeckte Rebecca drei Tische, mehrere Stühle und Sofas, einige große Kisten und Schränke, sowie zwei Kabinen am anderen Ende des Raumes. Vier gleichmäßig über die Decke verteilte Leuchtkörper spendeten diffuses Licht. Das war alles.

Sie zählte insgesamt vierzehn Personen, sich selbst eingeschlossen, und aus irgendeinem Grund erleichterte es sie, daß sie zählen konnte.

Was ist nur passiert? fragte sie sich wie betäubt. *Wo bin ich? Wer bin ich?* Sie wußte lediglich, daß ihr Name Rebecca Adams lautete, genannt Becky. Aber wer diese Becky war, blieb ein beängstigendes Rätsel.

Ihr Blick kehrte zu dem Gegenstand in ihren Händen zurück, den Sheila einen *Vipho-Recorder* genannt hatte. Der Begriff schien ihr merkwürdig vertraut, obwohl sie ihn nicht einordnen konnte, aber die Bedienung des Geräts war denkbar einfach. Als sie noch einmal flüchtig aufblickte, sah sie, daß Sheila neben einem der Schlafenden kniete und ihm einen länglichen Gegenstand auf den Oberarm drückte. Die Ärztin nickte ihr aufmunternd zu.

Rebecca gab sich einen Ruck, überprüfte den Sitz der Ohrenstöpsel mit einer routinierten Bewegung, als hätte sie das schon unzählige Male getan, und drückte auf die Starttaste.

Der Bildschirm erhellte sich und zeigte ein hübsches Gesicht vor einem konturlosen Hintergrund, das irgendwie traurig wirkte, obwohl es lächelte.

»Hallo, Becky«, klang eine melodische Stimme in dem Kopfhörer auf. »Ich bin du, und du bist ich. Ich weiß, daß das alles äußerst verwirrend und beängstigend für dich sein muß, aber glaube mir, ich habe mich aus freien Stücken zu diesem Schritt entschlossen. *Du* hast dich dazu entschlossen, auch wenn du dich nicht daran erinnern kannst, denn dein Gedächtnis wurde gelöscht.«

Die Stimme legte eine kurze Pause ein, und Rebecca begriff instinktiv, daß ihr alter Ego ihr Zeit geben wollte, das Gehörte zu verdauen. Und wie seltsam es auch war, eine Botschaft von ihrem ausgelöschten Ich zu hören, sie zweifelte keinen Augenblick daran, daß sie der Wahrheit entsprach.

»Mir ist klar, daß du darauf brennst zu erfahren, was geschehen ist, aber ich muß dich enttäuschen. Dein Gedächtnis wurde zu deinem eigenen Schutz und dem vieler anderer Menschen gelöscht, und deshalb darf ich dir keine Einzelheiten verraten. Der Sinn dieser Botschaft besteht darin, dir den Start in dein neues Leben zu erleichtern. Aber einen Trost kann ich dir mit auf den Weg geben: Deine Erinnerungen sind nicht für alle Zeiten verloren. Sie werden über die Jahre Schritt für Schritt zurückkehren, und vielleicht wirst du dich eines Tages sogar an den Moment erinnern, an dem ich diese Botschaft für dich aufgezeichnet habe. Dann werden wir beide wieder vereint sein, denn vorläufig schlafe ich in dir. Wenn du in dich hineinhorchst, wirst du Erinnerungen an deine frühe Kindheit entdecken. Sie werden dir helfen, zu dir selbst zu finden.«

Wieder schwieg die Stimme eine Weile.

»Der Grund, weshalb du dich einer Gedächtnislöschung unterzogen hast, ist der, daß ich über Wissen verfüge, das zu gefährlich ist, um es in fremde Hände fallen zu lassen. Dazu gleich mehr. Du hast diesen Ausweg gewählt, weil die Alternative deinen sicheren Tod bedeutet hätte. Viele deiner Freunde sind mittlerweile tot.

Vielleicht wirst du sie eines Tages sogar beneiden, denn dir steht eine schwere Zukunft bevor. Aber du hast dich für das Leben entschieden, und dieses Leben verpflichtet dich dazu, einen gefährlichen Kampf zu führen. Das darfst du nie vergessen. Deine – unsere – Welt wird von einem schrecklichen Feind bedroht, der praktisch die gesamte Menschheit versklavt hat. Die weiteren Informationen über unsere Feinde wirst du später erfahren. Zunächst mußt du versuchen, dich mit deiner Lage zurechtzufinden. Das wird nicht einfach sein, und ich kann dir nur raten, dir nicht den Kopf über die Vergangenheit zu zermartern. Du wirst sie nicht finden – noch nicht.«

Pause.

»Wenn du diese Nachricht erhältst, bedeutet das, daß unser Plan funktioniert hat und Sheila Duncan noch lebt. Sie ist die einzige in eurer Gruppe, deren Gedächtnis nicht gelöscht wurde. Dafür muß sie einen hohen Preis zahlen. Sie trägt eine Giftkapsel mit einem Zeitzünder in ihrem Körper, den sie in regelmäßigen Abständen deaktivieren muß. Sollte sie ihren freien Willen verlieren, wird sie innerhalb von drei Minuten sterben. Deshalb ist sie auf deine Hilfe und die der anderen angewiesen. Vergiß das nie! Sie ist der Schlüssel für euer Überleben. Sie hat das größte Opfer von euch allen gebracht. Ihr dürft sie nie alleinlassen.«

Pause.

Rebecca erschauderte. So nebulös und verwirrend die Informationen auch waren, die sie bisher erhalten hatte, sie machten ihr Angst und waren doch gleichzeitig irgendwie tröstlich. Was konnte sie nur veranlaßt haben, freiwillig alles zu vergessen und sich in diese Ungewißheit zu begeben?

»Die Feinde, von denen ich gesprochen habe, stammen nicht von dieser Welt. Sie beherrschen eine Methode, den Willen der Menschen zu brechen und sie geistig zu versklaven. Wir kennen ihre Motive nicht, wir wissen nur, daß sie die Erde erobert haben und die Menschen offenbar noch brauchen. Sie haben große Verwüstungen angerichtet und Millionen getötet, aber jetzt ist die Eroberung abgeschlossen. Die Erde gehört den Fremden. Es gibt nur wenige Menschen, die gegen die geistige Versklavung resistent sind. Auf ihnen ruht unsere Hoffnung. Menschen wie du haben ihren freien Willen nur durch einen Zufall behalten können. Es ist also jederzeit möglich, daß du den deinen verlieren wirst. Aber solange die Fremden auf der Erde sind, können sie ihre unheimliche Waffe nicht großflächig einsetzen, da sie selbst davon beeinflußt werden. Das gibt euch, den normalen Menschen, eine Chance, gegen sie zu kämpfen. Aber ihr werdet in der ständigen Gefahr leben, gefaßt, getötet oder doch noch geistig versklavt zu werden. Ich hätte dir gern etwas anderes gesagt, aber so sind die Tatsachen. Du wirst viel Mut brauchen, um mit dieser ständigen Bedrohung leben zu können. Ich drücke dir die Daumen, denn ich hoffe, eines Tages wieder vollständig zu erwachen und eine freie Welt vorzufinden.

Dein Vipho-Recorder enthält noch mehr Informationen, aber du kannst sie jetzt noch nicht abrufen. Mach dich zuerst mit deinen Leidensgefährten bekannt, oder hör dir diese Botschaft noch einmal an. Sheila wird euch weiterhelfen, sobald sie alle Schläfer aufgeweckt hat. Und jetzt wünsche ich dir alles Gute und drücke dir die Daumen. Enttäusche mich nicht, Mädchen. Ich zähle auf dich. Bis bald.«

Die Rebecca Adams aus der Vergangenheit hob eine Hand und lächelte, dann erlosch das Bild.

Becky starrte den Recorder lange reglos an. Einen Moment lang überlegte sie, ob sie die Botschaft noch einmal abrufen sollen, doch irgend etwas in ihr sträubte sich dagegen.

Die Erde ist also von Fremden erobert worden, dachte sie. *Die Menschheit wurde geistig versklavt. Wie viele Menschen gibt es überhaupt?* Sie hatte nicht die geringste Ahnung, aber irgendwie wußte sie, daß es *sehr viele* sein mußten. *Und wir sind nur vierzehn. Was sollen wir gegen die Fremden ausrichten können, wenn die gesamte Menschheit von ihnen besiegt worden ist?*

Sie ließ den Recorder sinken und stand auf. Ihre Knie zitterten, und einahe wäre sie gestrauchelt. Mit vorsichtigen Schritten, als tastete sie sich durch ein Minenfeld, ging sie auf einen der Tische zu, an dem mittlerweile vier Personen saßen, zwei Männer und zwei Frauen, die ihr Gespräch unterbrachen, als sie näherkam, und sie mit einer Mischung aus Neugier und Verunsicherung musterten.

»Hallo«, sagte sie zaghaft. »Ich heiße Rebecca Adams, oder einfach nur Becky. Und wer seid ihr?«

*

Burlington, 25. Mai 2051
Drei Tage nach Beginn der Angriffe

»Sir, die Belegschaft hat mich geschickt, um Ihnen mitzuteilen, daß sie die Arbeit niederlegen wird.«

Walter Truggot hob ruckhaft den Kopf und starrte die Sprecherin seiner Angestellten aus schmalen Augen an. »So, hat sie das...«, sagte er schleppend.

Margaret Davos nickte unbehaglich. Sie kannte diesen Tonfall und den stechenden Blick. Beides verhieß nichts Gutes, und wäre die Lage nicht so verzweifelt gewesen, hätte sie fluchtartig kehrt gemacht.

»Sie müssen die Leute verstehen«, fuhr sie mit mühsamer Beherrschung fort. »Die Erde liegt unter Dauerbeschuß der Außerirdischen, und World-City ist bereits zerstört worden. Überall fliehen die Menschen, die Ordnung bricht zusammen, und...«

»Bis auf die Truggot Corporation«, fiel ihr Truggot ins Wort. »Hier herrscht noch Ordnung, und das sollte auch im Interesse der Belegschaft sein.«

»Wir wissen durchaus zu schätzen, was Sie zu tun versuchen«, erwiderte die Systemanalytikerin mit belegter Stimme. »Aber die meisten unserer Mitarbeiter haben Familien. Sie wollen in dieser Situation lieber...«

»Wir haben das alles bereits gestern ausführlich durchgesprochen«, unterbrach Truggot sie erneut. »Alle Mitarbeiter mit Kleinkindern wurden von mir freigestellt, und den anderen habe ich angeboten, sich mit ihren Familien im Firmenkomplex vorübergehend niederzulassen. Wir verfügen hier über Schutzräume und alle nötigen sanitären Einrichtungen. Wir haben eine autarke Notstromversorgung. Ich habe gleich nach Ausbruch der Feindseligkeiten Vorräte für mehrere Wochen besorgen lassen. Unser Werkschutz ist bewaffnet und gut ausgebildet. Was wollen die Leute mehr? Hier sind sie sicherer als in ihren eigenen vier Wänden. Und die Arbeit lenkt sie wenigstens etwas von ihren Sorgen ab.«

Margaret nickte. Im Grunde hatte ihr Chef recht, aber wo Angst regierte, blieb die Logik zwangsläufig auf der Strecke. Sie wollte gerade etwas erwidern, als ein gedämpftes Heulen aufklang.

Vor dem großen Fenster hinter Walter Truggots Schreibtisch jagte eine Staffel Polizeischweber im Tiefflug vorbei. Ihre Sirenen waren trotz der schallisolierten Dreifachverglasung noch deutlich zu hören. Draußen mußte der Lärm ohrenbetäubend sein.

Noch war Burlington von den Angriffen verschont geblieben, aber in den Straßen herrschte das Chaos. Die öffentliche Ordnung war zusammengebrochen, die Kommunikationswege größtenteils blockiert. Nachrichten aus der Außenwelt trafen nur noch bruchstückhaft ein, dafür brodelte die Gerüchteküche um so stärker. Die Polizei und die zivilen Rettungskräfte wurden der Lage nicht mehr Herr. Walter Truggot war fest entschlossen, alles zu tun, was in seiner Macht stand, damit seine Fabrik das Fiasko unbeschadet überstand. Er hatte sie in harter Arbeit aus dem Nichts aufgebaut und gerade erst begonnen, die ersten Früchte seiner Mühen zu ernten.

»Sehen Sie das?« fragte er und deutete auf das große Fenster. »Kommen Sie näher, Margaret.«

Die Frau trat gehorsam vor.

Drei Straßenzüge weiter brannte ein Hochhaus. Fast aus allen Fenstern schlugen Flammen. Ölige Rauchwolken stiegen in den Himmel.

»Das ist der Manson-Komplex«, erklärte Truggot ruhig. »Eine Kleinstadt für sich mit Hunderten Wohnungen, eigenen Geschäften und Freizeiteinrichtungen. Mein Chefbuchhalter wohnt dort. Er ist heute nicht zur Arbeit erschienen, wie einige andere auch.«

Margaret erschauderte und wandte sich ab.

»Nein, sehen Sie nicht weg!« befahl Truggot. Grob umklammerte er den Oberarm der Systemanalytikerin. »Glauben Sie, daß dort irgend jemand, der nicht rechtzeitig fliehen konnte, überlebt hat? Glauben Sie, daß mein Chefbuchhalter seine Familie vor diesem Inferno schützen konnte?«

Die junge Frau schluckte mühsam. Gegen ihren Willen kehrte

ihr Blick zu dem brennenden Haus zurück. Es war unfaßbar, daß alle Brandschutzvorkehrungen derart versagt hatten. So etwas *durfte* nicht geschehen.

»Und das ist beileibe nicht das einzige Gebäude in dieser Stadt, das brennt oder bereits abgebrannt ist«, fuhr Walter Truggot unbarmherzig fort. »In vielen anderen Häusern ist die Energie- und Wasserversorgung ausgefallen. Überall werden Geschäfte geplündert, gewalttätige Banden durchstreifen die Straßen. Und es ist gerade erst drei Tage her, seit die Außerirdischen die Erde beschießen! Können Sie sich vorstellen, wie es dort draußen in einer Woche aussehen wird? Wollen Sie wirklich alles hier im Stich lassen, um sich ausgerechnet *dort* zu verkriechen?«

Seine Stimme war immer lauter geworden, die letzten Worte schrie er beinahe.

Margaret Davos schüttelte stumm den Kopf. Sie wußte nicht, was sie sagen und denken sollte. Nach den hitzigen Diskussionen mit ihren Kollegen war es ihr selbstverständlich erschienen, die Fabrik zu verlassen und sich in ihrer Wohnung einzuschließen. *Alle* anderen taten das. Vermutlich war die Truggot Corporation der einzige Betrieb in der Stadt, der immer noch produzierte. Andererseits jedoch…

»Kommen Sie.« Ihr Chef wartete keine Antwort ab und zog sie einfach mit sich. Notgedrungen stolperte sie ihm hinterher.

Die gesamte Belegschaft der Firma, die sich auf die Herstellung von Energiezellen für eine neue Generation kleiner, wendiger Schweber spezialisiert hatte, wartete in einem modern eingerichteten Ruheraum. Besser gesagt, der Teil der Belegschaft, der überhaupt zur Arbeit erschienen war.

Walter Truggot brauchte nicht lange, um sie zu zählen. Es waren 27 Männer und Frauen, also fehlten nur neun. Vier hatte er persönlich freigestellt. Blieben fünf, die unentschuldigt ferngeblieben waren. Von diesen fünf Mitarbeitern würde er sich trennen, sobald dieser Wahnsinn ein Ende hatte. Und daß irgendwann wieder normale Verhältnisse einkehren würden, davon war Walter Truggot überzeugt. Es *mußte* einfach so sein! Er hatte nicht jahrzehntelang geschuftet, um sich sein Lebenswerk von Außerirdischen oder einem amoklaufenden Pöbel zerstören zu lassen.

»Also, hören Sie mir gut zu«, begann er ohne Einleitung. »Ihre Sprecherin hat mich von Ihrem Beschluß informiert, und meine Antwort ist eindeutig: nein! Der Betrieb wird nicht eingestellt. Sie kennen meine Argumente, und ich habe nicht vor, mich zu wiederholen. Wer jetzt geht, braucht nicht mehr wiederzukommen, wenn sich die Lage beruhigt hat. Wer die Firma ohne meine ausdrückliche Genehmigung verläßt, kann sich gleich seine Papiere abholen.«

»Damit kommen Sie nicht durch!« rief ein Mann aus dem Hintergrund. »Die Gewerkschaft...«

»Die Gewerkschaft kann mir gestohlen bleiben!« erklärte Truggot kalt. »Das waren doch Sie, Simpson, nicht wahr? Treten Sie ruhig vor, damit ich Sie besser sehen kann.«

Der Angesprochene schob sich an seine Kollegen vorbei und reckte trotzig die Schultern. »Bilden Sie sich nur nicht ein, uns einschüchtern zu können. Da draußen fällt die Welt in Trümmern, unsere Familien sind gefährdet, und Sie glauben, Sie könnten uns mit der Entlassung drohen?«

»Wenn Sie so scharf darauf sind, sich von den Trümmern der Welt begraben zu lassen, warum sind Sie dann überhaupt noch hier?« gab Truggot kalt zurück. »Wenn Ihnen nichts an Ihrem Job liegt, werde ich Sie nicht zurückhalten. Aber ich dulde nicht, daß Sie hier eine Revolte anzetteln!«

»Wir wollen Sie und die Firma doch gar nicht im Stich lassen«, meldete sich ein Elektroniker beschwichtigend zu Wort. »Alles, was wir verlangen, sind ein paar Tage Zeit, um Vorkehrungen zu treffen und abzuwarten, wie sich die Dinge entwickeln.«

Truggot lachte humorlos auf. »Vorkehrungen treffen? Wogegen denn? Wenn das Militär, die Polizei und die Behörden die Lage nicht in den Griff bekommen, was wollen ausgerechnet *Sie* dann tun? Sandsäcke vor Ihrer Wohnung stapeln? Sich bewaffnen und Patrouille laufen? Kommen Sie zur Vernunft! Mein Angebot gilt nach wie vor. Jeder kann seine Familie in die Firma bringen. Die neue Lagerhalle bietet Platz für alle, und in der Gemeinschaft haben Sie mehr Schutz, als wenn Sie den Einzelkämpfer spielen. Eines sollten Sie nicht vergessen: Wenn das hier vorbei ist, wird der Bedarf an Energiezellen sprunghaft ansteigen. Wir werden einen riesigen Absatzmarkt beliefern können, unsere Umsätze werden in ungeahnte Höhen schnellen. Ich brauche Sie bestimmt nicht daran zu erinnern, daß ich meinen Mitarbeitern Spitzenlöhne weit über Tarif zahle und sie immer am Gewinn beteiligt habe, wenn die Geschäfte gut gelaufen sind. Daran wird sich auch in Zukunft nichts ändern.«

Margaret Davos schüttelte unmerklich den Kopf. Es war ihr schleierhaft, wie Walter Truggot angesichts einer solchen Katastrophe an Profite denken konnte. Andererseits war es vielleicht seine Art, mit dem Unfaßbaren umzugehen. Er hatte seine Firma mit Zähigkeit, Ausdauer und Rücksichtslosigkeit sich und anderen gegenüber von einem Einmannbetrieb zu einem florierenden Unternehmen ausgebaut, und es stimmte, daß er seine Untergebenen gut bezahlte. Aber er war auch ein tyrannischer Vorgesetzter, von Ehrgeiz zerfressen, und wenn er so weitermachte, würde er den Reichtum, den er anhäufte, nie genießen können.

»Woher wissen wir denn, ob es überhaupt noch eine Zukunft für uns gibt?« rief Simpson. »Jetzt geht es um das nackte Überleben, und wir müssen... wir...« Er stockte und vollführte eine fahrige Geste.

»Was müssen *wir*, Simpson?« erkundigte sich Truggot ironisch. »Tun Sie sich keinen Zwang an, sprechen Sie ruhig weiter. Sie ahnen gar nicht, wie gespannt ich auf Ihre Erkenntnisse bin.«

»Wie... ihhh... uaahh...«, gurgelte Simpson.

Walter Truggot starrte den Mann aus schmalen Augen an. Er spürte ein unangenehmes Kribbeln und Ziehen im Nacken, ignorierte es jedoch, denn irgend etwas Unerklärliches ging mit Simpson vor. Nein, nicht nur mit Simpson, korrigierte er sich. Die gesamte Belegschaft schwankte plötzlich wie betrunken und begann zu erstarren.

»Margaret?« fragte er verblüfft.

Die Frau neben ihm drehte langsam den Kopf in seine Richtung. Ihre Lippen zitterten, als versuchte sie, etwas zu sagen, aber sie brachte keinen Ton hervor. Ihre Augen wurden glasig.

»Margaret!« Truggot packte sie an den Schultern und schüttelte sie.

Keine Reaktion.

27 Männer und Frauen standen reglos wie Wachsfiguren da, und was Truggot auch unternahm, er konnte sie nicht aus der unnatürlichen Starre reißen. Sie schienen ihn nicht einmal wahrzunehmen.

Der Mann, der sein kleines Firmenimperium mit eiserner Hand regierte und keine Schwäche duldete, begann zu zittern. Ihm war plötzlich entsetzlich kalt.

*

Katastrophenschutzbunker der GIIC-Zentrale
Montreal, 3. Juli 2051

Sheila Duncan ließ sich müde auf eine Pritsche sinken und schloß die Augen. Obwohl sie seit fast drei Tagen ununterbrochen auf den Beinen war, würde sie auch in den nächsten Stunden nicht schlafen können – nicht schlafen dürfen.

In rhythmischen Abständen berührte der Daumen ihrer linken Hand ein verbreitertes Feld auf dem Ring, den sie um den Mittelfinger trug.

Der Ring war kein Schmuckstück, sondern ihre Lebensversicherung, ein Minisender, der verhinderte, daß die Giftkapsel in ihrem Magen explodierte. Sie mußte ihn spätestens alle drei Minuten aktivieren, um die Zeituhr des Sprengmechanismus auf Null zurückzuschalten. Die Bewegung war ihr mittlerweile in Fleisch und Blut übergegangen, aber trotzdem durfte sie in ihrer Konzentration nicht nachlassen.

Sheila hatte alle dreizehn Schlafenden geweckt und instruiert. Jetzt saßen die Menschen mit den gestohlenen Erinnerungen zusammen und tuschelten. Immer wieder warfen sie ihr verstohlene Blicke zu.

Die Ärztin wußte, wie sich ihre Patienten fühlten. Im Rahmen ihrer Vorbereitungen hatte sie an sich selbst eine kurzfristige Amnesie herbeigeführt. Es war ein beunruhigender Zustand, bei klarem Verstand zu sein und zu *wissen*, daß man das Gedächtnis verloren hatte. Der Geist bemühte sich unablässig, die verlorenen Erinnerungen wiederherzustellen, wie sehr man auch dagegen ankämpfte.

In gewisser Weise beneidete Sheila ihre Schutzbefohlenen trotzdem. Sie selbst erinnerte sich genau an die letzten Minuten der geheimen Kommandozentrale des GIIC, des *Global Information and Intelligence Centers*, für das sie gearbeitet hatte.

Der Angriff der Fremden war zwar nicht unerwartet, aber ohne Vorwarnung erfolgt, und dann war alles rasend schnell gegangen. Wieder liefen die Ereignisse in ihrem Kopf wie ein Film ab, als wären die Innenseiten ihrer Lider eine Leinwand und ihr Gehirn ein unerbittlicher Projektor.

Das Heulen der Alarmsirenen, umherhastende Menschen, gebrüllte Befehle…

»Sie kommen, Sir!« schrie eine heisere Männerstimme. »Eine ganze Armada, Schweber und Bodentruppen. Es sind ein paar Menschen unter ihnen.«

Pavel Bushkin, der Leiter des GIIC, schaltete blitzschnell die Überwachungskameras in der Spedition über der unterirdischen Zentrale auf einen großen Wandbildschirm.

Schweber kreisten in der Luft, eine Armee unheimlicher Gestalten näherte sich dem Gelände der Spedition von allen Seiten, gigantische Kreaturen, die einem Alptraum entsprungen zu sein schienen. Sie waren mindestens zweieinhalb Meter groß. Ihre Gesichter wurden von einem gefletschten Haifischgebiß beherrscht, ihre Haut – oder war es eine Art hautenger Kleidung? – leuchtete in einem aggressiven Gelb. Sie hatten zwei Armpaare, von denen das untere merkwürdig verkrüppelt war, als wären sie das Produkt eines fehlgeschlagenen Genexperiments. Alle trugen verschiedene Gegenstände in den Händen, die Waffen oder auch Ortungsgeräte sein mochten. Und zwischen ihnen stapften ein paar Menschen mit ungelenken Schritten wie Schlafwandler daher.

Das Summen der Schweberaggregate lag in der Luft, als wäre sie von einem unsichtbaren Hornissenschwarm erfüllt. Was aber Pavel Bushkin das Blut in den Adern gefrieren ließ, war ein unheimliches Zischen und Fauchen, die unverständliche Sprache, mit der sich die Giganten verständigten.

Plötzlich setzte sein Herzschlag für einen Moment aus. Er kannte den Mann in dem eleganten, wenn auch zerknitterten Anzug, der einen Arm ausstreckte und auf den Eingang der Spedition deutete: Gene Custer, einer seiner beiden Stellvertreter. Der Mann, der im offiziellen Hauptquartier des GIIC seinen Dienst versehen hatte, als er von der Lähmstrahlung erfaßt und seines Willens beraubt worden war.

Offenbar war es den Fremden gelungen, ihn so zu manipulieren, daß er sein Wissen preisgegeben hatte.

Bushkin schaltete das Mikrophon auf seinem Schreibtisch auf sämtliche Lautsprecher der Geheimdienststation. »An alle Mitarbeiter«, begann er mit beherrschter Stimme. »*Operation Armaggedon* wird eingeleitet. Wir sind entdeckt worden. Alle vorbereiteten Gegenmaßnahmen treten in Kraft.« Er legte eine kurze Pause ein. »Sie wissen, was das bedeutet. Wir werden uns höchstwahrscheinlich nicht mehr wiedersehen. Ich danke jedem einzelnen von Ihnen für seinen Einsatz und seine Loyalität. Leben Sie wohl. Bushkin, Ende.«

Und das ist es auch für uns, dachte er. *Das endgültige Ende. Bis auf Kyle Larkin, Xiao Feng und Niu Kelauakoha, die irgendwo da draußen sind. Und bis auf Sheila und die paar Leute, die sich für die Gedächtnislöschung entschieden haben.*

Er wechselte auf einen anderen Kanal. »Sheila, evakuieren Sie Ihre Leute und…«

»Ich bin hier, Sir«, unterbrach ihn die Ärztin. Sie hatte sich in einem Nebenraum aufgehalten und gleich beim ersten Heulen der Sirenen unbemerkt Bushkins Büro betreten.

Der Leiter des GIIC fuhr in seinem Drehsessel herum. »Was zum Teufel, tun Sie noch hier?« fauchte er. »Los, verschwinden Sie schon!«

»Ich wollte mich nur noch… von Ihnen verabschieden, Sir. Und Ihnen viel Glück wünschen.«

»Glück…« Bushkin lachte humorlos. »Wir haben unser Glück längst aufgebraucht. Die Realität hat uns eingeholt. Das ist nicht der richtige Zeitpunkt für Sentimentalitäten, sondern…« Er verstummte und stand auf. Einen Moment lang sah er Sheila stumm in die Augen, und ein wehmütiges Lächeln umspielte seine Mundwinkel. Und dann tat er etwas, das die junge Frau völlig überraschte, denn es entsprach ganz und gar nicht seiner Art. Er umarmte sie kurz.

»Jetzt hauen Sie schon ab«, sagte er leise. »Sie tragen die Verantwortung für Ihre Leute, und Sie wissen so gut wie ich…«

Ein schwaches Zittern und ein leises Grollen ließen ihn verstummen.

»Sie sind in den Komplex vorgedrungen und setzen Waffen ein!« klang die rauhe Stimme eines Agenten aus den Lautsprechern auf. Bushkin wirbelte wieder herum und starrte auf den Wandbildschirm, der jetzt eine Aufnahme aus dem Inneren der Spedition zeigte. Drei der monströsen Gestalten standen im Verwaltungstrakt und richteten Geräte, die wie überdimensionale Preßlufthämmer aussahen, in einem spitzen Winkel auf den Boden, als zielten sie damit genau auf das Herz der GIIC-Zentrale. Das letzte, was Sheila sah, war, daß der Plastbetonboden wie weicher Lehm eingedrückt wurde.

»Leben Sie wohl, Chef«, flüsterte sie und eilte davon.

Sie hastete durch die kahlen Gänge der Station, die jahrelang ihr zweites Zuhause gewesen und jetzt dem Untergang geweiht war. Wieder durchlief ein Beben den Fels, und das Licht flackerte kurz.

Außer Atem erreichte sie einen kahlen Raum am Ende des Korridors, von dem mehrere Gänge abzweigten. Er war schon im letzten Jahrhundert aus dem nackten Gestein herausgeschlagen worden. Niemand hatte sich die Mühe gemacht, die Wände zu verputzen. Seit den Etatkürzungen der letzten Weltregierung lagen die Ausbaupläne für die GIIC-Zentrale auf Eis. Und dabei würde es nun auch bleiben.

Die Gruppe, die auf Sheila wartete, war kleiner als ursprünglich geplant.

»Wo sind die anderen?« keuchte Sheila. »Wir haben keine Zeit mehr zu verlieren. Die Notsprengung der Zentrale kann jeden Augenblick erfolgen.«

»Sie haben sich kurzfristig entschieden zu bleiben und zu kämpfen«, erwiderte Rebecca Adams gehetzt, die von ihren Kollegen nur Becky genannt wurde. »Nur wir sind bereit zu gehen.«

Für einen Sekundenbruchteil ertappte sich Sheila dabei, daß auch sie lieber bleiben würde, doch dann schüttelte sie den Gedanken ab. Nur sie konnte die Gedächtnislöschung durchführen, und wenn die anderen wieder erwachten, brauchten sie jemanden, der ihnen ihre Lage erklärte. Und außerdem kannte sie ein Geheimnis, das Bushkin nur ihr anvertraut hatte. Nicht einmal Kyle Larkin wußte davon.

»Gut, dann gehen wir.«

Der Gang, den sie durchliefen, wurde schmaler und unebener. Nach einigen hundert Metern verschwanden auch die letzten Leuchtkörper und Lautsprecher an den Wänden.

»... erste Lähmungserscheinungen in den oberen Ebenen der Station...«, hörte Sheila noch eine verzweifelte Stimme, dann hatten sie eine Biegung umrundet, und die hektischen Meldungen hinter ihnen verstummten. Dunkelheit umfing sie, und automatisch schalteten sich die Taschenlampen an.

Die restliche Strecke bis zum Schutzbunker legten sie in bedrücktem Schweigen zurück. Sie hatten gerade das Stahlschott geöffnet, als ein gewaltiges Beben den Gang erschütterte. Der Fels ächzte und knirschte bedrohlich.

»Schnell, beeilt euch!« rief Sheila und zählte die Sekunden, während sich die Menschen an ihr vorbei in den Bunker schoben. Sie schlüpfte als letzte durch die Öffnung und hieb auf eine rote Taste, die direkt neben dem Schott in die Wand eingelassen war. Ein dumpfes Grollen klang aus allen Richtungen zugleich auf, und das Beben wurde so heftig, daß einige der Geflüchteten den Boden unter den Füßen verloren. Eine mörderische Druckwelle fegte durch das Labyrinth der Gänge. Es knackte in Sheilas Ohren, dann fiel die schwere Stahltür wie eine überdimensionierte Guillotine herab und versiegelte den Schutzraum. Gleichzeitig flammte die Deckenbeleuchtung auf.

Die Menschen starrten einander an. Niemand sprach ein Wort. Alle lauschten wie hypnotisiert dem unirdischen Dröhnen und Grollen, das ihre Eingeweide in Schwingungen zu versetzen schien. Es war, als würde die Welt untergehen.

Und in gewisser Weise tat sie das auch. *Operation Armaggedon* hatte Bushkin die Selbstzerstörung der Station genannt. Gewaltige Sprengladungen würden alle Höhlen und Gänge zum Einsturz bringen und die Menschen in ihnen in Stücke reißen. Und mit ihnen wurde alles, was sie in Jahrzehnten aufgebaut hatten, restlos zerstört.

Selbst wenn die Fremden einen Schacht durch das Geröll in die Tiefe trieben, würden sie nichts als nutzlose Trümmer vorfinden, die ihnen keine Informationen lieferten.

Es gab nur noch eine Quelle gefährlichen Wissens, und das schlummerte in den Köpfen der Überlebenden.

Noch.

Allmählich ebbte der Lärmorkan ab, und dann machte sich lastende Stille breit, nur durchbrochen von den schweren Atemzügen der Geretteten und dem monotonen Säuseln der Luftaufbereitungsanlage.

»Ist es vorbei?« fragte irgend jemand nach einer kleinen Ewigkeit.

»Scheint so«, gab Sheila tonlos zurück. »Überzeugen wir uns selbst.«

Sie drückte auf eine Taste neben dem Eingang, und das Schott begann sich quälend langsam zu heben. Staub wallte durch den schmalen Spalt über dem Boden. Dann klang ein übelkeiterregendes Quietschen auf, als kratzten die Zinken einer Gabel über eine Blechplatte. Die Bewegung der Stahltür verlangsamte sich, die Hydraulik winselte gequält, und dann verharrte das Schott rund vierzig Zentimeter über dem Boden.

Sheila bückte sich, schob eine Taschenlampe durch den Spalt und spähte hinaus. Der Lichtstrahl verlor sich im träge herabrieselnden Staub. Sie überprüfte ihr Dosimeter. »Keine meßbaren Strahlungswerte«, meldete sie. »Verkeilen wir vorsichtshalber das Schott. Die Hydraulik könnte versagen. Jacques, Sie begleiten mich.«

Sie zwängten sich durch die schmale Öffnung und folgten langsam dem Gang. Decke und Wände schienen unbeschädigt, aber schon vor der ersten Biegung entdeckten sie vereinzelte Felsbrokken. Und direkt hinter der Biegung verstopfte eine undurchdringliche Geröllhalde den Korridor wie ein zerplatzter Korken.

»Wenn es hier schon so aussieht, dürfte die Zentrale buchstäblich pulverisiert worden sein«, flüsterte Sheilas Begleiter.

Die Ärztin nickte wortlos. Es bestand nicht der geringste Zweifel daran, daß *Operation Armaggedon* ein voller Erfolg gewesen war. Bitterkeit stieg in ihr auf. Man mußte schon sehr verzweifelt sein, wenn man den Tod von mehr als hundert Menschen als *vollen Erfolg* bezeichnete.

»Lassen Sie uns zurückkehren«, sagte sie leise. »Wir haben noch eine letzte Sache zu erledigen.«

Die Gedächtnislöschung war eine relativ einfache Prozedur. Sheila injizierte den GIIC-Mitarbeitern ein Hypnotikum, das sie in eine künstliche Tiefschlafphase versetzte. Dann setzte sie ihnen eine Multi-Enzephalo-Haube auf, die sie an einen leistungsfähigen Suprasensor anschloß. Das Gerät maß die individuellen Gehirnstrommuster und katalogisierte die Struktur der neuronalen Vernetzung. Dann begann es, den Menschen niederfrequente Reizströme zu induzieren, bis sich eine Feedback-Schleife herausbildete und stabilisierte. Und dann erst begann die eigentliche Gedächtnislöschung.

Es war ein äußerlich unscheinbarer Vorgang. Die Patienten lagen völlig reglos auf ihren Pritschen. Sie atmeten ruhig und gleichmäßig, aber Sheila wußte, daß in ihren Gehirnen ein wahres Feuerwerk stattfand.

Die Gedächtnislöschung – Informationsblockierung war der treffendere Ausdruck, denn genaugenommen wurden keine Daten gelöscht – verlief in zwei Phasen zeitlich rückwärts. In der ersten Phase verschwand der Zugriff auf Sekundärinformationen, auf die Erinnerungen, die sich nicht durch unmittelbare Sinneswahrnehmungen, sondern durch abstraktes Denken herausgebildet hatten. Brach man den Vorgang an diesem Punkt ab, erinnerte sich der Patient noch, was er an einem bestimmten Tag gehört und gesehen hatte, aber er konnte keine Verknüpfungen zu diesen Erlebnissen herstellen. So würde er beispielsweise einen Schweber erkennen und benennen, aber nichts über seine Funktionsweise aussagen können. In der zweiten Phase wurden ihm auch die Erinnerungen an den optischen Eindruck des Schwebers entzogen.

Im Prinzip hätte es ausgereicht, den GIIC-Agenten nur die Erinnerungen an ihre aktive Dienstzeit zu entziehen, um potentiell gefährliche Informationen zu blockieren, aber leider speicherte das Gehirn die Gedächtnisinhalte nicht streng chronologisch. So hatte man sich darauf geeinigt, alle Probanden bis zu einer Zeit zurückzuführen, die ungefähr ihrem fünften Lebensjahr entsprach, um jegliches Risiko auszuschließen.

Trotzdem würden die Menschen nicht als kleine Kinder in Erwachsenenkörpern wiedererwachen. Auf einer unbewußten Ebene, die ihr Verhalten steuerte, blieben ihre Erfahrungen erhalten, auch wenn sie für sie nicht abrufbar waren.

Obwohl Sheila das alles wußte und auf ausdrücklichen Wunsch ihrer Kollegen handelte, hatte sie das Gefühl, ein unmenschliches Verbrechen an ihnen zu begehen. Sie saß genauso reglos wie ihre Patienten vor dem Kontrollmonitor des Suprasensors und verfolgte die Kurven und Tabellen, die den Verlauf der Prozedur anzeigten. Es war nur selten erforderlich, daß sie hier und da regulierend eingreifen mußte.

Nach drei Stunden deaktivierte sie die Multi-Enzephalo-Hauben und injizierte ihren Patienten ein Langzeitschlafmittel.

Damit war die Gedächtnislöschung abgeschlossen, aber noch stand Sheila ein letzter Schritt bevor. Die neuronalen Protokolle, die der Suprasensor über den Eingriff angelegt hatte, konnten dazu verwendet werden, die Wiederherstellung der Erinnerungen ihrer Patienten zwar nicht direkt rückgängig zu machen, aber doch den Prozeß wesentlich zu beschleunigen.

Die entsprechenden Dateien des Rechners unwiderruflich zu löschen und das Speichermedium selbst physisch zu zerstören, um auch die letzten Spuren zu vernichten, kam Sheila beinahe so vor, als würde sie einen Mord begehen. Ihre Hände wurden feucht, und ihre Finger zitterten, als sie die erforderlichen Eingaben vornahm und die Mehrfachsicherungen des Suprasensors durch Überrangbefehle ausschaltete.

Jetzt begann eine einsame Wartezeit für sie, denn die ihrer Erinnerungen beraubten Menschen mußten 36 Stunden schlafen, damit ihre Gehirne Zeit fanden, sich auf die veränderte Situation einzustellen, bevor sie gefahrlos neue Eindrücke verarbeiten konnten.

Sheila öffnete ein Kästchen und entnahm ihm die Giftkapsel sowie den Senderring. Sie starrte die etwa kirschgroße Kapsel lange an, bevor sie sie dicht über das Sensorfeld des Ringes führte und den Sprengmechanismus damit aktivierte.

Im Grunde war es überflüssig, die Kapsel jetzt schon zu schlucken. Die GIIC-Zentrale war so vollständig zerstört worden, daß die

Aliens schweres Gerät würden einsetzen müssen, um sich in eine Tiefe von rund 700 Metern vorzuarbeiten. Aber da gab es noch diesen Notausgang, von dem Sheila bis vor wenigen Tagen nicht einmal etwas geahnt hatte…

Er war erst vor wenigen Jahren bei Erkundungen der alten Bergwerksstollen durch Zufall entdeckt worden und führte durch ein riesiges System natürlich entstandener Höhlen und Grotten außerhalb Montreals ins Freie. Der Weg zu diesem Bunker war nicht einmal im geringsten gekennzeichnet. Die Wahrscheinlichkeit, daß ihn irgend jemand von außen entdeckte, war geringer als die, von einem Meteoriten erschlagen zu werden.

Andererseits hatte Gene Custer, Bushkins Stellvertreter im offiziellen Sitz des GIIC im Galaxy Center, den Aliens offenbar die Lage der geheimen Zentrale verraten. Es war also nicht ausgeschlossen, daß sie durch ihn auch von diesem Notausgang wußten, auch wenn der Weg durch das Höhlenlabyrinth nicht in den Datenbänken gespeichert war.

Die Pläne hatten nur als Folienausdruck in einem Tresor dieser Station existiert und waren bis auf den, der sich in Sheilas Besitz befand, von Bushkin persönlich vernichtet worden.

Ein leiser Piepton riß sie aus ihren Gedanken und ließ sie so heftig zusammenzucken, daß sie beinahe die Kapsel hätte fallen lassen. Hastig berührte sie das Sensorfeld des Ringes mit dem Daumen, und augenblicklich verstummte das Geräusch.

Zehn Sekunden später wäre die Kapsel aufgeplatzt.

Ich muß mich zusammenreißen! beschwor sich Sheila. *Und sobald ich das Ding einmal geschluckt habe, bleibt mir gar nichts anderes übrig.*

Sie rollte das kirschgroße Gebilde zwischen Daumen und Zeigefinger. Dann atmete sie tief durch, schloß die Augen, legte sich die Kapsel auf die Zunge und würgte sie herunter.

Danach ging sie eine unbestimmte Zeitlang einfach nur auf und ab und drückte in regelmäßigen Abständen auf das Sensorfeld ihres Ringes, ohne wirklich wahrzunehmen, was sie umgab. Irgendwann setzte sie sich in einen Sessel, starrte ins Nichts und hielt sich mit Aufputschmitteln wach.

Sie hatte sich noch nie in ihrem Leben so einsam und verloren gefühlt wie in diesen endlosen Stunden.

*

Tiefseekuppel »POSEIDON II«, Atlantischer Ozean, 59. Längengrad, 43. nördlicher Breitengrad, 4. Juli 2051

Carol LaBelles Finger glitten mit unendlicher Vorsicht über die Sensorfelder der Fernsteuerung. Das unbemannte Mini-U-Boot, das 4.200 Meter über ihr und gut 200 Kilometer weiter westlich vor Sable Island in der sanften Dünung dümpelte, reagierte auf die Kommandos und drehte die Beobachtungskamera um sieben Grad nach Süden. Als Carol die Auflösung vergrößerte, wurde die Hafenanlage des Marinestützpunktes sichtbar.

Der Kai mit den Landungsstegen lag in Trümmern. Die Radarstation war verschwunden. Ein Schutthaufen, aus dem verbogene Stahlträger wie ein Bündel gefrorener Spaghetti in den blauen Himmel ragten, verrieten, wo sich einst der Gebäudekomplex der Marinebasis befunden hatte.

»Nach wie vor keinerlei Aktivitäten auf den gängigen Frequenzbändern«, meldete der Funker mit belegter Stimme. »Nicht einmal mehr diese rätselhaften kurzen Blips, die wir bis vor wenigen Tagen empfangen haben. Nur das seltsame Zischen im oberen UKW-Bereich.«

Daß in diesen Ruinen niemand überlebt hat, ist kein Wunder, dachte Carol. *Und daß ausgerechnet an der Küste von Neuschottland eine Marinebasis mit einem ABC-Bunker liegen sollte, der tief genug eingegraben ist, um Schutz vor dieser verfluchten Strahlung zu bieten, wäre auch ein Zufall gewesen. Noch unwahrscheinlicher, daß ein Funker unsere Nachrichten auffangen und Antwort schicken würde.*

Trotzdem war es den Versuch wert gewesen. Hätten die Außerirdischen die schwachen Funksprüche angemessen, hätte sie das Steuerkabel sofort ausgeklinkt, eingespult und die Drohne geopfert.

»Fahren Sie näher ran«, forderte Pierre Turneur, der Leiter der geologischen Forschungsgruppe, sie auf.

»Wozu?« fragte Carol, die sonst so glatte Stirn vor Konzentration in tiefe Falten gelegt. »Was haben wir davon, uns die Trümmer genauer anzusehen? Außerdem ist das Meer vor Sable Island ziemlich flach. Ich habe keine Lust, daß sich das Fernlenkkabel der Drohne irgendwo verheddert und reißt. Wir haben nur drei von diesen Dingern, und da die Festleitung zerstört ist, werden wir sie noch dringend brauchen.«

Der Kabelstrang, der »POSEIDON II« mit dem Festland verbunden hatte, war gleich während der ersten Angriffswelle durch einen Volltreffer zerstört worden. Seither war die Tiefseestation von der Außenwelt abgeschnitten, und das hatte sie vermutlich gerettet.

Unmittelbar nach dem Totalausfall der Kommunikation hatte Carol LaBelle, die Kommandantin der zivilen Forschungseinrichtung, eine Funkboje an die Meeresoberfläche steigen lassen, die wie die Tauchdrohne durch ein hauchdünnes, aber superfestes Kabel mit der Station verbunden war.

Die Boje hatte nur statisches Rauschen, mörderisches Krachen und ein infernalisches Jaulen aufgefangen. Offenbar war der gesamte Äther in Aufruhr geraten. Ihre Versuche, mit irgendeiner militärischen oder zivilen Funkstation in Verbindung zu treten, waren erfolglos geblieben, und dann hatte irgend etwas die Boje zerstört.

Was auch immer es gewesen war, die Energieentladung war so gewaltig gewesen, daß die Instrumente der Station die Druckwelle durch eine Wasserschicht von mehr als 4.000 Metern angemessen hatten. Die freigesetzte Energie hatte der Sprengkraft einer Atombombe der Titan-Klasse entsprochen.

Anscheinend schossen die außerirdischen Invasoren mit den sprichwörtlichen Kanonen auf Spatzen.

Danach hatte Carol eine weitere Kommunikationsboje aufsteigen lassen, sich jedoch auf passives Beobachten beschränkt.

Schon einige Tage später kehrte wieder Ruhe ein, aber wie trügerisch diese Ruhe war, bewies eine Funkbotschaft aus dem Orbit.

Irgend jemand warnte einen Empfänger mit der Bezeichnung T-XXIX davor, daß sein Funkverkehr angemessen werden konnte und er sich in akuter Gefahr befand. Kurz darauf sendete ein Radarsatellit den Beleg, daß die Warnung mehr als berechtigt gewesen war.

Über den nördlichen Rocky Mountains – vermutlich direkt über dem mysteriösen T-XXIX – ging eine Flotte der Außerirdischen in Position und veranstaltete mit unbekannten Waffen ein Hölleninferno.

Stunden später fingen die Außenmikrofone der Boje ein dumpfes Grollen auf, exakt nach der Zeit, die Schallwellen benötigten, um sich von den Rocky Mountains bis zu diesem Punkt auf dem Atlantik auszubreiten, und schon vorher hatten die Seismographen von »POSEIDON II« ausgeschlagen.

Es mußte eine unvorstellbar gewaltige Explosion gewesen sein, die den Westen Nordamerikas erschüttert hatte.

Seither schwieg die Tiefseestation eisern und wartete ab, aber allmählich verlor die Besatzung die Geduld.

Kein Wunder. Auch Carol brannte darauf zu erfahren, wie die Lage auf der Erde war. Oder besser gesagt, mehr als das zu erfahren, was sie als einzige in der Station bereits wußte. Doch mit dem Verstummen der »Blips«, von denen der Funker gesprochen hatte, war auch ihre letzte Informationsquelle versiegt.

»Wir sollten ein bemanntes Boot an die Oberfläche schicken«, riß die Stimme des Geologen sie aus ihren Gedanken. »Neuschottland ist nur 350 Kilometer entfernt, und an der Nordspitze gibt es jede Menge Militärstützpunkte und Forschungsinstitute. Wenn wir irgendwo Informationen bekommen können, dann dort. Wir könnten in einem halben Tag da sein.«

Carol schaltete die Drohne auf Bereitschaft, drehte sich mit ihrem Sessel herum und musterte Pierre Turneur.

Der hagere Geologe war ein besonnener Mann. Seine Unruhe war ein verläßlicher Gradmesser für die Stimmung der restlichen, sechzigköpfigen Besatzung. Wenn er schon nervös wurde, mußte es unter den anderen Männern und Frauen gären.

Seit sechs Wochen hatten sie kein Lebenszeichen mehr von ihren Familien und Freunden gehört. Theoretisch konnte in der Zwischenzeit die gesamte Menschheit ausgelöscht worden sein. Das konnte auch dem hartgesottensten Menschen den Verstand rauben.

Es war Carols natürlicher Autorität zu verdanken, daß es noch zu keiner Revolte gekommen war. Ihre Dienstzeit beim Militär hatte sich ausgezahlt.

Aber sie konnte ihre Leute nicht ewig hinhalten.

»Eine bemannte Fahrt an die Küste ist zu riskant, Pierre«, sagte sie. »Wir haben seit Wochen kein irdisches Fahrzeug mehr gesehen, nur hin und wieder Raumschiffe oder Schweber der Außerirdischen. Alles deutet darauf hin, daß die Erde von den Fremden erobert und besetzt worden ist. Und offensichtlich verwehren sie den Menschen jeglichen Funkkontakt.« Das war eine gnädige Umschreibung der tatsächlichen Situation. »Es scheint nicht einmal mehr Partisanen zu geben, sonst würden wir wenigstens die eine oder andere Botschaft auffangen.« *Falls es überhaupt noch irgendwo freie Menschen außer uns gibt*, dachte sie. *Abgesehen von dieser Handvoll...* Sie führte den Gedanken nicht zu Ende, als befürchtete sie, einer ihrer Untergebenen könnte telepathische Fähigkeiten besitzen.

»Ich weiß das alles«, erwiderte Pierre gereizt. »Trotzdem können wir uns nicht ewig hier verkriechen. Irgendwann *müssen* wir etwas unternehmen.«

»Wirklich?« fragte Carol sanft. »Warum?«

»Weil... weil wir Menschen sind!« sagte Pierre hitzig. »Weil wir den anderen gegenüber eine Verpflichtung haben, die über das bloße Überleben hinausgeht.«

Sie sah ihn so lange schweigend an, bis er unruhig zu werden begann. »Nehmen Sie einmal an, wir wären die letzten freien oder gar lebenden Menschen auf diesem Planeten«, brach sie schließlich ihr Schweigen. »Ich sage nicht, daß es so ist, aber nehmen Sie es nur einmal an. Wäre es dann nicht unsere vordringliche Pflicht, das Überleben unserer Spezies um jeden Preis zu sichern?«

Pierres Augen wurden erst groß und dann schmal. »Wollen Sie damit etwa andeuten, wir sollen hier unten bleiben und uns... uns *vermehren*, bis die Fremden da oben wieder abziehen?«

»Ich habe nichts dergleichen gesagt«, erwiderte Carol, immer noch sanft aber eindringlich. »Ich habe Ihnen lediglich eine Frage gestellt. Denken Sie darüber nach, und dann sagen *Sie* mir, zu welcher Antwort Sie gekommen sind.«

Der Geologe schluckte. Im Prinzip wäre es durchaus möglich,

hier unten die Keimzelle einer neuen Menschheit zu schaffen.

»POSEIDON II« lag in einer riesigen aufgeplatzten Magmablase, in der das Wasser durch heiße Quellen auf 22 Grad Celsius aufgeheizt wurde. Die Temperatur direkt an den Schloten der Geysire betrug 180 Grad, und die Wärmetauscher erzeugten Energie im Überfluß. Die Tiefseekuppel versorgte sich selbst und war absolut autonom. Das Meer lieferte ihnen Nahrung in tierischer und pflanzlicher Form, in den Biogärten der Station wurde Obst und Gemüse angebaut.

Neben der Forschung auf dem Gebiet der Tiefseebiologie und Mineralogie war »POSEIDON II« als Langzeitexperiment konzipiert worden, als Prototyp einer neuen Generation von Tiefseekuppeln, mit denen die schier unendlichen Ressourcen der Ozeane besser genutzt werden sollten. Die sechzigköpfige Besatzung bestand in etwa zu gleichen Teilen aus Männern und Frauen zwischen 20 und 70 Jahren. Und sie würde notfalls Platz für die doppelte oder dreifache Zahl bieten. Man könnte theoretisch sogar andere unterirdische Hohlräume nutzen, um weiteren Lebensraum zu schaffen. Das Gerät und die Werkzeuge waren vorhanden...

Pierre Turneur schüttelte den Kopf. Ihm war schwindlig geworden. »Ist das wieder eins Ihrer psychologischen Spielchen, um mich abzulenken?« fragte er krächzend. »Wenn ja, dann ist es Ihnen gelungen.«

Der Funker, der das Gespräch schweigend verfolgt hatte, starrte seine Kommandantin fassungslos an.

Carol lächelte. »Ob Spiel oder Ernst, es ist eine interessante Vorstellung, nicht wahr? Wenn Sie Lust haben, unterhalten Sie sich darüber mit Ihren Kollegen. Mich würde die Meinung der Leute dazu interessieren.«

Der Geologe zögerte. Dann nickte er. »Trotzdem, ich halte es immer noch für erforderlich, irgendwann eine Expedition ans Festland zu schicken. Wir können Vorkehrungen treffen, damit keiner der Teilnehmer den Fremden lebend in die Hände fällt. Wir können die Luken des U-Boots so programmieren, daß es sich selbst zerstört, wenn sich ein Unbefugter daran zu schaffen macht. Es gibt Möglichkeiten genug, um zu verhindern, daß...«

»Schon gut, Pierre«, unterbrach ihn Carol. »Irgendwann *werden* wir eine Expedition ausschicken. Natürlich müssen wir Informationen sammeln. Aber vorerst begnügen wir uns mit den Beobachtungsbojen.«

»Wann?« hakte Pierre nach.

»Sobald die Zeit dazu reif ist.«

»Und wer entscheidet, wann die Zeit dazu reif ist? Sie?«

»Die äußeren Umstände, Pierre.«

Auf der Stirn des Wissenschaftlers bildete sich eine steile Falte. »Irgendwie habe ich das Gefühl, daß Sie mir etwas verschweigen. Was ist los? Vertrauen Sie mir nicht?«

Carol seufzte. »Ich würde Ihnen mein Leben anvertrauen, Pierre. Das meine ich ernst. Aber jetzt muß ich mich wieder um die Drohne kümmern.«

Pierre schien noch etwas sagen zu wollen, doch dann hob er nur resigniert die Schultern, ließ sie wieder fallen und ging davon.

Die Kommandantin von »POSEIDON II« wandte sich erneut der Fernsteuerung zu, erleichtert darüber, die kleine Krise überstanden zu haben. Nicht zum ersten Mal war sie in Versuchung gewesen, sich Pierre anzuvertrauen.

Es war keine Lüge gewesen, daß sie ihm ihr Leben anvertrauen würde, aber sie wußte nicht, was geschehen würde, wenn die anderen die Wahrheit erfuhren. Wenn sie wußten, was tatsächlich mit den Menschen auf der Erdoberfläche geschehen war.

Manchmal war Ungewißheit gnädiger als die grausame Wahrheit.

Aber es fiel ihr von Tag zu Tag schwerer, ihr Wissen für sich behalten zu müssen.

2.

Burlington, 27. Juni 2051

Walter Truggot stand dicht davor, den Verstand zu verlieren.

Es war schon schwer genug gewesen, sich damit abzufinden, daß seine Belegschaft zu Salzsäulen erstarrt war. 38 Stunden nach dieser Lähmung hatten sich die Leute zum ersten Mal wieder bewegt und waren wie seelenlose Roboter in die Betriebskantine marschiert, wo sie gegessen und getrunken hatten, um gleich darauf wieder in ihren komaähnlichen Zustand zu fallen. Auch während der kurzen Aktivität waren sie nicht ansprechbar gewesen.

Dieser Vorgang hatte sich in unregelmäßigen Abständen wiederholt, und Truggot hatte die Kantine ständig mit Lebensmitteln wiederaufgefüllt. Das war alles, was er für seine Leute tun konnte. Er fragte sich, ob sie ohne ihn in der Lage gewesen wären, die Vorräte aus den Lagerräumen zu holen und zuzubereiten. Offenbar schlangen sie alles wahllos in sich hinein, was man ihnen vorsetzte. Vermutlich starben die Menschen anderswo an Lebensmittelvergiftungen, weil sie verdorbene Nahrung zu sich nahmen.

Auch draußen auf den Straßen war alles Leben erstarrt. Mittlerweile waren die Menschen verschwunden – wohin auch immer – und eine gespenstische Stille hatte sich breitgemacht, die nur hin und wieder vom Kläffen und Heulen streunender Hunde unterbrochen wurde. Und von einer fernen, blechern klingenden Stimme...

Die Stimme kam aus den Lautsprechern der Pferderennbahn. Von ihr und der Schrift auf einer Anzeigetafel erfuhr Truggot zum ersten Mal, was geschehen war und daß es mehr Menschen wie ihn geben mußte, die nicht von der rätselhaften Starre befallen wurden. Er folgte den Anweisungen und suchte markante öffentliche Plätze auf, traf aber keinen anderen Menschen, der noch bei klarem Verstand war. Danach überprüfte er die Orte im näheren Umkreis. Auch dort schien niemand der Beeinflussung durch die Fremden entgangen zu sein.

Obwohl er den Anblick seiner leblosen Angestellten kaum ertragen konnte, kehrte er jeden Abend in seine Fabrik zurück. Allmählich stellte sich so etwas wie eine grauenhafte Routine ein. Tagsüber patrouillierte er auf der Suche nach Leidensgenossen durch die nähere Umgebung, abends schlief er unruhig und von Alpträumen geplagt in seinem Firmenapartment.

Und vor sechs Tagen waren die Fremden erschienen. Seither versteckte er sich in seinem Büro und beobachtete die Werkhalle durch die Überwachungskameras.

Es waren drei riesenhafte, monströse Kreaturen. Sie landeten mit einem merkwürdigen Gebilde direkt vor dem Haupteingang und marschierten mit einer Selbstverständlichkeit in die Fabrik, als wären sie die neuen Besitzer. Einer der Giganten hielt ein stabförmiges Gerät in der Hand, das er langsam einmal im Kreis schwenkte. Als es in die Richtung seines Büros zeigte, verspürte Truggot erneut das unangenehme Kribbeln im Nackenbereich, das ihm mittlerweile schon vertraut war.

Der Gigant nahm irgendwelche Schaltungen an seinem Instrument vor und wiederholte den Schwenk um 360 Grad. Diesmal fühlte sich das Kribbeln in Truggots Nacken anders an. Aber das war es nicht, was ihn unterdrückt aufkeuchen ließ.

Seine Augen wurden groß, als er auf dem Kontrollmonitor sah, wie seine Angestellten die Kantine verließen, geschlossen zu den drei fremdartigen Kreaturen marschierten und sich vor ihnen aufbauten. Der erste Riese richtete das stabförmige Gerät auf sie. Aus den Lautsprechern in Truggots Büro klang ein unheimliches Zischen und Fauchen auf. Lange Zeit geschah nichts, dann kam wieder Leben in die Menschen. Sie drehten sich um – und schlurften zu ihren Arbeitsplätzen.

Nach fast auf den Tag genau vier Wochen Stillstand nahm das Werk wieder die Produktion auf!

Aber Walter Truggot konnte an den Gesichtern der Menschen erkennen, daß sie gar nicht bewußt registrierten, was sie taten. Sie bewegten sich mit der mechanischen Zielstrebigkeit von Maschinen, unermüdlich und effektiv, aber geistlos.

Rund 16 Stunden lang arbeiteten sie ununterbrochen, bevor sie alle gleichzeitig eine Pause einlegten und in die Kantine gingen, um zu essen. Danach kehrten sie an die Maschinen, Transportbänder und Kontrollkonsolen zurück und schufteten weiter.

Seit sechs Tagen ging das nun so, 16 Stunden Arbeit, eine knappe Stunde Essenspause, und dann wieder alles von vorn.

Ohne Schlaf.

Truggot fragte sich, wie lange sie das durchhalten würden, bevor die ersten zusammenbrachen. Unter normalen Umständen hätte das längst schon geschehen müssen.

Zwei der Außerirdischen waren mittlerweile verschwunden. Der dritte hielt die Stellung. Er schien nicht nur ohne Schlaf, sondern auch ohne Nahrungsaufnahme auszukommen, denn seit seiner Ankunft stand er beinahe reglos in der Werkhalle und blieb auch dort, wenn die Menschen in die Kantine gingen. Allmählich argwöhnte Truggot, daß es sich trotz des organischen Aussehens nicht um ein Lebewesen, sondern um einen Roboter handelte. Aber wozu brauchte ein Roboter ein so gewaltiges Maul voller spitzer Zähne?

Am Abend des sechsten Tages verließ Walter Truggot klammheimlich sein Werk durch den Hintereingang. Sein Ziel war die nächste Großstadt, das gut 100 Kilometer nördlich von Burlington gelegene Montreal. Wenn es irgendwo andere Menschen wie ihn gab, war die Chance am größten, sie dort zu finden. Er durfte es nicht riskieren, einen Schweber oder ein anderes Fahrzeug zu benutzen, aber wenn er den Schutz der Dunkelheit ausnutzte und nicht aufgehalten wurde, konnte er die Stadt in drei bis vier Tagen zu Fuß erreichen.

Was auch immer ihn dort erwartete, es war besser, den gefährlichen Marsch auf sich zu nehmen, als hierzubleiben und den Verstand zu verlieren.

*

Montreal, 3. Juli 2051

Xiao Feng hatte von Kyle strikte Anweisungen erhalten, keine unnötigen Risiken einzugehen und sich nicht allzuweit von dem Ferienhaus zu entfernen, in dem sie sich einquartiert hatten. Wie Niu war auch sie nicht immun gegen die mentale Beeinflussung durch die Strahlen der Aliens, doch im Gegensatz zu ihm trug sie keine Giftkapsel im Magen. Denn Xiao litt an einer multiplen Persönlichkeitsspaltung, und sollte eine ihrer zahlreichen Pseudopersönlichkeiten unvermittelt das Kommando über ihren Körper übernehmen, würde die Giftkapsel aufplatzen und sie in Sekundenschnelle töten.

Sie war zu Fuß unterwegs in den Norden der Stadt, immer auf der Hut, sofort in Deckung zu gehen, wenn ihr empfindliches Armbandmikrofon die charakteristischen Geräusche eines Schwebers der Außerirdischen registrierte und sie durch einen Summton warnte.

Die Straßen waren wie ausgestorben. Entweder hockten die Menschen reglos in ihren Häusern, oder sie waren, den Befehlen der Außerirdischen folgend, zum Raumhafen marschiert. Viele schufteten stumpfsinnig in Fabriken und übergaben die fertigen Produkte anderen Menschen, die sie in die Schiffe der Fremden verfrachteten. Aber es waren nicht nur Gegenstände, die in den kugelförmigen Raumschiffen verschwanden. Auch einige Menschen kamen nicht mehr zum Vorschein.

Offenbar wurde ein Teil von ihnen verschleppt.

Warum? Und wohin?

Xiao duckte sich hinter eine Hecke, als sie plötzlich aus den Augenwinkeln heraus eine Bewegung in der nächsten Seitenstraße wahrnahm, und deaktivierte sofort das kleine Funkgerät. Sie durfte nicht riskieren, sich durch den automatischen Signalton zu verraten, den das Gerät abgab, wenn es eine Nachricht empfing.

Es war eine Kolonne Menschen, ein langer Zug von mehr als dreihundert Personen, die von mehreren Ungeheuern auf flachen, schwebenden Scheiben angeführt wurden, die im Gegensatz zu den Schwebern lautlos dicht über den Boden glitten. Alle trugen Kisten in den Händen, obwohl es trotz der Verwüstungen immer noch mehr als genug funktionstüchtige Transportmittel gab. Und sie schienen in Richtung des Raumhafens unterwegs zu sein.

Als der letzte die Straßenkreuzung passiert hatte, richtete sich Xiao wieder auf und huschte eine Parallelstraße entlang. An der nächsten Kreuzung entdeckte sie die Kolonne wieder. Wenn das Ziel der Menschen wirklich der Raumhafen war, würden sie ihn bei dieser Geschwindigkeit in knapp zwei Stunden erreichen.

Die zierliche Asiatin warf einen Blick auf ihre Uhr. Es war kurz nach Mittag. Kyle und Niu wollten noch vor Einbruch der Dunkelheit zurückkehren. Spätestens dann mußte sie wieder in ihrem Quartier sein, um die beiden Männer nicht zu beunruhigen. Das hieß, daß ihr mindestens noch sechs Stunden blieben. Zeit genug, den Zug bis zu seinem Ziel zu begleiten, Informationen zu sammeln und wieder umzukehren.

Kyle würde außer sich sein, wenn er davon erfuhr.

Einen Moment lang war sich Xiao unschlüssig. Was sollte sie schon Neues erfahren, wenn sie einen Zug geistig versklavter Menschen begleitete? Andererseits hatte Kyle immer wieder betont, daß ihre Hauptaufgabe nicht darin bestand, die Fremden zu bekämpfen, sondern sie zu beobachten, um neue Erkenntnisse über ihre Verhaltensmuster und ihre Absichten zu gewinnen, die Basis für zukünftige Aktionen.

Es konnte nicht schaden, die Kolonne noch ein Stück zu begleiten. Ein paar Häuserblocks weiter lag ein Freizeitpark, den Xiao ohnehin hatte aufsuchen wollen.

Bis zur Landung der Außerirdischen hatte das GIIC alle potentiellen Immunen über öffentliche Lautsprecher und Anzeigetafeln aufgefordert, sich an öffentlichen Plätzen einzufinden und dort gegebenenfalls Nachrichten zu hinterlassen. Zwar war das schon mehr als eine gute Woche her, aber es bestand immer noch die Möglichkeit, daß Nachzügler eintrafen. Die tägliche Überprüfung solcher prägnanter Punkte zählte zu Xiaos Aufgaben.

Sie eilte zwei Straßen weiter bis zu einer breiten Kreuzung, wo sie sich in einem geplünderten Musikladen mit zertrümmerten Scheiben hinter einem Deckenpfeiler versteckte. Als die schweigende Kolonne links von ihr vorbeizog, sah sie, wie eine ältere Frau strauchelte und stürzte. Die anderen machten keine Anstalten, ihr zu helfen. Der Zug teilte sich um sie herum wie Wasser, das einen Felsen umströmte. Xiao biß sich auf die Lippen und unterdrückte ein Aufstöhnen.

Die Schwebeplattform der Aliens, die die Nachhut bildeten, hielt neben der Frau an. Eine der monströsen Kreaturen richtete einen länglichen Gegenstand auf die Gestürzte. Die Frau richtete sich mühsam auf, hob die Kiste hoch, die sie fallengelassen hatte, und machte einen unsicheren Schritt, dann einen zweiten und dritten – und brach erneut zusammen.

Der Außerirdische beachtete sie nicht weiter, hob seinen Stab und schwenkte ihn langsam herum. Als das Gebilde in Xiaos Richtung zeigte, spürte sie das leichte Kribbeln in ihrem Nacken, und instinktiv duckte sie sich tiefer, obwohl sie wußte, daß eine einfache Häuserwand keinen Schutz gegen die Strahlen bot.

In ihrem Kopf schien eine tonlose Stimme zu erwachen. Nein, zwei Stimmen, die eines Mannes und einer Frau, und sie antworteten auf einen unhörbaren Befehl. *Betty, Jeff, bleibt in euren Zimmern!* schrie Xiao lautlos in sich hinein. Die beiden Pseudopersönlichkeiten waren schon vor Wochen von den Außerirdischen ausgeschaltet worden und seither empfänglich für ihre Befehle.

Gegen ihren Willen richtete sich Xiao langsam auf. *Betty, Jeff, geht schlafen!* befahl sie eindringlich und beschwor in ihrer Vorstellung das Bild eines einladenden Bettes herauf. Ein Schwindelgefühl hatte sie erfaßt, und ein milchiger Schleier legte sich über ihre Augen. Sie blinzelte krampfhaft. Jeff folgte ihrem Gedankenbefehl, und vor ihrem inneren Auge sah sie einen kräftigen Mann mittleren Alters, der sich dem Bett näherte und zu verblassen begann, doch Betty drehte sich zu ihr um und sah sie direkt an. Xiao spürte, daß sie das Blickduell zu verlieren drohte, und verzweifelt versuchte sie, sich an die Schlüsselworte und Symbole zu erinnern, mit denen sie die verschiedenen Pseudopersönlichkeiten in ihr kontrollieren konnte, doch es war bereits zu spät. Eine bleierne Müdigkeit erfaßte sie, und sie sank auf das imaginäre Bett, das sie für Betty heraufbeschworen hatte.

Aber diesmal schlief sie nicht völlig ein, wie sie es sonst fast immer tat, wenn eine andere Person das Kommando über ihren Körper und Verstand übernahm. Bruchstückhaft nahm sie wahr, wie Betty das Geschäft verließ und gehorsam auf die Schwebeplattform der Fremden zutrottete.

Einem Außenstehenden hätte sich ein seltsamer Anblick geboten. Eine kleine zierliche Frau, fast noch ein Mädchen, die sich leicht gebückt und bedächtig wie eine sehr viel ältere Frau bewegte, hob die Kiste hoch und folgte dem Zug mit schlurfenden und trotzdem eiligen Schritten. Nichts an ihr erinnerte mehr an die kaum achtzehnjährige agile Asiatin, selbst das feingeschnittene hübsche Gesicht wirkte auf einmal runzelig und um mindestens 60 Jahre gealtert.

Kurze Szenen blitzten wie Filmschnipsel vor Xiao auf, Geräuschfetzen drangen an ihre Ohren, flüchtige Eindrücke. Das schwere Atmen der Menschen und das fauchende Zischen der Außerirdischen. Sie sah intakte und völlig verwüstete Häuserfronten, ineinander verkeilte Fahrzeuge, rußgeschwärzte Wände, glitzernde Glasscheiben und verrottenden Unrat. Dann ein großes offenes Tor, flankiert von gigantischen Gestalten wie surrealistischen Skulpturen, einen endlosen glatten Plastbetonboden, durchbrochen von einem tiefen Krater mit hoch aufgeworfenen Rändern, einen Berg halbgeschmolzenen Metalls und schließlich eine riesige, matt glänzende Kugel auf einem Gewirr dünner Stelzen. Eine flache Rampe führte zu einer gähnenden kreisrunden Öffnung empor. Dahinter düsteres Licht, ein dumpfes Brummen und ein leises, rhythmisches, auf- und abschwellendes Heulen. Ein großer Raum, vollgestopft mit fremdartigen Geräten und Aggregaten. Monitore und Leuchtquellen, die in verschiedenen Farbtönen pulsierten. Gänge und Stufen, eine hohle Röhre, durch die Betty, plötzlich gewichtslos, in eine undefinierbare Richtung schwebte, noch mehr Gänge und Schotten, die sich wie von Geisterhand öffneten, ein Raum, in dem sich unzählige Kisten stapelten…

Dann lief der fragmentarische Film wieder rückwärts ab, und urplötzlich wurde es dunkel.

Xiao erwachte übergangslos.

Sie stand zusammen mit den anderen Menschen in einer Gasse zwischen zwei Lagerhallen außerhalb des Raumhafens. Das nachlassende Kribbeln in ihrem Nacken verriet ihr, daß sie gerade wieder der geheimnisvollen Strahlung ausgesetzt gewesen war.

Zwei Außerirdische standen vor den Menschen, die sich wie Soldaten bei einer Inspektion aufgereiht hatten, und Xiao konnte gerade noch einen entsetzten Aufschrei unterdrücken. Die Fremden unterhielten sich in ihrer Zischsprache, ohne ihre Arbeitssklaven eines Blickes zu würdigen.

Das Tageslicht ließ bereits nach, die Abenddämmerung war nicht mehr fern. Xiao fragte sich, wie lange sie es aushalten würde, stocksteif auf der Stelle zu stehen, bevor sie sich durch eine unbewußte Bewegung verriet. Ihre Muskeln schmerzten, und die Kopfhaut unter ihrem verschwitzten Haar juckte unerträglich.

Sie konnte nur beten, daß die versklavten Menschen von ihren Herren bald in die Stadt zurückgeschickt wurden.

Ohne den Kopf zu wenden, ließ sie den Blick durch die Gasse wandern. Die einzige Tür in der Wand der Lagerhalle vor ihr befand sich direkt hinter den beiden Aliens, und die Gasse erstreckte sich rund 50 Meter nach beiden Seiten, bevor sie rechts und links in Querstraßen mündete.

Xiao versuchte, Betty oder Jeff zu rufen, um ihnen das Kommando über ihren Körper zu übertragen, aber die beiden blieben stumm.

Sie war gefangen.

*

»Verdammt, sie müßte längst zurück sein! Warum meldet sie sich nicht wenigstens mit einem Kurzimpuls?«

Kyle lief nervös im Wohnzimmer des Ferienhauses auf und ab, trat immer wieder an die mit Vorhängen verhüllten Fenster, schob den Stoff ein wenig beiseite und spähte durch den Spalt ins Freie. Die Sonne war gerade untergegangen, und die Dunkelheit brach herein. Sie hatten ein paar Kerzen angezündet, denn sie konnten es nicht riskieren, sich zu verraten, indem sie die Innenbeleuchtung anschalteten. »Immer noch nichts von den anderen?«

Niu schüttelte stumm den Kopf. Er hatte geraffte Funksprüche an die Immunen in der näheren Umgebung geschickt, die sie bisher aufgespürt hatten, aber niemand hatte etwas von Xiao gehört oder gesehen.

Als sie vor zwei Stunden erschöpft zurückgekehrt waren, hatten sie das Haus verlassen und abgeschlossen vorgefunden. Nichts deutete darauf hin, daß irgend jemand hier eingedrungen war, und wäre Xiao den Strahlen der Außerirdischen zum Opfer gefallen, hätte sie die Tür bestimmt nicht hinter sich verriegelt.

Vielleicht hatten sie sie irgendwo dort draußen erwischt. Vielleicht aber hatte auch eine ihrer Pseudopersönlichkeiten das Kommando übernommen, und sie irrte orientierungslos in der Gegend herum.

»Wir sollten endlich von hier verschwinden, Kyle«, sagte Niu leise. Er haßte sich dafür, obwohl er genau wußte, daß sie nicht länger in ihrem Versteck bleiben durften. Wenn Xiao sich in der Gewalt der Fremden befand, konnten sie jeden Augenblick hier auftauchen.

»Ich glaube nicht, daß die Außerirdischen jeden Menschen, den sie schnappen, einem Verhör unterziehen«, erwiderte Kyle, ohne sich umzudrehen. »Wahrscheinlich können sie das nicht einmal. Sonst hätten sie das geheime GIIC-Hauptquartier schon viel früher angegriffen.«

»Die Situation hat sich verändert«, gab der Hawaiianer nüchtern zurück. »Denk nach! Seit ihrer Landung gibt es vermutlich keine freien Menschen mehr auf der Erdoberfläche, von den wenigen Immunen einmal abgesehen. Wenn sie einen normalen Menschen erwischen, werden sie natürlich wissen wollen, wieso er ihrer Beeinflussung bisher entgehen konnte, und dann *werden* sie ihn verhören. Mit welchen Mitteln auch immer.«

Kyle zuckte zusammen. Niu hatte recht. Er verfluchte sich dafür, nicht schon längst daran gedacht zu haben.

»Okay, verschwinden wir«, gab er widerwillig nach. »Aber wir quartieren uns in der Nähe ein, wo wir das Haus im Auge behalten können, falls Xiao doch noch zurückkommt.«

Eine halbe Stunde später hatten sie eine Wohnung auf der anderen Straßenseite gefunden, keine hundert Meter von dem Ferienhaus entfernt. Obwohl Niu kein Wort darüber verlor, wußte Kyle, was das für seinen Partner bedeutete. Sollten die Außerirdischen tatsächlich auftauchen, würden sie die nähere Umgebung höchstwahrscheinlich bestrahlen, und das wäre das Ende für den Hawaiianer.

»Ich denke, mittlerweile müssen wir es riskieren, einen Aktivierungsimpuls an ihr Funkgerät zu schicken«, sagte Kyle, nachdem es völlig dunkel geworden war. »Auch wenn es noch so unwahrscheinlich ist, vielleicht hat sie das Gerät unbemerkt abgeschaltet, oder sie schläft einfach.«

Es war praktisch unmöglich, daß der Sender angemessen werden konnte. Kyle hatte auf seinen früheren Ausflügen ein dichtes Relaisnetz winziger Funkgeräte ausgestreut, die die extrem energiearmen Funkbotschaften weiterleiteten. Ihre Reichweite betrug maximal fünf Kilometer.

Niu zuckte die Achseln. »Ich glaube nicht, daß es etwas bringen wird. Wenn Xiao von den Außerirdischen geschnappt worden ist, dürfte sie uns kaum antworten können.«

Kyle verzog das Gesicht. Natürlich hatte Niu recht, aber er *mußte* irgend etwas unternehmen. Er tippte den auf Xiaos Funkgerät programmierten Aktivierungscode ein und schickte ihn auf der nur für sie reservierten Frequenz ab. Einen Sekundenbruchteil später erhielt er das Bestätigungssignal.

»Ihr Gerät ist auf jeden Fall noch intakt und befindet sich innerhalb des Relaisnetzes«, flüsterte er heiser. Er sah Niu an, als erwartete er einen Vorschlag, aber der Hawaiianer erwiderte seinen Blick wortlos. Kyle schloß die Augen. Wenn Xiao noch handlungsfähig war, hätte sie auf die Aktivierung des Geräts reagieren müssen. Vielleicht aber war sie im Augenblick auch Bob, Lilly oder irgendeine andere Person, die sich nicht mit der Funktion des Funkgeräts auskannte. In diesem Fall hätte es keinen Sinn gemacht, ihr einen gerafften Funkspruch zu schicken, den sie erst auspacken mußte, um seinen Inhalt zu verstehen. Er schaltete ihr Gerät durch einen weiteren Impuls von Empfang auf Sendung und drehte die Lautstärke seines Empfängers auf Maximum.

Ein leises Geräusch drang aus dem kleinen Lautsprecher, als atmete irgend jemand flach und gleichmäßig.

Ihm blieb nur eine Möglichkeit, sich Gewißheit zu verschaffen.

Er hob das Funkgerät dicht vor seine Lippen, schaltete auf Direktsendung und sagte laut und deutlich, jede Silbe betonend: »Wasser, Xiao! Luft, Xiao! Wasser!«

Es waren die Schlüsselbegriffe, verbunden mit dem Namen, um ihre dominante Persönlichkeit zu aktivieren.

Keine Antwort.

Kyle wartete eine Weile, dann wiederholte er die Worte und fügte hinzu: »Wenn du mich hören, aber aus irgendeinem Grund nicht sprechen kannst, drücke dreimal auf die Sendetaste.«

Die Sekunden schleppten sich zäh dahin, ohne daß er ein Signal erhielt.

Und dann gefror ihm das Blut in den Adern, denn aus dem Lautsprecher klang ein bedrohliches Geräusch auf, das immer lauter wurde, als nähere es sich dem Mikrofon.

Ein widerwärtiges Zischen und Fauchen, die unverständliche Sprache der Fremden, und das ließ nur eine Schlußfolgerung zu: Xiao befand sich in der Gewalt der Bestien!

*

Katastrophenschutzbunker des GIIC-Zentrale
Montreal, 4. Juli 2051

»Es wird ein langer und anstrengender Marsch werden«, sagte Sheila Duncan und deutete auf die Öffnung in der Wandverkleidung des Bunkers. »Halten Sie stets das Seil fest, damit wir uns in dem Labyrinth der Grotten nicht verlieren.«

Nachdem alle ihre Patienten erwacht und versorgt waren, hatte sie Rebecca Adams den Signalring gegeben und war trotz aller Befürchtungen, vielleicht nie mehr zu erwachen, praktisch auf der Stelle eingeschlafen. Jetzt fühlte sie sich halbwegs erholt, und es gab keinen Grund, noch länger im Bunker zu verweilen.

Ihre Patienten mußten beschäftigt werden und ständig neue Eindrücke sammeln, um sich von dem Wissen ablenken zu können, daß sie den größten Teil ihres Lebens verloren hatten.

»Und was tun wir, wenn wir oben angekommen sind?« fragte jemand.

»Dann versuchen wir, Kontakt zu Kyle Larkin oder einem der

anderen Immunen aufzunehmen«, erwiderte Sheila. Es waren immer die gleichen Fragen, die ihr gestellt wurden. In dieser Beziehung ähnelten ihre Schutzbefohlenen tatsächlich Kindern. »Sollte das aus irgendeinem Grund nicht gelingen, verlassen wir die Stadt im Schutz der Dunkelheit, ziehen nach Osten und suchen einen Unterschlupf in den Wäldern, möglichst weit entfernt von militärischen Einrichtungen und Fabriken. Dort werden wir uns einrichten und unsere weitere Vorgehensweise besprechen, bevor wir weiterziehen.«

»Wieso müssen wir unbedingt weiterziehen?« warf ein anderer Mann ein. »Und warum gerade nach Osten?«

Sheila schnitt ihm mit einer ungeduldigen Handbewegung das Wort ab. »Weil im Osten der…«, begann sie und biß sich auf die Lippen. Verdammt! Sie durfte sich nicht verplappern! »Später«, sagte sie knapp. »Erst müssen wir an die Oberfläche zurückkehren.«

Sie schob sich durch die Öffnung und leuchtete den Gang mit ihrer Taschenlampe aus. Es war ein enger Stollen, den die Bergarbeiter auf der Suche nach Erz vor mehr als 150 Jahren durch den Fels getrieben hatten. Die Wände waren uneben und feucht, die Luft kalt und abgestanden. Hier und da tropfte Wasser von der Decke.

Nach einem halben Kilometer mündete der Gang in eine natürliche Kaverne von der Größe eines Wohnhauses. Am anderen Ende gähnten drei unregelmäßig geformte Löcher im Gestein. Als Sheila den Lichtkegel ihrer Taschenlampe durch die Höhle wandern ließ, bemerkte sie mehrere scharfkantige Felsbrocken auf dem Boden, die offensichtlich erst vor kurzem herabgefallen waren. *Hoffentlich hat die Sprengung der Zentrale nicht auch unseren Fluchtweg verschüttet,* dachte sie beklommen.

Während sie darauf wartete, daß der Rest der Gruppe eintraf, studierte sie die Folien, auf denen der Verlauf des Höhlenlabyrinths ausgedruckt war. Ihr Weg war durch eine rote Linie markiert.

»Wir nehmen den rechten Spalt«, verkündete sie. Ihre Stimme klang unnatürlich laut und hohl in der Stille. »Dort führte der Weg eine Weile abwärts bis zu einem unterirdischen See, den wir durchqueren müssen. An seinem rechten Ufer führt ein Felsvorsprung knietief unter der Wasseroberfläche entlang. Haltet euch dicht an der Wand, damit ihr nicht abrutscht. Das Wasser ist eiskalt.«

Der Spalt war gerade breit genug, daß sie sich hindurchzwängen konnten, ohne die Rucksäcke abnehmen zu müssen, in denen jeder von ihnen einen Vorrat an Nahrungsmitteln und Medikamenten sowie Werkzeuge, Waffen, technisches Gerät und Energiezellen trug.

Schweigend stapften sie durch den anschließenden Gang dahin, bis er sich zu einem länglichen Oval weitete, in dem das Wasser des Sees schwarz und still wie eine spiegelglatte Ölpfütze im Licht der Lampen schimmerte.

Das Wasser umspülte ihre Knöchel und sickerte eiskalt durch den Stoff ihrer Allzweckoveralls. Dicht an die Felswand gedrückt, schoben sie sich vorsichtig vorwärts und erreichten unbeschadet das andere Ende. Obwohl der Spezialstoff ihrer Overalls bereits nach wenigen Minuten wieder trocknete, hatte Sheila das Gefühl, als wären ihre Waden mit kalten Bandagen umwickelt.

Erneut fand sie Geröllträmmer auf dem Boden, und diesmal bestand kein Zweifel daran, daß sie erst kürzlich herabgestürzt waren, denn als sie den Strahl ihrer Lampe an die Decke richtete, entdeckte sie dort mehrere klaffende Löcher, in denen das Gestein trockener und damit heller als der es umgebende Fels war.

Sie behielt ihre Befürchtungen für sich, aber ihre Anspannung wuchs.

Kurz darauf gabelte sich der Weg. Laut der Karte mußten sie wieder die rechte Abzweigung nehmen und würden danach parallel zu diesem Gang über einen Kilometer weit in die Richtung zurückkehren, aus der sie gekommen waren. Luftlinie waren es gerade einmal sechs Kilometer vom Bunker bis zum Ausgang der Höhle, aber durch die ständigen Umwege würden sie mindestens zwanzig Kilometer zurücklegen müssen.

Aber sie kamen keine hundert Meter weit, als sich Sheilas Befürchtungen bewahrheiteten. Vor ihnen war die Decke eingestürzt und füllte den Gang lückenlos aus. Die Brocken waren so schwer und ineinander verkeilt, daß sie sich auch mit vereinten Kräften nicht bewegen ließen.

»Und was jetzt?« fragte Jacques eine halbe Stunde später, nachdem sie ihre sinnlosen Bemühungen aufgegeben hatten. »Was ist mit den anderen Abzweigungen?«

Sheila studierte zum wiederholten Mal die Karte, obwohl sie längst wußte, was der Plan zeigte. »Die ersten beiden führen in sich selbst zurück«, erklärte sie, »und die zweite endet in einer Sackgasse. Das hier ist der einzige Weg, also müssen wir uns etwas einfallen lassen.« Sie fröstelte, und das lag nicht allein an der Kälte.

»Wir haben Verpflegung für drei Tage bei uns«, fuhr sie aufmunternd fort, als das Schweigen unerträglich zu werden drohte, »und der Bunker ist für einen längeren Aufenthalt ausgerüstet. Also gibt es keinen Grund zur Panik. Wir werden schon einen Ausweg finden.«

Aber sie wußte, daß das nicht viel mehr als ein Lippenbekenntnis war. Um die Felsbrocken zu beseitigen, würden sie schweres Räumgerät benötigen. *Vielleicht*, überlegte sie fieberhaft, *kann ich aus den im Bunker vorhandenen Substanzen irgendeinen Sprengstoff herstellen.* Als Wissenschaftlerin würde ihr das mit Hilfe des Suprasensors vielleicht sogar gelingen, aber die Erschütterungen einer erneuten Explosion würden vermutlich nur zu einem noch größeren Einsturz der Decke führen, selbst wenn sie die Felsbrokken der Geröllbarriere zu handlichen Trümmerstücken zerkleinerte.

Die andere Möglichkeit war, den Felsbrocken mit langen Hebeln zu Leibe zu rücken, nur hatte Sheila keine Ahnung, wo sie so lange Hebel hernehmen oder woraus sie sie herstellen sollte.

Das einzige, was sie mit Sicherheit wußte, war, daß sie unter mindestens 700 Metern gewachsenem Fels festsaßen.

*

Der Summton ihres Funkgeräts ließ Xiao unwillkürlich zusammenzucken, und im letzten Moment konnte sie verhindern, daß ihre Hand an ihren Gürtel fuhr.

Es kam ihr vor, als stünde sie seit einer Ewigkeit mit den anderen Menschen wie eine lebende Statue in der Gasse zwischen den Lagerhäusern, doch es konnte nicht viel mehr als eine Stunde vergangen sein. Im Westen schimmerte immer noch das Abendrot.

Xiaos Augen hatten sich auf die Dunkelheit eingestellt. Noch immer standen die beiden monströsen Kreaturen keine zehn Meter von ihr entfernt, fast so reglos wie die gelähmten Menschen. Sie hätte sich nie vorstellen können, so lange keinen Muskel zu rühren, aber nun schien es, als würde auch diese unglaubliche Selbstbeherrschung sie nicht retten.

Kyle mußte die Geduld verloren und ihr Funkgerät eingeschaltet haben. *Bitte, melde dich nicht!* betete sie. Aber woher sollte er ahnen können, daß sie in diese unwahrscheinliche Situation geraten war? Bestimmt machte er sich Sorgen um sie und wollte wissen, ob sie noch lebte.

Die Außerirdischen schienen das leise Summen nicht bemerkt zu haben, jedenfalls reagierten sie nicht. Xiao bemühte sich, weiter flach und möglichst regelmäßig zu atmen.

Und dann passierte genau das, was sie befürchtet hatte.

»Wasser, Xiao! Luft, Xiao! Wasser!« klang Kyles Stimme laut und deutlich aus dem kleinen Lautsprecher auf. *Er befürchtet, ich wäre von einer meiner Pseudopersönlichkeiten verdrängt worden, und will mich wecken,* dachte Xiao verzweifelt.

Wie durch ein Wunder gelang es ihr, keine Miene zu verziehen, als sich die monströsen Kreaturen langsam in ihre Richtung umdrehten. Offenbar hatten sie die genaue Quelle des Geräuschs nicht lokalisieren können. Doch kurz darauf wiederholte Kyle die Schlüsselworte und fügte hinzu: »Wenn du mich hören, aber aus irgendeinem Grund nicht sprechen kannst, drücke dreimal auf die Sendetaste.«

Beinahe hätte Xiao über die Ironie der Situation aufgelacht, obwohl sie das Gefühl hatte, jeden Augenblick das Bewußtsein zu verlieren.

Diesmal kamen die Fremden auf sie zu, den Blick genau auf das Funkgerät an ihrem Gürtel gerichtet. Einer streckte eine riesige Pranke danach aus und entfernte es mit einem groben Ruck. Es war Xiao unverständlich, wieso sie nicht das dröhnende Hämmern ihres rasenden Herzschlags hören konnten oder den Schweiß bemerkten, der ihr in Strömen übers Gesicht lief. Aber sie sahen sie nicht einmal direkt an. Vermutlich war der Gedanke, daß einer ihrer Sklaven aus seinem Trancezustand erwacht sein könnte, für sie völlig unvorstellbar. Ihre ganze Aufmerksamkeit galt dem Funkgerät, das jetzt schwieg. Sie zischten einander etwas zu, dann drehten sie sich um und entfernten sich mit gemächlichen Schritten.

Beide!

Xiao mußte gegen ein hysterisches Kichern ankämpfen, das in ihrer Kehle aufzusteigen drohte. Die Außerirdischen mochten den Menschen in technischer Hinsicht grenzenlos überlegen sein, aber sie legten eine unglaubliche Arroganz an den Tag. Sie hatten ihr nicht einmal den Paraschocker abgenommen, den sie ebenfalls offen in einem Gürtelholster trug. Wozu bewachten sie ihre Sklaven, um sie ausgerechnet dann allein zu lassen, wenn sich etwas Ungewöhnliches ereignete?

Als sie um das rechte Ende der Gasse bogen und außer Sichtweite waren, rannte Xiao in die entgegengesetzte Richtung davon. Im ersten Moment wollten ihre verkrampften Beine ihr nicht richtig gehorchen, und sie hinkte mehr, als daß sie lief. Doch ihre Angst verlieh ihr ungeahnte Kräfte. Sie unterdrückte die Schmerzen und hastete geduckt weiter, bog nach rechts ab und hielt sich dicht an der Häuserwand, bereit, sofort in Deckung zu springen, sobald sie irgendwo eine Bewegung entdeckte, aber die Straße war verwaist.

Ich muß nach Süden! schoß es ihr durch den Kopf. Kyle hatte ihr erklärt, wie sie sich orientieren konnte, wenn sie sich verlaufen sollte. Im Westen leuchteten die Wolken immer noch in einem allmählich verblassenden Rot. Wenn sie nach Süden wollte, mußte das Abendrot rechts von ihr sein.

Sie rannte, bis ihre Lungen zu stechen begannen und ihre Beine so sehr zitterten, daß sie eine Pause einlegen mußte. In einen Hauseingang geschmiegt, wartete sie, bis sich ihr Atem wenigstens halbwegs beruhigt und das schlimmste Zittern aufgehört hatte. Ihr Herz schlug noch immer, als wollte es jeden Moment zerspringen, und ihre Kehle war staubtrocken. Trotzdem hielt sie es nicht länger in ihrem Versteck aus. Jeden Moment mußten die Außerirdischen bemerken, daß einer ihrer Arbeitssklaven fehlte.

Und was würden sie dann tun? Ausschwärmen und Jagd auf sie machen? Die Straßen in der näheren Umgebung großflächig bestrahlen? Oder würden sie überhaupt nicht registrieren, daß eine Person fehlte?

Wahrscheinlich konnten sie die Menschen nicht einmal auseinanderhalten. Jedenfalls sah für Xiao eine der Bestien wie die andere aus.

Sie hastete weiter, und allmählich erkannte sie die ersten vertrauten Gebäude. Zwei Straßenzüge weiter links lag der Freizeitpark. Wenn Kyle und Niu nach ihr suchten, würde das einer der ersten Orte sein. Außerdem boten dort Bäume und Hecken zusätzliche Deckung.

Als sie den Park erreicht hatte, legte sie erneut eine kurze Pause ein und lauschte angestrengt. Bis auf ein leises Rascheln der Blätter, das Murmeln eines Springbrunnens und das klagende Heulen eines Hundes in weiter Ferne konnte sie nichts hören. Sie war so erschöpft, daß sie sich kaum noch auf den Beinen halten konnte, und das war ein gefährlicher Zustand, denn in solchen Situationen hatten ihre Pseudopersönlichkeiten es leicht, das Kommando über sie zu übernehmen.

»Hallo?«

Allen guten Vorsätzen zum Trotz stieß sie einen leisen Schrei aus, als sie die Stimme hörte. Sie sprang auf, stolperte und stürzte hart auf einen Kiesweg.

»Hallo!« rief die Stimme wieder, diesmal etwas lauter und mit einem drängenden Unterton. Verstohlene Schritte knirschten im Kies.

Xiao stemmte sich hoch und sah sich hastig um. Ein Schemen glitt an einer Steinskulptur vorbei, wurde einen Moment lang von der Dunkelheit verschluckt und dann wieder sichtbar.

»Wer ist da?« krächzte Xiao, halb verängstigt, halb erleichtert.

Die Schritte kamen rasch näher, und sie erkannte einen großgewachsenen breitschultrigen Mann, dessen Stirnglatze im Mondlicht wie poliert schimmerte. »Sie können mich verstehen?« sprudelte er hervor. »Gott sei Dank! Sie wissen ja gar nicht, wie lange ich...«

»Leise!« zischte Xiao. Der Mann verströmte einen ranzigen

durchdringenden Geruch, als hätte er sich wochenlang nicht mehr gewaschen, und das erinnerte sie an die bedauernswerten Menschen, zwischen denen sie eine halbe Ewigkeit gestanden hatte. Sie schüttelte sich und stand auf. »Kommen Sie.« Ohne eine Antwort abzuwarten, lief sie in die Richtung, aus der das leise Plätschern ertönte, beugte sich über den Springbrunnen und trank gierig. Dann wusch sie sich eilig das Gesicht, bevor sie sich umdrehte.

Der Mann stand dicht hinter ihr, einen Arm halb ausgestreckt, als befürchtete er, sie könnte ihm entwischen.

»Ich heiße Xiao Feng«, stellte sie sich vor, »und ich habe Sie noch nie gesehen. Woher kommen Sie?«

»Aus Burlington im Süden«, sagte der Mann. Er hatte eine tiefe Stimme, die vor Anspannung schwankte. »Ich heiße Walter Truggot und bin schon seit vier Tagen in Montreal, aber ich habe noch keinen anderen Immunen entdeckt. Wo haben Sie...«

»Lassen Sie uns verschwinden«, fiel ihm Xiao ins Wort. »Ich bringe Sie zu meinen Freunden. Kommen Sie.« Sie drehte sich um und lief los.

»Es gibt hier noch mehr wie uns?« fragte Truggot erregt. Er folgte ihr gehorsam im Laufschritt und klebte unangenehm dicht an ihr. »Ich bin durch viele Städte gekommen, habe aber niemanden getroffen, der bei klarem Verstand war. Es können nicht viele sein, die immun gegen diese Strahlung sind...«

Xiao hatte Mühe, seinen Wortschwall zu stoppen. Sie konnte verstehen, wie ihm zumute sein mußte, aber obwohl sie Mitleid mit ihm hatte und froh war, nicht allein durch die Dunkelheit laufen zu müssen, fühlte sie eine instinktive Abneigung gegen ihn, die nicht an seinem verwahrlosten Zustand und seinem penetranten Körpergeruch lag.

Auf dem Weg zu ihrem provisorischen Quartier berichtete sie ihm in groben Zügen, was in Montreal seit dem Angriff der Außerirdischen geschehen war, doch sie erwähnte das GIIC mit keinem Wort und ging auch nicht auf nähere Einzelheiten hinsichtlich der anderen Immunen ein. Kyle hatte ihr eingeschärft, so wenig Informationen wie möglich an Fremde weiterzugeben. Aber selbst ohne diese Warnung hätte sie sich diesem Mann nicht anvertraut. Trotz seiner mißlichen Lage hatte er irgendwie etwas Lauerndes, Rücksichtsloses und Verschlagenes an sich.

Sie fand das Ferienhaus unverschlossen und leer vor.

»Wo sind Ihre Freunde?« fragte Truggot unruhig, und in diesem Augenblick durchzuckte sie ein verrückter Gedanke. Konnte es sein, daß der Mann ein Agent der Außerirdischen war? Hatten sie ihn ihr nach ihrer Flucht auf die Fersen gehetzt, damit er sie zu den anderen führte?

»Ausgeflogen«, sagte sie beklommen. »Aber sie werden uns schon finden. Machen Sie nicht das Licht an, benutzen Sie nur Kerzen. Und waschen Sie sich. In den Schränken finden Sie frische Kleidung. Ich bereite uns in der Zwischenzeit einen Imbiß zu.«

Sie ließ ihn allein und eilte in ihr Schlafzimmer, wo sie unter anderen Dingen ein zweites Funkgerät aufbewahrte. Eine Anzeige verriet, daß es einen gerafften und kodierten Funkspruch aufgezeichnet hatte. Sie las das Kürzel auf dem winzigen Display, tippte den Kodeschlüssel ein und hörte die Botschaft ab.

»Nicht mehr die Generalfrequenz benutzen«, klang Kyles Stimme auf. »Wir haben euch gesehen. Ich hoffe, du verstehst, daß wir unter diesen Umständen vorsichtig sein müssen. Erschrick nicht, wenn wir bewaffnet kommen. Ich bete, daß die Außerirdischen dich nicht manipuliert haben.«

Xiao seufzte erleichtert auf. Kyle und Niu mußten ganz in der Nähe stecken und das Haus ständig im Auge behalten haben. Die Nachricht konnte erst wenige Minuten alt sein.

Wie nahe sie waren, bemerkte sie erst, als sie ins Wohnzimmer zurückkehrte und Kyle in der Tür stehen sah. Er legte warnend einen Finger an die Lippen. Sie nickte stumm und voller Erleichterung, obwohl er mit einem Paraschocker auf sie zielte. Niu schlich gerade zum Badezimmer, aus dem das Rauschen fließenden Wassers aufklang. Er brachte den Kombinadler in Anschlag, trat die Tür ein und schnarrte mit filmreifer Bösewichtstimme: »Ganz ruhig, Mister! Heben Sie die Hände und kommen Sie langsam heraus.«

*

In den Grotten unter Montreal, 4. Juli 2051

»Ich wüßte gerne, ob ich schwimmen kann«, murmelte Becky nachdenklich, als sie auf dem Rückweg zum Bunker den unterirdischen See erreichten.

»Probieren Sie es lieber nicht aus«, erwiderte Sheila mit vorgetäuschter Munterkeit. »Das Wasser ist eiskalt, und wir wissen nicht, wie tief es ist. Auch wenn Sie nicht ertrinken, könnten Sie sich leicht eine Lungenentzündung einfangen.«

Als ob es jetzt noch darauf ankäme, dachte sie mutlos. *Vielleicht wäre es sogar besser, wir würden ertrinken. Wahrscheinlich ist der ganze Fels unterspült, und mit etwas Glück kommen unsere Leichen irgendwann wieder ans Tageslicht, anstatt ewig in dieser lichtlosen...*

Der Gedanke elektrisierte sie, und sie blieb so plötzlich stehen, als sei sie gegen eine unsichtbare Wand gelaufen.

Becky, die direkt hinter ihr ging, prallte gegen sie. »Was ist?« fragte sie erschrocken.

»Moment.« Sheila zog den Höhlenplan hervor und studierte die erste Folie. Der Gang, der durch den Einsturz blockiert war, verlief laut der Karte höchstens zwanzig Meter entfernt parallel zu dieser Grotte. Und auch in ihm war ein langgestreckter See eingezeichnet...

Sie schnallte den Rucksack ab und hob die Arme. »Hört zu, Leute!« rief sie. »Vielleicht liegt der Ausweg direkt vor uns, beziehungsweise unter uns. Es ist gut möglich, daß es unter der Wasseroberfläche eine Verbindung zwischen diesem Gang und dem nächsten gibt. Ich bin eine gute Schwimmerin und werde nachsehen, ob ich einen Weg finde. Becky, Sie halten das Seil. Wenn ich dreimal kräftig daran ziehe...«

»Augenblick«, unterbrach Becky. »Ich denke, es ist keine gute Idee, wenn Sie es zuerst versuchen. Wenn Sie... sollte Ihnen etwas zustoßen, wären wir verloren. Sie sind unsere Führerin.«

Sheila sah sie verblüfft an. Becky hatte recht. Aber wer von den anderen konnte schwimmen?

»Ich kann mich zwar nicht daran erinnern, aber irgendwie bin ich sicher, daß ich schwimmen kann«, sagte Becky, als hätte sie die Gedanken der Ärztin gelesen. Sie streifte ebenfalls ihren Rucksack ab. »Lassen sie es mich wenigstens versuchen.«

Wenn es tatsächlich eine Verbindung zwischen den Gängen gibt, werden die anderen ohnehin ins kalte Wasser springen müssen, im wahrsten Sinne des Wortes, dachte Sheila. *Warum es also nicht gleich probieren?* Sie gab sich einen Ruck.

»Okay Becky. Binden Sie sich das Seil um den Bauch. Wenn Sie auf die andere Seite gelangen, rucken Sie dreimal kräftig daran. Wenn Sie nur einmal rucken, ziehen wir Sie sofort zurück. Aber jetzt versuchen Sie erst einmal, ob Sie wirklich schwimmen können.«

So wie alltägliche Fähigkeiten nach einer Gedächtnislöschung nicht verlorengingen, würde sie tatsächlich schwimmen können, auch wenn sie sich nicht mehr daran erinnerte.

Sofern sie jemals geschwommen war.

Becky ließ sich vorsichtig ins Wasser gleiten. Der Grund fiel gleich am Ufer steil ab, und schon nach zwei Schritten reichte ihr das Wasser bis zum Bauchnabel. »Brrr, das ist wirklich kalt« flüsterte sie schaudernd. Plötzlich ruderte sie mit den Armen, stieß einen überraschten Schrei aus und war verschwunden.

Sheilas Herzschlag setzte aus. Einen Moment lang war sie wie gelähmt, doch bevor sie reagieren konnte, tauchte Becky prustend wieder auf, paddelte einen Moment lang auf der Stelle und schwamm dann ein paar Meter in die Seemitte, bevor sie zurückkehrte.

»Kein Problem«, sagte sie zitternd. »Aber lange halte ich darin nicht aus.«

Sie sprang auf und ab und ließ die Arme kreisen, um ihren Kreislauf in Gang zu bringen.

»Probieren Sie aus, wie lange Sie die Luft anhalten können«, schlug Sheila vor. »Atmen Sie ein paarmal tief ein und aus. Dann halten Sie die Luft an und bewegen sich dabei weiter.« Sie stoppte die Zeit, während die junge Frau wie ein Springteufel auf und ab hüpfte. Becky schaffte fast 90 Sekunden.

»Sie müssen eine gute Schwimmerin gewesen sein«, kommentierte die Ärztin. »Vielleicht waren Sie sogar Sporttaucherin. Okay, ich denke, Sie können es riskieren. Sobald Sie auf der anderen Seite sind, machen Sie Aufwärmübungen und kehren erst zurück, wenn Sie wieder bei Atem sind! Auch wenn es länger dauern sollte.«

Becky nahm eine Taschenlampe, stieg wieder ins Wasser, holte tief Luft und tauchte unter. Sheila konnte den Lichtkegel deutlich erkennen, als Becky an der Wand entlang tauchte. Schon nach zehn Metern kam sie wieder empor. »Da ist tatsächlich eine Öffnung!« japste sie. »Ziemlich groß und nicht sehr tief.« Sie hechelte schnell. »Also, wünscht mir Glück.«

Nach einem letzten tiefen Atemzug verschwand sie im klaren Wasser. Das Licht ihrer Taschenlampe wurde dunkler und verschwand.

Sheila ließ das Seil durch ihre Finger gleiten, den Blick fest auf die Uhr gerichtet. Die Digitalanzeige schien eingefroren zu sein, so langsam kroch die Zeit. Doch schon nach nicht einmal 20 Sekunden ruckte das Seil dreimal in ihrer Hand, und sie stieß einen Freudenschrei aus. In ihrer Begeisterung überhörte sie beinahe das Piepen ihres Signalrings und drückte hastig auf das Sensorfeld. Schlagartig war sie wieder ernüchtert.

»Der Gang auf der anderen Seite führt weiter, genau wie es die Karte anzeigt«, berichtete Becky fünf Minuten später. Sheila hatte ihr eine Heizdecke um die Schultern gelegt und an eine Energiezelle angeschlossen. »Der Tunnel ist breit genug, und die Wände sind glatt. Auch wenn jemand nicht schwimmen kann, werden wir ihn leicht durchziehen können.«

Eine halbe Stunde später waren sie bereit. Becky machte wieder den Anfang. Nachdem die Hälfte der Gruppe den Tunnel ohne Schwierigkeiten durchquert hatte, zogen sie die luftdicht versiegelten Rucksäcke hinterher. Dann folgte der Rest der Gruppe.

Stan, ein kleiner stämmiger Mann, der in seinem früheren Leben ein Auge auf Sheila geworfen hatte, war der einzige Nichtschwimmer. Sie befestigte das Seil um seine Brust. »Es kann gar nichts schiefgehen, solange Sie die Luft anhalten«, schärfte sie ihm ein. »Ich bin direkt hinter Ihnen. Lassen Sie sich einfach ziehen. Ich sorge schon dafür, daß Sie nicht irgendwo hängenbleiben.«

Mit einem gequälten Nicken ließ sich Stan neben ihr ins Wasser gleiten. Er hielt sich ängstlich an dem Felssims fest und schnaufte wie ein Walroß. Dann holte er noch einmal tief Luft, ruckte an dem Seil und schloß die Augen.

Sie passierten den Tunnel ohne Probleme und wurden auf der anderen Seite mit stürmischem Beifall begrüßt.

Sheila zog sich zitternd aus dem Wasser. Sie strich sich das nasse Haar aus dem Gesicht, und dabei schien ihr irgend etwas falsch zu sein. Es dauerte einen Moment, bevor sie begriff und erstarrte. »Mein Ring!« keuchte sie. Sie hatte ihn unmittelbar vor dem Tauchgang noch einmal gedrückt. Seither konnte höchstens eine Minute vergangen sein. Also blieben ihr noch zwei.

Eine Ewigkeit, wenn man auf das Ende wartete.

Eine verdammt kurze Zeit, um einen kleinen Gegenstand in einer mehr als zehn Meter langen Röhre zu finden, die mit eiskaltem Wasser gefüllt war.

Sie schnappte sich eine Taschenlampe, atmete zweimal tief durch und sprang ins Wasser zurück. Der Boden des Tunnels war unebener als die Wände und mit einem dünnen Schlickfilm bedeckt, der durch ihre Bewegungen aufgewühlt worden war. Sheila ließ den Strahl der Taschenlampe hektisch hin und her wandern. *Ruhig!* ermahnte sie sich verzweifelt. *Je stärker du herumwedelst, desto mehr Schlick wirbelst du auf!* Aber ihr Körper reagierte nicht auf ihre Befehle. Sie arbeitete sich viel zu schnell vor und erreichte das Ende des Tunnels, ohne den Ring gefunden zu haben.

Das Blut dröhnte ihr in den Schläfen, der Druck in ihrem Kopf nahm zu.

Keine Zeit mehr, aufzutauchen und Luft zu schnappen! Wie lange noch? Eine Minute?

Direkt vor dem Höhleneingang fiel die Wand rund zwei Meter tiefer ab. Sheila tauchte bis auf den Grund und sah sich schnell um.

Nichts.

Zurück. Ihre letzte Chance.

Sie spürte ein scharfes Stechen im Hinterkopf. In ihren Ohren klang ein helles Singen auf.

Ist die Kapsel geplatzt? Wirkt das Gift bereits, oder ist das nur der Sauerstoffmangel?

Irgend etwas bewegte sich in der Röhre vor ihr, ein Lichtstrahl blendete sie. Die Taschenlampe entglitt ihren Händen. Sie tastete wild um sich.

Ein anderer Ton mischte sich in das Dröhnen ihres Herzschlags und das Rauschen ihres Blutes. Ein rhythmisches Piepen. *Der Ring! Der letzte Countdown!*

Irgendwo links vor ihr. Ihre Hand zuckte vor, glitt über schmierigen Schlick, traf auf etwas Weiches, Nachgiebiges.

Das Piepsen verstummte. *Aus!* dachte sie. Ihr Körper erschlaffte, Luftblasen stiegen aus ihrem Mund und ihrer Nase hervor. Irgend etwas krallte sich in ihr Haar. Verständnislos sah sie ein Gesicht mit weit aufgerissenen Augen und gebleckten Zähnen vor sich, eine Hand, die mit etwas golden Glänzendem vor ihr herumfuchtelte.

Der Ring!

Sheila mobilisierte ihre letzten Kräfte und ließ sich an ihren Haaren durch die Röhre ziehen. Als ihr Kopf die Wasseroberfläche durchbrach, schnappte sie krampfhaft nach Luft und hustete würgend. Um sie herum drehte sich alles. Undeutlich spürte sie, wie sie von vielen Händen gepackt und auf den rauhen Felsboden gezerrte wurde.

»Ist es zu spät?« hörte sie eine schrille Stimme direkt neben sich. Warmer Atem strich über ihre Wange. »Bitte, sag, daß es nicht zu spät ist, daß ich deinen Ring noch rechtzeitig gefunden habe!«

Sie preßte die Augen zusammen, sog gierig die Luft in ihre brennenden Lungen und mußte wieder würgen.

»Sheila, sag doch was!« flehte die Stimme an ihrem Ohr ängstlich.

Als sich ihr Blick wieder klärte, sah sie Beckys bleiches Gesicht vor sich. Und ihren Ring, den die junge Frau so fest in den Fingern hielt, als wollte sie ihn zerquetschen.

»Nein«, keuchte sie mit kaum verständlicher Stimme und brachte ein schwaches Lächeln zustande. »Es war nicht zu spät, Becky. Du hast mir das Leben gerettet.«

Sie sah gerade noch, wie sich Beckys verzerrtes Gesicht erleichtert entspannte und ihre Augen triumphierend aufblitzen. Dann schien die Welt zu gefrieren, das unverständliche Plappern und Murmeln im Hintergrund wurde leiser, und Sheila Duncan verlor das Bewußtsein.

*

Am südlichen Stadtrand von Montreal, 5. Juli 2051

Ein warmer Wind strich über den felsigen Hang des flachen Hügels. Vögel zwitscherten, Grillen zirpten im Gras. Weiße Schäfchenwolken trieben über einen tiefblauen Himmel.

Sheila Duncan saß am Ausgang der Höhle hinter einem Dickicht aus Ebereschen neben Rebecca Adams. Der Rest der Gruppe hatte sich auf einer kleinen Lichtung versammelt, die von Schierlingstannen umgeben war, keinen Steinwurf entfernt. Eigentlich hätten sie aus Sicherheitsgründen in der Höhle bleiben sollen, aber aller Vernunft zum Trotz hatte Sheila ihnen erlaubt, die kalte, feuchte Grotte für ein paar Stunden zu verlassen.

»Kyle Larkin hat meinen Funkspruch empfangen und geantwortet«, sagte sie entspannt. Ihre Finger strichen über Beckys Handgelenk. »Wir treffen uns nach Einbruch der Dunkelheit in einem Poloclub ganz in der Nähe, wenn er uns die Bestätigung schickt, daß alles in Ordnung ist.«

»Und dann ziehen wir weiter nach Osten?« fragte Becky. »Wohin genau?«

»Ich kann es dir jetzt noch nicht sagen«, erwiderte Sheila leise. Sie hatte die von Bushkin vorbereitete Botschaft abgesetzt. Offenbar gab es noch einige intakte Relaisstationen zwischen hier und dem Atlantik, denn sie hatte mit geringer Sendeleistung funken können und tatsächlich die erhoffte Empfangsbestätigung erhalten. »Aber es wird ein sicherer Ort sein, an dem wir nicht ständig auf der Hut sein müssen. Das beste Versteck, das wir finden können.«

»Und gibt es dort noch andere Menschen?« Becky zog einen Grashalm aus der Erde und drehte ihn langsam zwischen den Fingern.

»Du weißt doch, daß ich dir diese Fragen nicht beantworten darf.« Sheila lächelte friedlich. »Frag mich etwas Leichteres.«

Becky schwieg eine Weile und dachte nach. Es gab so vieles, was sie wissen wollte. Einen ganzen Ozean voller Rätsel.

»Haben wir uns eigentlich früher gut gekannt?« fragte sie schließlich.

»Nein, ich kannte nur deine medizinische Akte und wußte, daß du in der Abteilung von...« Sheila verschluckte den Rest der Antwort. »Anscheinend gibt es überhaupt keine ungefährlichen Fragen«, murmelte sie traurig. Dann hellte sich ihr Gesicht unvermittelt wieder auf. »Aber das Leben war schon immer eine gefährliche Angelegenheit, und meines wäre beinahe vorbei gewesen, wenn du es mir nicht zurückgegeben hättest.«

3.

Montreal, 5. Juli 2051

»Ich traue dem Kerl auch nicht«, sagte Kyle. »Aber er ist nun mal ein Immuner, und wir können auf keinen Mitstreiter verzichten. Außerdem muß er Furchtbares durchgemacht haben. Vielleicht erklärt das sein Verhalten.«

Er und Xiao saßen in einem der Schlafzimmer, während Niu mit Walter Truggot im Wohnzimmer wartete. Die GIIC-Agenten waren zu dem Schluß gekommen, daß Xiao und der Firmenbesitzer aus Burlington nicht von den Außerirdischen kontrolliert wurden. Zumindest hofften sie es. Bisher hatte kein Opfer der Fremden auch nur eine Spur von Eigenständigkeit gezeigt, nachdem es von der Strahlung seines freien Willens beraubt worden war.

»Warum lassen wir ihn dann nicht hier?« wollte Xiao wissen. »Wir könnten einen der anderen Immunen an seiner Stelle mitnehmen.«

Kyle schüttelte den Kopf. »Geben wir ihm eine Chance, sich zu bewähren. Außerdem ist es mir lieber, wenn ich ihn im Auge behalten kann. Ich möchte nicht riskieren, daß er von den Außerirdischen erwischt wird. Auch wenn er so gut wie nichts über uns weiß, kennt er zumindest unsere Gesichter. Und ich bezweifle stark, daß er die Giftkapsel zerbeißen würde, die wir ihm gegeben haben, sollte er den Fremden in die Hände fallen.«

»Mußt du wirklich ins Galaxy Center?«

»Vielleicht ist es überflüssig, aber ich will lieber auf Nummer Sicher gehen.«

Heute morgen hatte er überraschend eine Nachricht von Sheila Duncan erhalten. Eigentlich war sie gar nicht so überraschend gewesen, denn wozu hätte Bushkin seinen Leuten die Möglichkeit geben sollen, sich einer Gedächtnislöschung zu unterziehen, wenn es nicht irgendeinen Fluchtweg aus dem Bunker der geheimen GIIC-Zentrale gab? Aber der internen Politik des Geheimdienstes folgend, hatte er niemanden außer Sheila eingeweiht, und Kyle wäre nie auf die Idee gekommen, ihn zu fragen.

In den richtigen Händen bedeutete Wissen Macht, in den falschen Gefahr.

»Sheila hat offenbar den Auftrag, ihre Leute an einen sicheren Ort zu bringen«, erklärte er. Er war müde, weil er die ganze Nacht durchgearbeitet hatte, um sich auf den heutigen Einsatz vorzubereiten. »Ich habe keine Ahnung, wo oder was dieser Ort ist, ich weiß nur, daß sie an die Atlantikküste will. Vielleicht ist es nicht einmal eine weitere Geheimstation des GIIC, aber wenn Bushkin davon wußte, dann besteht die Gefahr, daß diese Zuflucht auch in den Datenbanken unserer offiziellen Zentrale im Galaxy Center vermerkt ist. Also muß ich versuchen, sämtliche Datenbanken zu löschen.«

Er hatte aus Sheilas Botschaft erfahren, daß Gene Custer, einer von Bushkins Stellvertretern, unter den Aliens gewesen war, die die unterirdische Station angegriffen hatten. Sie schienen also Mittel und Wege zu kennen, sich die Menschen nicht nur gefügig zu machen, sondern sie auch dazu zu bringen, detailliertes Wissen preiszugeben. Und im offiziellen Hauptquartier des GIIC mußten immer noch potentiell gefährliche Informationen schlummern. Zwar hatte Bushkin nach der planetenweiten Lähmung die Speicherbänke in allen erreichbaren Filialen des GIIC löschen lassen, aber die Zentrale im Hauptquartier verfügte über einen separaten Sicherheitsblock, der so abgeschirmt war, daß der Zugriff auf ihn nur direkt vor Ort erfolgen konnte. Und auch dazu war mindestens der Omegastatus erforderlich, den Kyle allerdings besaß.

»Dann nimm mich mit, oder wenigstens Niu«, bat Xiao. »Du wirst Rückendeckung brauchen, wenn du da eindringst. Und ich bin schon einmal unter diesen Ungeheuern gewesen und wieder entkommen.«

Kyle strich ihr sanft über die Wange und lächelte. Wenn sie nur nicht so verdammt jung gewesen wäre… Sie war selbst für eine

Ostasiatin klein und so zierlich, daß sie zerbrechlich wirkte, obwohl er wußte, was für eine erstaunliche Zähigkeit in diesem höchstens 40 Kilogramm schweren Persönchen steckte. In knapp einem Monat würde sie ihren achtzehnten Geburtstag feiern – wenn sie dann noch lebte. Ihr Gesicht war makellos, ihr Körper fast knabenhaft und doch weiblich, ihre Haut warm und weich wie Samt...

Er zog schuldbewußt die Hand zurück und bemerkte ihre Enttäuschung. »Du könntest mir dort nicht helfen«, sagte er schnell, »und ich will dich nicht mit Truggot allein lassen. Es gefällt mir nicht, wie er dich ansieht.«

»Ich wünschte, *du* würdest mich so ansehen«, murmelte Xiao seufzend. Dann holte sie tief Luft. »Schon gut, ich werde ein braves Mädchen sein und tun, was du von mir verlangst, Großer.« Sie grinste boshaft, als sie ihn zusammenzucken sah. So hatte ihn Lilly, eine ihrer Pseudopersönlichkeiten, bei ihrer ersten Umgebung genannt. Lilly war ein schamloses kleines Luder und hatte Kyle in eine Zwickmühle der Gefühle gestürzt. »He, ich bin's nur, Xiao«, fügte sie belustigt hinzu. »Aber wenn du nicht bald ein bißchen netter zu mir wirst, könnten wir beide bald schon wieder Besuch von Lilly bekommen.«

»Ich werde daran denken«, versprach Kyle hastig. »Laß uns jetzt zu den anderen gehen. Ihr habt einen langen Weg vor euch. Niu kennt unseren Treffpunkt. Und, Xiao, nimm dich vor diesem Truggot in acht.«

*

Tiefseekuppel »POSEIDON II«, 5. Juli 2051

Carol LaBelle drückte auf die Sprechtaste der Gegensprechanlage. »Francis, bitte kommen Sie in mein Büro«, sagte sie und ließ die Taste wieder los.

Pierre Turneur musterte sie gespannt. Francis Carter war der Kommandant der kleinen U-Bootflotte und gehörte zu den Besatzungsmitgliedern der Station, die am stärksten unter der zwangsverordneten Untätigkeit litten, auch wenn er es sich nicht anmerken ließ. Als ehemaliger Offizier der Kriegsmarine brannte er darauf, den Kampf gegen die Außerirdischen aufzunehmen. Nur seine Disziplin und sein Ehrenkodex hielten ihn von einer Meuterei gegen seine Vorgesetzte ab.

»Es sieht fast so aus, als könnte ich Ihrem Wunsch schneller als erwartet entsprechen«, beantwortete Carol die unausgesprochene Frage des Geologen.

»Sie meinen... eine Expedition ans Festland?« Pierre kniff mißtrauisch die Augen zusammen. »Woher der plötzliche Sinneswandel? Erst gestern haben Sie noch...«

»Die Situation hat sich geändert«, fiel ihm Carol ins Wort. »Ich habe vor wenigen Stunden eine Nachricht aus Montreal erhalten. Wenn alles gutgeht, werden wir in den nächsten Tagen Besuch bekommen. Aber wir müssen ihn selbst abholen.«

»Von wem stammt die Nachricht? Wir haben schon seit Wochen...«

Die Leiterin der Unterwasserstation hob eine Hand. »Warten Sie, bis Francis da ist.«

Der Kommandant der U-Boote war ein grauhaariger, wortkarger Mann. Er nickte Carol und dem Geologen kurz zu und nahm in einem Polstersessel Platz. Sein Gesicht war wie immer ausdruckslos.

»Meine Herren«, begann Carol nach kurzem Schweigen. »Ich muß Ihnen ein Geständnis machen. Ich habe seit Beginn der Invasion sporadisch Nachrichten aus Montreal empfangen, geraffte kodierte Funksprüche, die nur ich entschlüsseln konnte.«

Sie registrierte die ungläubigen Blicke der beiden Männer und verzog die Lippen zu einem freudlosen Lächeln.

»Ich habe mein Wissen aus zwei Gründen für mich behalten. Erstens: Die Nachrichten stammten aus einer Quelle, die mich zum Stillschweigen verpflichtet hat. Das geschah aus Sicherheitsgründen. Ihnen dürfte nicht entgangen sein, daß ich gerade im Perfekt gesprochen habe. Dazu werde ich Ihnen zu gegebener Zeit mehr verraten.

Zweitens: Der Inhalt dieser Nachrichten war mehr als nur niederschmetternd. Ich wollte und konnte keine Kurzschlußhandlungen und Verzweiflungsaktionen in unserer Station riskieren. Sie werden den Grund gleich erfahren. Es versteht sich von selbst, daß ich Sie bis zum – hoffentlichen – Eintreffen unserer Gäste zur Verschwiegenheit verpflichte. Ich habe beschlossen, Sie beide ins Vertrauen zu ziehen, weil Sie die Expedition aus naheliegenden Gründen leiten werden, Francis, und weil Sie, Pierre, als Vertrauensmann unserer Besatzung fungieren und ich Ihre Besonnenheit schätze.«

Sie legte eine kurze Pause ein, um ihre Worte wirken zu lassen.

»Kommen wir zuerst zu den technischen Fragen. Francis, wie lange brauchen Sie mit einem Ihrer Boote, um einen Punkt an der Küste zu erreichen, der Montreal möglichst nahe liegt?«

»Der von uns aus gesehen nächste Punkt wäre Portland«, antwortete der grauhaarige Mann wie aus der Pistole geschossen. «Distanz knapp 1.000 Kilometer. Das heißt, mit unserer schnellsten Flunder, der U-3, reine Fahrtzeit rund zwölf Stunden bei Maximalgeschwindigkeit. Kalkulieren wir ein Sicherheitspolster hinzu und sagen wir 15 Stunden.«

»Und wie sieht es mit Quebec aus?«, erkundigte sich Carol.

Carter nickte, als hätte er die Frage erwartet. »Wir müßten um Neuschottland herumfahren, ein paar Inseln umschiffen und dann den Sankt Lorenz hinauf. Wenn ich mindestens 30 Meter Wasser über mir haben will, könnte ich bis auf knapp 20 Kilometer an Quebec herankommen. Das wären etwa 1.800 Kilometer. Unter günstigsten Voraussetzungen 23 Stunden Fahrtzeit. Geben Sie mir 30, um ganz sicherzugehen.«

»In Ordnung, 30 Stunden. Quebec liegt näher an Montreal, und ich schätze, unsere Freunde werden den kürzesten Weg nehmen. Treffen Sie also Vorbereitungen für eine Fahrt nach Quebec, aber halten Sie sich auch Portland als Option offen. Bringen Sie rund 15 Personen in der U-3 unter?«

»Wenn ich sie staple, sogar die doppelte Menge«, erwiderte der U-Bootkommandant. »Wann soll es losgehen?«

»Das hängt davon ab, wann und von wo aus unsere Freunde sich melden«, erklärte Carol. »Ich denke, es wird noch ein paar Tage dauern. Machen Sie sich aber trotzdem bereit, so schnell wie möglich auszulaufen.«

Carter deutete einen militärischen Gruß an. Alte Gewohnheiten starben nur schwer. Während seiner Zeit in der Kriegsmarine war

Carol LaBelles Vater unter seinem Kommando zur See gefahren.

»Verraten Sie uns jetzt endlich, was da oben los ist?« warf Pierre ein und deutete mit dem Daumen in Richtung der Decke.

Carol schloß einen Moment lang die Augen. »Pierre, holen Sie eine Flasche Whisky und drei Gläser aus dem Schrank«, bat sie schließlich.

Francis Carter verzog mißbilligend das Gesicht. »Wir sind alle im Dienst«, brummte er. »Außerdem steht die Sonne noch am Himmel.«

»Haben Sie mal aus dem Fenster gesehen?« fragte Carol ironisch, wurde aber gleich wieder ernst. »Ich denke, wenn Sie die Wahrheit erfahren, werden Sie auf die Vorschriften pfeifen.«

Sie wartete, bis der Geologe ihnen eingeschenkt und wieder Platz genommen hatte. Dann hob sie ihr Glas und trank einen großzügig bemessenen Schluck.

»Also, es hat seinen Grund, warum da oben bis auf dieses merkwürdige Zischen und Fauchen Grabesstille auf allen Frequenzen herrscht«, begann sie. »Drei Tage nach Beginn der Feindseligkeiten…«

*

Montreal, 5. Juli 2051

Um den Poloclub im Südosten von Montreal zu erreichen, mußten sie die halbe Stadt durchqueren. Da Kyle und Niu durch ihre überstürzte Flucht nach dem Anschlag auf die Invasoren gezwungen gewesen waren, ihre Elektroräder zurückzulassen, mußte der Hawaiianer ihnen drei neue Räder sowie einen Satz Reserveakkus besorgen.

Während er ein Sport- und Freizeitgeschäft durchstöberte, hielten Xiao und Walter Truggot in einem Reisebüro auf der gegenüberliegenden Straßenseite Wache. Von hier aus hatten sie in beide Richtungen freie Sicht auf den Beacon Boulevard.

Xiao konnte Walter Truggots Blicke auf ihrem Körper spüren, obwohl sie die Straße nicht aus den Augen ließ. Sie verzichtete darauf, ihn daran zu erinnern, daß er nach Außerirdischen Ausschau halten sollte, anstatt sie ständig anzustieren.

Nachdem er sich gewaschen und umgezogen hatte, sah er gar nicht einmal so übel aus. Sie schätzte ihn auf Anfang bis Mitte 50. Er war groß, breitschultrig und hatte ein markantes Gesicht. Sein kräftiges Kinn ließ auf Durchsetzungsvermögen schließen, die Falten um seine Mundwinkel auf eine gewisse Rücksichtslosigkeit. Die grauen Augen schienen nie zu blinzeln und alles aufmerksam zu registrieren, so als sammelte er ständig Informationen, um sie zu seinem Vorteil zu nutzen.

Wahrscheinlich würde er Lilly gefallen, dachte Xiao. Ihr dagegen war er unheimlich. Sie hatte den Eindruck, daß er über Leichen gehen würde, um seine Ziele zu erreichen. Hoffentlich kam sie nie in die Situation, sich auf ihn verlassen zu müssen.

»Wie lange kennen Sie die beiden eigentlich schon?« riß er sie aus ihren Gedanken.

»Ein paar Wochen«, erwiderte sie unverbindlich.

»Und dieser Larkin, was hat er früher gemacht?«

»Satellitenwartung, Kommunikationstechnik«, wich sie einer genaueren Antwort aus.

Truggot schwieg einen Moment lang. »Sie mögen ihn«, sagte er schließlich. Es war eine Feststellung, keine Frage.

Xiao drehte sich kurz um und sah ihn an. »Was dagegen?« fragte sie mit unbeabsichtigter Schärfe.

Er hob beschwichtigend die Hände. »Keineswegs. Mir ist nur aufgefallen, daß er… nun, er scheint Ihre Zuneigung nicht zu erwidern.«

»Er hat viel um die Ohren.« Xiao richtete ihre Aufmerksamkeit wieder auf die Straße, die wie ausgestorben vor ihr lag. Hier hatten sich die Verwüstungen bis auf ein paar zertrümmerte Fensterscheiben in Grenzen gehalten, obwohl der Beacon Boulevard eine beliebte Einkaufsmeile gewesen war.

Eine Weile herrschte unbehagliches Schweigen. Truggots Atem klang unnatürlich laut in der Stille.

»Sie sind sehr hübsch, sogar in diesem formlosen Overall.«

Xiao zuckte leicht zusammen, und plötzlich wurde ihr bewußt, daß Kyle ihr nie ein solches Kompliment gemacht hatte. Sie biß die Zähne aufeinander. Er war immer für sie da gewesen, hatte sie beschützt und getröstet, und sie war sich sicher, daß er sie mehr als nur ein bißchen mochte, mehr als nur väterliche Gefühle für sie hegte, obwohl er das wahrscheinlich nicht einmal sich selbst gegenüber eingestand.

Wenn sie auf Lilly zu sprechen kamen, konnte sie sein schlechtes Gewissen und seine Verlegenheit förmlich spüren, und sie hätte viel darum gegeben zu erfahren, was bei ihrer ersten Begegnung passiert war. Nicht daß sie glaubte, *daß* etwas zwischen ihnen vorgefallen war, das paßte einfach nicht zu Kyle, aber Lilly konnte ein ziemliches Luder sein. Sie hatte mehr als nur einen Mann um den Finger gewickelt, das wußte Xiao aus ihren Patientenakten. Leider gehörte Lilly zu den Personen in ihr, an deren Aktivitäten sie kaum eine Erinnerung hatte.

»Stimmt irgend etwas nicht mit diesem Larkin?« hakte Truggot nach. »Ich würde ein so attraktives Mädchen... eine Frau wie Sie nicht einfach zurückweisen.«

Halt den Mund! dachte Xiao wütend. *Lilly und du, ihr würdet euch wahrscheinlich bestens verstehen.*

Der Schub kam so plötzlich, daß sie völlig überrumpelt wurde. Es war, als zöge eine unsichtbare Hand einen Vorhang über ihre Augen, und dann schien sie in einen endlosen Korridor zu blicken, aus dem ihr eine zierliche Gestalt mit einem aufreizenden Hüftschwung entgegenschlenderte.

Verschwinde! schrie Xiao lautlos auf. *Laß mich in Ruhe, du...* Und dann war da gar nichts mehr.

Lilly drehte sich langsam um. Ihre sinnlichen Lippen verzogen sich zu einem verführerischen Lächeln. »Du siehst aber auch nicht schlecht aus, Fremder«, sagte sie mit rauchiger Stimme.

*

Kyle Larkin hatte sich von einer Nebenstraße aus durch den menschenleeren Verwaltungskomplex bis zu einem Büro im Erdgeschoß vorgearbeitet, das dem Eingang des offiziellen GIIC-Hauptquartiers auf der anderen Straßenseite gegenüberlag. Seit einer Stunde beobachtete er konzentriert die große doppelflügelige Glastür und die Garageneinfahrten, ohne daß er eine Menschenseele oder einen Außerirdischen gesehen hatte.

Die Fenster des Gebäudes waren dunkel getönt und von außen undurchsichtig. Das empfindliche Richtmikrofon aus seinem Rucksack, mit dem er die Scheiben anpeilte, lieferte ihm trotz der von dem integrierten Minisuprasensor verarbeiteten Meßergebnisse undeutliche, aber nicht identifizierbare Geräusche. Alles, was er herausgefunden hatte, war, daß sich *irgend etwas* – oder irgend jemand – in der Zentrale bewegte.

Es hatte keinen Sinn, noch länger zu warten. Wenn er in das Gebäude eindringen wollte, mußte er es jetzt tun.

Die vielen Taschen des weiten Overalls, den er trug, verbargen seine Waffen und das elektronische Werkzeug. Er überprüfte ein letztes Mal seine Ausrüstung, dann schob er sich die Giftkapsel in den Mund und plazierte sie mit der Zunge zwischen Wange und Zahnfleisch.

Sollte er in Gefangenschaft geraten, war das sein letzter Ausweg. Ein kräftiger Biß auf die Kapsel und den Inhalt schlucken. Das Gift entfaltete seine Wirkung erst nach Kontakt mit der Magensäure, doch dann war es absolut und schnell tödlich.

Kyle zog einen Richtsender hervor und zielte damit auf das Sensorfeld neben dem Eingang der Zentrale auf der anderen Straßenseite. Dann tippte er die Öffnungssequenz ein.

Die Türflügel glitten auseinander.

Er wartete angespannt. Im Normalbetrieb hätten der Pförtner und der Sicherheitsdienst die Aktivität registriert. Wenn irgendeiner der beeinflußten Menschen oder ein Außerirdischer aufpaßte, würde er entweder nachsehen, wer die Tür geöffnet hatte, oder sie zumindest durch einen Gegenimpuls wieder schließen.

Die Zeit verging, aber nichts geschah.

Nach zehn Minuten verließ Kyle das Bürogebäude, huschte über die Straße, trat durch den Eingang und blieb direkt hinter der Tür im Foyer stehen. Er wußte, daß er jetzt von unsichtbaren Kameraaugen erfaßt wurde. Wieder wartete er reglos und angespannt, und wieder geschah nichts.

Das Foyer war leer, das Pförtnerpult unbesetzt. Auf der rechten Seite befanden sich die Aufzüge, daneben der Eingang zur Feuertreppe. Er hatte schon vorher entschieden, die Treppe zu benutzen.

Leise schlich er die Stufen hinauf. Nach jedem Treppenabsatz blieb er stehen und lauschte. Er konnte nichts hören, aber der kleine Geräuschmelder in seiner Hand schlug leicht an, und je höher er kam, desto stärker wurden die Ausschläge.

Die Abteilung, in der die Backupsysteme und der Sicherheitsdatenblock des zentralen Suprasensors untergebracht waren, befanden sich in der zwölften Etage. Als er die erreicht hatte, wußte er, daß sich hier auch die von ihm angemessene Geräuschquelle befand.

Er legte ein Kontaktmikrophon an die Tür und streifte den Kopfhörer über. Das Meßgerät analysierte die Schwingungen und schickte das Ergebnis in die winzigen Lautsprecher der Ohrenstöpsel.

Leise Atemzüge. Dann schwere Schritte, die sich näherten. Kyle spannte sich an und umklammerte seinen Hochleistungsschocker, aber die Schritte änderten die Richtung, entfernten sich wieder und verstummten.

Es befanden sich Menschen und mindestens ein Außerirdischer in dieser Abteilung.

Unbewußt tastete Kyle mit der Zungenspitze nach der Giftkapsel, bevor er das Sicherheitsschloß durch einen kurzen elektronischen Impuls öffnete, vorsichtig die Tür aufschob, hindurchschlüpfte und sie sofort wieder hinter sich schloß.

Er stand in einem unbeleuchteten Korridor, von dem rechts und links Türen abzweigten, durch deren Milchglasscheiben schwaches Licht in den Gang sickerte.

Die ersten beiden Türen rechts und links waren geschlossen, die dritte stand sperrangelweit offen. Kyle spähte hindurch.

Zwei Menschen saßen vor modernen Rechnerterminals und starrten auf Monitore, ein Mann und eine Frau. Ihre Hände lagen auf den Eingabesensoren, doch ihre Finger bewegten sich nicht. Sie zeigten nicht die geringste Regung, als Kyle näher trat.

Den Mann hatte er noch nie gesehen, aber die Frau kannte er flüchtig. Claudia irgendwas. Kein Omegastatus. Sie besaß nicht die erforderlichen Codeschlüssel, um die Sicherheitssperren zu umgehen. Offenbar war das Wissen der Außerirdischen um die Möglichkeiten und Kenntnisse ihrer Opfer lückenhaft. Claudia würde nur an der Oberfläche der Speicherbänke herumsurfen können, aber Kyle hatte nicht vor, die anderen Büros nach Agenten mit der entsprechenden Legitimation abzusuchen.

Er setzte sich an ein freies Terminal neben der Frau und schob den vorbereiteten Datenchip in den Leseschlitz.

Alles, was er jetzt noch zu tun hatte, war, das umfangreiche Löschprogramm an den Sperren vorbeizuschleusen und die trojanischen Feedbackschleifen zu installieren, die einen Sicherheitsalarm verhinderten. Sie waren mit einer Zeitschaltung versehen und würden erst aktiv werden, nachdem er das Gebäude wieder verlassen hatte.

Normalerweise hätte er auch damit keine vollständige Löschung durchführen können, denn der Suprasensor würde im Gefahrenfall eine Warnung an Bushkin und seine beiden Stellvertreter schicken und eine gewisse Zeitspanne verstreichen lassen, bevor er die Programme ausführte, wenn er keine gegenteiligen Befehle erhielt. Aber Pavel Bushkin, Mareen Schreiber und Gene Custer waren tot. Sobald das Zerstörungswerk einmal angelaufen war, würde nicht einmal Kyle es wieder stoppen können.

Seine Finger flogen über das Sensorfeld. Er war so auf seine Arbeit konzentriert, daß er die Schritte erst bemerkte, als sie unmittelbar vor der Tür aufklangen.

Er erstarrte.

Aus den Augenwinkeln heraus beobachtete er die anderen beiden Agenten. Sie reagierten nicht auf die Anwesenheit des Fremden. In der matt schimmernden Fensterscheibe vor seinem Arbeitsplatz konnte Kyle die verschwommenen Umrisse einer der Bestien erkennen. Sie stand reglos in der Tür, das untere Armpaar angewinkelt. Das obere hing schlaff herab.

Plötzlich spürte er das verräterische Kribbeln im Nacken, nur schwach, aber allzu vertraut. Er hielt die Luft an und beförderte die Giftkapsel vorsichtig mit der Zunge zwischen seine Backenzähne.

Die Finger der Frau neben ihm begannen, sich über die Eingabesensoren zu bewegen. Kyle schielte zu ihrem Monitor hinüber und sah, daß sie die aktuelle Datei schloß und eine andere aufrief.

Blitzschnell schickte er seine Programmsequenz in eine Zwischenablage des Arbeitsspeichers und lud eine Aufstellung über die Rüstungsausgaben aus der letzten Rechnungsperiode in den Vordergrund. Er ließ die Zahlenkolonne so schnell über seinen Bildschirm scrollen, wie Claudia das mit ihren Daten tat.

Das Kribbeln in seinem Nacken verschwand. Der Außerirdische drehte sich um, offenbar zufrieden mit der Reaktion seiner Opfer, und stampfte davon.

Erst als die Schritte verklangen, stieß Kyle den Atem aus und wischte sich den Schweiß von der Stirn. Seine Augen brannten. Er blinzelte ein paarmal schnell und widmete sich wieder seiner Arbeit.

Fünf Minuten später, die sich endlos zu strecken schienen, tippte er die letzte Befehlssequenz ein und schickte sie ab. Dann checkte er den Geräuschmelder, entdeckte keine verdächtigen Werte und stand auf.

Auf Zehenspitzen verließ er das Büro, schob vorsichtig den Kopf durch die Tür und vergewisserte sich, daß der Korridor leer war. Er mußte sich zwingen, nicht zum Treppenflur zu rennen. Als er das GIIC-Hauptquartier verließ und im gegenüberliegenden Bürogebäude untertauchte, war er schweißgebadet.

Kyle spuckte die Giftkapsel in die hohle Hand und schob sie in eine der Brusttaschen. Einen Moment lang blieb er einfach nur sitzen und schloß die Augen. In einer halben Stunde würde das Löschprogramm anlaufen und nicht nur alle Daten in den Backupspeichern, die das GIIC in jahrzehntelanger Arbeit zusammengetragen hatte, gründlich ausradieren, sondern auch die Datenträger selbst unwiderruflich zerstören. Der dabei entstehende Schaden war nicht einmal in Milliarden Dollar auszurechnen. Vermutlich würde er den größten Suprasensorgau in der Geschichte der Menschheit auslösen.

Es war ein bitterer Gedanke, daß sein »Sieg« eigentlich nichts als eine unvorstellbare Zerstörungsorgie war, und einen Moment lang raubte ihm der Haß auf die Außerirdischen beinahe den Verstand.

Doch der Moment verging. Kyle schnallte sich den Rucksack um und machte sich auf den Weg zu ihrem vereinbarten Treffpunkt.

Er konnte nur hoffen, daß auch Xiao, Niu und Walter Truggot ihn unbeschadet erreichen würden.

*

Walter Truggot wurde von dem plötzlichen Stimmungsumschwung des zierlichen Mädchen völlig überrascht.

»Ähm... hmm... danke«, stotterte er. Dann glitt ein Grinsen über seine Züge. »Wenn dieser fette Bimbo sich noch eine Weile Zeit läßt, könnten wir uns vielleicht etwas besser kennenlernen, Xiao.«

»Nenn mich nicht Xiao«, fauchte die Asiatin, und übergangslos wurde ihre Stimme wieder weich. »Ich bin Lilly.« Sie strich sich mit einer fließenden Bewegung das Haar aus der Stirn und stemmte eine Hand in ihre Hüfte. »Du siehst so aus, als wüßtest du, wie man eine Trau zum Ticken bringt.«

Truggot schluckte. *Die ist tatsächlich nicht ganz dicht*, dachte er. Kyle hatte ihm gesagt, daß sich ihr Verhalten von einer Sekunde auf die andere völlig verändern könnte, ohne ihm den näheren Grund zu erklären. Und er hatte ihn eindringlich gewarnt, die Finger von ihr zu lassen, sollte sie sich plötzlich lasziv geben.

»Das will ich meinen«, sagte er heiser. Bei Gott, lasziv war gar kein Ausdruck für das, was das kleine Biest allein mit seinen Augen und seiner Körperhaltung anstellte. Er warf einen schnellen Blick über den Beacon Boulevard. Noch keine Spur von dem fetten Hawaiianer. An der Stirnwand des Reisebüros stand eine bequem aussehende Ledercouch. »Was meinst du, sollen wir es uns da ein bißchen gemütlich machen?« fragte er.

Lilly kicherte dunkel. »Ich mag Männer, die wissen, was sie wollen.« Sie streckte eine Hand aus.

Dieser Larkin wird mir die Eier abreißen, wenn er davon erfährt, schoß es Truggot durch den Kopf. Er leckte sich die Lippen. *Und wenn schon*, dachte er. Vor Hunger und Verzweiflung war er in seiner Fabrik schon so weit gewesen, die attraktivsten seiner Mitarbeiterinnen zu betatschen. Nur ihre absolute Reglosigkeit und ihre unheimlichen toten Augen hatten ihn davon abgehalten, auch den letzten Schritt zu tun. Es wäre ihm so vorgekommen, als hätte er sich an einer Leiche vergangen.

»Komm schon«, gurrte Lilly. »Die Couch ist okay. Du würdest staunen, wenn du wüßtest, wo ich es schon überall getrieben habe.«

Truggot folgte ihr bereitwillig. Seine Hände hoben sich wie von allein, glitten über den derben Stoff ihres Allzweckoveralls und fanden ihre Brüste. Klein und fest, so wie er es mochte.

Lillys Finger streichelten über seinen breiten Nacken und wanderten seinen Rücken hinab zu seinem Gesäß. Er erschauderte, als sie leise zu stöhnen begann. »Gefällt dir, was du fühlst?« fragte sie.

Er grunzte kehlig, tastete nach dem Reißverschluß ihres Overalls...

»Was, zum...«, klang eine fassungslose Stimme von der Tür her auf und ließ ihn herumwirbeln. »Truggot!« brüllte Niu und stürmte vor.

Walter Truggot wich erschrocken zurück. »Es ist... nicht so... wie es aussieht«, stammelte er. »Ich habe nicht... das heißt, sie hat...«

Der Hawaiianer durchquerte den Raum mit drei unglaublich großen und schnellen Schritten. Seine Hände schossen wie Schlangen vor und krallten sich in Truggots Kragen. »Halten Sie das Maul!« schrie er ihm aus drei Zentimetern Entfernung ins Gesicht. »Halten Sie Ihr gottverdammtes Maul, oder ich...« Seine Stimme versagte.

Lilly betrachtete die beiden Männer mit einer Mischung aus Belustigung und Verärgerung. Nius Augen quollen beinahe aus ihren Höhlen, sein Gesicht war gerötet, das von Truggot kreidebleich.

»Hört mal, Jungs«, sagte sie vorwurfsvoll. »Es ist nicht nötig, daß ihr euch um mich schlagt. Ich hätte auch nichts gegen 'nen Dreier einzuwenden. Also spart euch eure Kräfte lieber für mich auf.«

Die Köpfe der beiden Männer drehten sich, wie von einer unsichtbaren Schnur gezogen, langsam in ihre Richtung. Beide starrten sie wortlos an. Nius Hände lösten sich von Truggots Kragen.

»Wie wär's euch denn am liebsten?« fuhr Lilly mit einschmeichelnder Stimme fort. »Nacheinander, oder beide gleichzeitig?«

»Ich...«, krächzte der Hawaiianer. Dann packte er sie plötzlich am Oberarm und drückte brutal zu.

»He!« protestierte Lilly. »Wenn du auf die harte Tour stehst...«

Aber Niu beachtete sie gar nicht. »Sie bleiben hier stehen, Truggot«, sagte er bedrohlich leise. »Sie rühren sich nicht vom Fleck. Wir sind gleich wieder da. Und wenn ich sehe, daß Sie sich auch nur um einen Zentimeter bewegt haben, wenn ich zurückkomme, dann prügele ich Ihnen die Scheiße so gründlich aus dem Leib, daß Sie noch drei Tage später kotzen werden. Das schwöre ich Ihnen bei den Gräbern meiner Ahnen! Haben Sie das verstanden?«

Truggot nickte kaum merklich.

Niu zerrte Lilly mit sich und ignorierte ihr Zetern und Keifen. Er stieß die Tür zu einem Nebenraum auf, schob sie hindurch und schlug die Tür hinter sich wieder zu. Dann legte er Lilly die Hände auf die Schultern und schüttelte sie.

»Komm zu dir, Xiao!« rief er.

»Was soll das, Dicker?« fragte Lilly abfällig. »Brauchst du das, um in Fahrt zu kommen? Kriegst du sonst keinen hoch?«

»Wasser, Xiao! Luft, Xiao! Wasser!« sagte Niu eindringlich.

Lilly lachte ihm ins Gesicht. »Ich weiß, was du versuchst, Fettkloß!« zischte sie. »Aber das ist nicht so einfach!«

Ein leiser Piepton klang von dem Ring an Nius Mittelfinger auf. Er berührte mechanisch das Sensorfeld mit dem Daumen, ohne hinzusehen.

»Wasser, Xiao!« wiederholte er. »Wellen, Xiao! Luft, Xiao! Wolken, Xiao!«

Lilly spuckte ihm ins Gesicht.

Niu holte aus und schlug zu. Es war ein kräftiger, aber ganz genau gezielter Schlag. Seine Handfläche landete so auf ihrer Wange, daß er sie nicht verletzte.

Das Mädchen stieß einen schrillen Wutschrei aus. Ihr Gesicht verzerrte sich.

Der Hawaiianer wiederholte erneut die Schlüsselworte und versetzte ihr eine zweite Ohrfeige.

Plötzlich erschlaffte Lilly, und er hielt sie fest, bevor sie stürzen konnte.

»Xiao?« fragte er leise.

Sie blinzelte und schüttelte den Kopf. Dann schlug sie die Augen auf und sah ihn verständnislos an. »Wo bin ich?« murmelte sie und tastete nach ihrer Wange, die feuerrot war. »Was ist...?« Ihr Blick klärte sich. »Lilly?«

Niu nickte. »Scheint so. Wieder alles in Ordnung?«

Xiao schien in sich hineinzuhorchen. »Ich denke, schon«, erwiderte sie langsam. »Habe ich... hat Lilly...?« Sie schluckte krampfhaft. »Hat *er*...?«

»Es ist nichts passiert«, beruhigte er sie. »Ich mußte dir nur eine Ohrfeige verpassen, weil Lilly einfach nicht verschwinden wollte. Es tut mir leid.«

»Schon gut.« Xiao lächelte schwach und rieb sich die brennende Wange. »Mann, du scheinst aber ziemlich fest zugeschlagen zu haben.«

Als sie in das Reisebüro zurückkehrten, wußte sie sofort, daß Niu sie belogen hatte. *Irgend etwas* war passiert. Walter Truggot stand wie festgefroren auf der Stelle und wich ihrem Blick aus. Er war leichenblaß.

»Unsere Räder stehen drüben bereit«, sagte Niu, als wäre nichts geschehen. »Ich habe sie mit den auf die Schweber der Fremden programmierten Geräuschmeldern ausgerüstet. Kyle hat das vereinbarte Signal geschickt. Also scheint bei ihm alles glattgegangen zu sein.«

Sie verließen das Reisebüro und überquerten den Beacon Boulevard.

Bevor sie die Elektroräder bestiegen, sah Xiao, wie Niu sich zu Truggot vorbeugte und ihm etwas ins Ohr flüsterte. Und obwohl er ganz leise sprach, schnappte sie ein paar Wortfetzen auf.

»... Wort zu ihr... Zähne ein... bereuen...«

Lilly! dachte sie. *Sollte ich noch einmal in die Strahlung der Außerirdischen geraten, dann werde ich dich rufen und dir so ein für allemal den Garaus machen!*

*

King George Poloclub, 5. Juli 2051

Die Sonne war bereits untergegangen, als sie in dem mondänen Poloclub im Südosten von Montreal eintrafen. Das im viktorianischen Stil gehaltene Hauptgebäude lag scheinbar verwaist da, seine Fenster waren dunkel. In der weitläufigen Gartenanlage plätscherten Springbrunnen leise vor sich hin. Gußeiserne Laternen spendeten sanftes Licht. Die Blumenbeete und Hecken begannen bereits zu verwildern.

Kyle erwartete sie im Schatten eines riesigen Rhododendronstrauchs neben dem geschwungenen Eingangstor. Er begrüßte Niu und Walter Truggot und umarmte Xiao.

»Alles in Ordnung?« erkundigte er sich. »Keine besonderen Vorkommnisse?«

Xiao warf Niu einen verstohlen Blick zu.

»Die Geräuschmelder haben nur zweimal kurz angeschlagen«, erwiderte der Hawaiianer ruhig, ohne den Vorfall mit Lilly zu erwähnen, »aber wir haben nicht einen Schweber der Außerirdischen gesehen.«

Es entging Xiao nicht, daß Truggot einen erleichterten Seufzer ausstieß.

Sheila Duncan hatte sich mit ihren Schutzbefohlenen in einem fensterlosen Kellersaal eingerichtet. Nach einer kurzen, aber herzlichen Begrüßung zog sie sich mit Kyle und Niu in den hinteren Bereich des Festsaals zurück. Die drei ehemaligen GIIC-Agenten setzten sich an einen Tisch, auf dem Kyle eine große Karte ausbreitete. Xiao konnte nicht verstehen, worüber sie sprachen, aber sie bemerkte, daß einer von ihnen stets einen Kontrollmonitor im Auge behielt, auf dem sie die Umgebung des Poloclubs beobachten konnten.

Walter Truggot hielt sich demonstrativ fern von ihr. Er hatte sich zu den anderen GIIC-Agenten gesellt und redete leise mit ihnen. Xiao wußte, daß sie alle ihre Erinnerungen verloren hatten und neue Informationen begierig wie ein Schwamm in sich aufsogen. So konnte sich Truggot endlich einmal nützlich machen. Da er über keine sicherheitsrelevanten Informationen verfügte und auch keine von den ehemaligen Geheimdienstmitarbeitern erfahren würde, durften die anderen ihn nach Herzenslust ausquetschen und er sie auch.

Xiao ließ sich in einen Polstersessel fallen, ignorierte die neugierigen Blicke, die sich immer wieder auf sie richteten, und schloß die Augen. Wo mochte dieser sichere Ort sein, von dem Kyle gesprochen hatte? Und wie würde er aussehen? Ein stillgelegtes Bergwerk? Ein geheimer Bunker der Regierung oder des Militärs? Obwohl ihr niemand in der zerstörten GIIC-Zentrale nähere Auskünfte darüber gegeben hatte, war Xiao ziemlich schnell klargeworden, daß nur eine massive Gesteinsschicht Schutz vor den Strahlen der Außerirdischen bieten konnte. Und diese Schicht mußte schon *sehr* dick sein, denn sonst hätte es noch viele andere Orte wie ihre zerstörte Zuflucht geben müssen.

Ihre Gedanken begannen ziellos zu wandern, und ohne daß sie es bemerkte, schlief sie ein.

*

»Ich weiß auch nicht, wo unser Ziel liegt«, bekannte Sheila. »Der Chef hat mehrere Funkbotschaften für mich vorbereitet, die ich je nach Lage der Dinge abschicken soll. Ich habe die erste gesendet, nachdem wir die Höhle verlassen hatten, und nur eine kurze Empfangsbestätigung erhalten. Alles, was ich weiß, ist, daß wir versuchen sollen, auf kürzestem Weg die Küste zu erreichen. Dort werde ich die nächste Botschaft abschicken und weitere Instruktionen erhalten.«

»Auch wenn sich das ziemlich dürftig anhört, verrät es uns doch eine ganze Menge«, erwiderte Kyle. Er trank einen großen Schluck Kaffee und rieb sich über die Augen. Gott, er war so müde, daß er auf der Stelle hätte einschlafen können. Aber zuerst mußten sie noch diese Besprechung hinter sich bringen und ihre weiteren Schritte planen.

»Wenn wir *irgendwo* an die Küste ziehen sollen, heißt das, daß wir dort abgeholt werden, denn sonst hätte Bushkin uns ein Ziel oder zumindest eine feste Zwischenetappe genannt«, fuhr er fort.

»Also gibt es irgendwo entweder eine schlagkräftige Gruppe von Immunen, was nach all unseren Erfahrungen unwahrscheinlich ist, oder eine unterirdische Geheimstation, die der unseren oder den T-Stationen vergleichbar ist. Wenn sie vom GIIC wäre, müßte ich eigentlich davon wissen. Und wenn es sich um eine militärische Einrichtung handelt, muß sie noch geheimer als die T-Stationen sein.«

Niu nickte. »Also kommt eigentlich nur eine zivile Einrichtung in Frage«, spann er den Faden weiter. »Und da wir unbedingt zur Küste sollen, liegt es auf der Hand, daß es nur eine Unterwasserstation oder ein großes U-Boot sein kann.«

»Die Station muß sehr tief liegen«, murmelte Kyle. Es irritierte ihn zu sehen, wie Niu und Sheila ständig mit den Daumen auf ihre Ringe tippten. Die Bewegung war ihnen so in Fleisch und Blut übergegangen, daß sie nur ganz selten einmal warteten, bis das Warnsignal aufklang. Heute nacht würden sie in Wechselschicht schlafen müssen, damit immer einer für den anderen das Signal abschicken konnte. Er beneidete sie nicht um ihr Schicksal. Irgendwann *mußten* sie eine Sequenz verpassen, und das würde ihr Ende sein.

Er bemerkte ihre fragenden Blicke und wurde sich bewußt, daß er mit offenen Augen geträumt hatte. »Es gibt jede Menge Aquafarmen entlang der Küste, und wenn sie alle von der Strahlung verschont geblieben wären, hätten wir zumindest von einigen hören müssen. Also ist auch ein Großraum-U-Boot praktisch ausgeschlossen, denn die wirklich großen Kähne, die mal so eben 15 Leute zusätzlich aufnehmen und längere Zeit ernähren könnten, können nicht so tief tauchen. Bleibt nur eine Tiefseekuppel.« Er seufzte. »Wenn wir uns das schon in ein paar Minuten zusammenreimen konnten, dürfen wir nicht riskieren, daß irgend jemand außer uns auch nur *erfährt,* wohin wir wollen. Und mit ›irgend jemand‹ meine ich in diesem konkreten Fall Walter Truggot. Vielleicht tue ich ihm unrecht, aber ich fürchte, daß er bei einer Gefangennahme durch die Außerirdischen seine Giftkapsel nicht zerbeißen würde.«

»Was schlagen Sie vor?« wollte Sheila wissen. »Wir können ihn doch nicht einfach hierlassen.«

Kyle schüttelte den Kopf. »Nein. Ich denke, er würde versuchen, uns zu folgen, und uns dadurch zusätzlich in Gefahr bringen. Deshalb habe ich mir etwas überlegt. Nennt mich herzlos, aber ich möchte ihn als eine Art Versicherung benutzen, um die Außerirdischen auf eine falsche Fährte zu locken, falls sie uns schnappen sollten. Wir suggerieren ihm ein anderes Ziel.«

Er fuhr mit dem Finger über die Karte und hielt an einem Punkt rund 200 Kilometer nördlich von Quebec an. »Jonquière. In der Gegend wurde früher Bergbau betrieben. Spätestens seit die Aliens unsere Station zerstört haben, müssen sie wissen, daß tief gelegene unterirdische Hohlräume Schutz vor ihrer Strahlung bieten. Also klingt Jonquière als mögliches Ziel nicht unwahrscheinlich.«

Sheila sah zu ihrer Gruppe hinüber. Walter Truggot gestikulierte gerade mit den Händen, und leises Gelächter klang auf. »Mir kommt das irgendwie falsch vor. Nur weil wir den Mann nicht kennen, können wir ihm nicht automatisch mißtrauen.«

»Was schadet es schon, ihn ein bißchen an der Nase herumzuführen?« fragte Niu. »Wenn wir Quebec erreichen und abgeholt werden, ohne von den Aliens erwischt worden zu sein, fliegt der Schwindel ohnehin auf. Und sollte er ihnen lebendig in die Hände fallen und plaudern…« Er zuckte die Achseln.

»Also gut«, gab Sheila widerwillig nach. »Und wie kommen wir nach Quebec?«

»Wir besorgen Elektroräder für die gesamte Gruppe und fahren damit bis nach Trois-Rivières«, sagte Kyle. »Ich kenne die Strecke bereits. Wir können sie an einem Tag schaffen. In Trois-Rivières gibt es einen großen Jachthafen für Segelboote. Es treiben jede Menge Wracks den Sankt Lorenz hinab, und wenn wir eine Segeljacht nehmen, können die Aliens keine energetische Streustrahlung anmessen, selbst wenn sie direkt über uns hinwegfliegen. Das dürfte die sicherste Art zu reisen sein. Von Trois-Rivières bis Quebec benötigen wir wahrscheinlich noch einmal zwei Tage. Wenn wir noch einen für die Vorbereitungen dazuzählen, könnten wir in vier Tagen in Quebec sein.«

*

Sankt Lorenz-Strom, 8. Juli 2051

Die Reise war so reibungslos verlaufen, daß Kyles Nerven zum Zerreißen gespannt waren. Für seinen Geschmack ging einfach alles zu glatt.

Ohne die unnatürliche Stille und die Zeichen der Zerstörung entlang der Ufer hätte dies eine traumhaft schöne Flußfahrt sein können.

Die ihrer Erinnerungen beraubten ehemaligen GIIC-Mitarbeiter betrachteten die stille Welt mit staunenden Augen. Alles war neu für sie, und ständig fielen sie ihren Begleitern mit neugierigen Fragen auf die Nerven.

Wie Kyle gesagt hatte, trieben immer wieder Wracks den großen Strom hinab, der gemächlich dem Meer entgegenfloß. Viele waren irgendwo gestrandet. Einige saßen fest, andere rissen sich wieder los, wenn der Wasserpegel stieg. Sie hatten sich dem Atlantik schon so weit genähert, daß die Gezeitenwirkung spürbar wurde.

Immer wenn ihre Geräuschmelder das Summen eines Schwebers anzeigten oder eines der kugelförmigen Raumschiffe von der Passivortung erfaßt wurde, ließ Kyle die Jacht einfach treiben. Dabei waren sie einmal auf Grund gelaufen und hatten das Boot mit der Seilwinde wieder flottmachen müssen. Aber das war die einzige brenzlige Situation gewesen.

Und so war Kyle paradoxerweise geradezu erleichtert, als plötzlich eine ganze Staffel der Alien-Schweber über sie hinwegschoß. Er hatte alle Passagiere bis auf Niu und Walter Truggot unter Deck geschickt und ließ die Segel im Wind flattern. Die Jacht dümpelte steuerlos in der schwachen Strömung.

»Da kommen sie wieder«, meldete Niu. Er lag flach auf dem Vorderdeck, halb unter Segeltuchplanen verborgen, und spähte durch die Zieloptik seines Raketenwerfers. »Diesmal sind es nur sechs Schweber.«

Auch Kyle hatte einen Raketenwerfer in Anschlag gebracht. Die Waffen stammten aus einem der Lager, die er kurz vor der Landung der Fremden mit einem ehemaligen Kollegen überall in

Montreal angelegt hatte. Jetzt hätte er Wayne Fitzgerald gern an seiner Seite gehabt, aber der Agent war längst tot.

Die Außerirdischen schienen irgend etwas zu suchen, und ihren rasanten Flugmanövern nach zu urteilen, war es keine routinemäßige Patrouille.

Sie hatten die Jacht bereits zweimal überflogen, ohne ihr Beachtung zu schenken.

»Was ist das?« murmelte Kyle verblüfft.

»Was meinst du?« fragte Niu zurück.

»Stromabwärts auf drei Uhr.«

Niu schwenkte seine Waffe herum und keuchte überrascht auf. »Sieht wie eine Libelle aus!« murmelte er fassungslos. »Da ist noch eine!«

Libellen waren kleine, extrem wendige Flugabwehrraketen mit automatischen Zielsuchköpfen.

»Drei«, korrigierte Kyle. Er sah fasziniert zu, wie die Abwehrraketen in einem wahnwitzigen Zickzackkurs Jagd auf die Schweber der Außerirdischen machten. Ein irdischer Schweber hätte ihnen unmöglich ausweichen können.

Selbst die merkwürdig geformten Fluggeräte der Bestien schienen ihre Schwierigkeiten zu haben. Sie spritzten auseinander wie ein Schwarm Sardinen, in den ein Barrakuda stieß.

Und dann flammte eine Explosion auf.

»Treffer!« schrie Niu begeistert und ließ beinahe den Raketenwerfer fallen. Drei Kilometer entfernt regneten Trümmerstücke herab, gefolgt von einem dumpfen Grollen.

Die Schweber verschwanden außer Sicht, aber kurz darauf glaubte Kyle, den leisen Donner einer weiteren Explosion zu hören. Er und Niu wechselten einen stummen Blick.

»Ich denke, die anderen sollten besser für den Rest der Reise unter Deck bleiben«, sagte Kyle nach einer Weile. »Mr. Truggot, bitte gehen Sie runter und sorgen Sie dafür, daß niemand an Deck kommt.«

Er wartete, bis Truggot verschwunden war, dann wandte er sich Niu zu und flüsterte: »Du weißt, was das zu bedeuten hat?«

Niu nickte. »Die Libellen haben keine große Reichweite. »Und sie können von keiner automatischen Geschützstellung abgefeuert worden sein, denn die Schweber unserer Freunde fliegen schon seit Wochen hier herum. Eine automatische Abwehrbatterie hätte schon viel früher geschossen und wäre längst ausgeschaltet worden.«

»Richtig«, stimmte ihm Kyle zu. »Also muß hier irgendwo in der Nähe ein Immuner stecken, ein einsamer Schütze, und dazu noch ein verdammt cleverer, sonst hätte er nicht so lange überlebt.«

Stromabwärts tauchte ein Punkt über der fernen Silhouette von Quebec auf und wurde langsam größer. Ein Kugelraumer der Aliens. Er glitt gemächlich und beinahe lautlos dahin.

Wie Kyle und Niu erwartet hatten, wurde er von keiner Libelle angegriffen, obwohl er sich als prächtiges Ziel wie auf dem Silbertablett präsentierte. Ein weiteres Indiz dafür, daß die Fla-Raketen aus keiner automatischen Batterie stammten. Die Raumschiffe der Fremden verfügten über energetische Schutzfelder und würden von einem konventionellen Sprengkopf nicht einmal durchgeschüttelt werden. Aber die Geschützstellungen waren nie darauf programmiert worden, bestimmte Ziele als unverwundbar zu klassifizieren.

»Einer von uns muß hierbleiben und versuchen, mit dem einsamen Schützen Kontakt aufzunehmen«, stellte Kyle nüchtern fest.

»Und das werde ich sein«, erwiderte Niu, als gäbe es daran nicht den geringsten Zweifel.

Kyle verzichtete darauf, ihm zu widersprechen. Ein Immuner mußte die Gruppe zu ihrem Rendezvous begleiten, und dieser Immune konnte unmöglich Truggot sein. Nicht allein deshalb, weil seine Zuverlässigkeit fraglich war, sondern vor allen Dingen, weil er keinerlei Kampferfahrung besaß und der Besatzung der vermeintlichen Tiefseestation keine der dringend benötigten Informationen liefern konnte.

Also mußte die Wahl zwangsläufig auf Niu fallen.

»Aber du wirst nicht allein hier zurückbleiben«, sagte Kyle leise.

Niu verzog die fleischigen Lippen zu einem sparsamen Grinsen. »Truggot?«

»Du brauchst einen Immunen, der dir notfalls helfen kann, falls du in den Einflußbereich der Lethargiestrahlung geraten solltest«, erklärte Kyle. »Nein, keine Widerrede«, kam er einem Protest seines Partners zuvor. »Du bist schon einmal von Wayne und ein anderes Mal von mir gerettet worden, obwohl die Strahlen dich bereits erfaßt hatten. Sie brauchen eine Weile, bevor sie dich völlig ausschalten. Und nur ein Immuner kann den Zünder deiner Giftkapsel blockieren, solange du lahmgelegt bist.«

Der Hawaiianer lachte humorlos. »Abgesehen davon, daß ich Truggot nicht traue, glaube ich kaum, daß er sich freiwillig für diese Mission melden wird. Außerdem weiß er nicht einmal, daß ich kein Immuner bin. Er würde vermutlich durchdrehen, wenn er erfährt, daß er mit einem Mann zurückbleiben soll, der von einem Augenblick auf den anderen zu einem lebendigen Gemüse werden kann.«

»Wir könnten ihm eine Geschichte auftischen«, schlug Kyle vor. »Zum Beispiel, daß du zwar gegen die Strahlung immun bist, aber hin und wieder kurzfristig mit geistiger Verwirrung darauf reagierst.« Er runzelte nachdenklich die Stirn. »Die einzige andere Alternative wäre, daß du Sheila und ihre Leute begleitest und ich hier zurückbleibe«, fuhr er nach einer kurzen Pause fort. »Vielleicht sollten wir es tatsächlich so machen. Gut möglich, daß die Fremden die Gegend nach diesem Vorfall flächendeckend bestrahlen werden.«

Niu schüttelte energisch den Kopf. »Nein, ich bleibe. Du hast recht. Truggot wird es sich gar nicht leisten können, mich irgendwie zu hintergehen, wenn ihr weg seid. Er würde es nie riskieren, ganz auf sich allein gestellt zu sein, indem er mich im Stich läßt. Aber wir können ihn kaum mit vorgehaltener Waffe überreden. Wie bringen wir ihn dazu, sich der kämpfenden Truppe anzuschließen, anstatt mit den anderen zu gehen?«

»Indem wir ihn vor vollendete Tatsachen stellen«, erwiderte Kyle. Er schloß einen Moment lang die Augen. *Haben wir wirklich das Recht, so über andere Menschen zu verfügen, selbst wenn die Lage noch so verzweifelt ist?* fragte er sich bitter. *Tun wir damit nicht in gewisser Weise dasselbe wie die Aliens? Wie würde ein Gericht über uns urteilen, sollten wir jemals zur Rechenschaft gezogen werden?*

Er verdrängte die Gedanken. Eines Tages, wenn die Menschheit wieder frei war, würde er mit Freuden die Konsequenzen seiner Entscheidungen tragen. »Wir lassen ihm ganz einfach keine andere Wahl«, sagte er.

4.

Montgomery-Luftwaffenstützpunkt, Beauport, 27. Mai 2051

»Der große Block hat sich bewegt!« rief Corporal Daniels triumphierend. »Nigel, setze die Stange etwas weiter links an!«

»Vorsicht, Männer«, warnte Lieutenant William Sheppard. »Zieht euch zurück, sobald der Hebel feststeckt.« Er spähte vorsichtig den Versorgungsschacht hinauf, wo Daniels und Beloque wie zwei Fliegen in acht Metern Höhe an den Wänden klebten. Sie hatten mehrere Eisenstangen in die Spalten zwischen den Brocken aus Plastbeton und natürlich gewachsenem Fels getrieben, die den Schacht seit einem Volltreffer der Aliens vor vier Tagen verstopften. Wenn es ihnen gelang, nur eines der größeren Trümmerstücke zu lockern, würde der Rest wahrscheinlich in einer gewaltigen Lawine in die Tiefe stürzen.

Es war zweifelhaft, ob ihnen das weiterhalf. Vielleicht würde das Geröll das gesamte Waffendepot unter sich begraben, aber ihnen blieb keine Wahl. Die beiden anderen horizontalen Ausgänge waren hoffnungslos verschüttet.

Seit dem Treffer waren Sheppard und seine Männer von der Außenwelt abgeschnitten. Eine Zeitlang hatten sie wenigstens noch gelegentlich leise Geräusche über sich gehört und versucht, durch Klopfzeichen auf sich aufmerksam zu machen, doch vor zwei Tagen war endgültig Grabesstille eingekehrt.

Entweder existierte der Stützpunkt über ihren Köpfen nicht mehr, oder aber der Kommandant hatte alle Überlebenden evakuiert, vermutlich zum benachbarten Raumhafen von Quebec.

»Die Stange ist in Position, Sir«, keuchte Beloque. »Ich werfe Ihnen jetzt das Seil zu.«

»In Ordnung«, erwiderte Sheppard. »Und dann kommt runter.«

Das Kunststofftau klatschte neben ihm zu Boden. Er hob es auf und zog es zu der Winde, an der er bereits drei andere Taue befestigt hatte.

Gleichzeitig mit der Verbindung zur Außenwelt war auch die Energie ausgefallen. Der Notakku lieferte genug Strom für die Beleuchtung und die Klimaanlage, aber alles, was sie tun konnten, war, die Luft in dem unterirdischen Depot ständig umzuwälzen. Noch hatten sie ausreichend Sauerstoff, und die Kohlendioxidkonzentration war nicht nennenswert angestiegen, aber spätestens in zwei Wochen würde sie die kritische Grenze erreichen. Bevor ih--nen das Wasser und die Nahrungskonzentrate ausgingen, würden sie ersticken.

Sheppard sah, wie sich Daniels vorsichtig abzuseilen begann. Beloque überprüfte noch einmal den Sitz der letzten Stange, die er unter den größten Plastbetonbrocken getrieben hatte. Ein paar scharfkantige Gesteinssplitter und feuchter Staub rieselten herab.

»Beloque, beeilen Sie sich«, drängte der Lieutenant. »Durch das Rumstochern ist…« Er unterbrach sich mitten im Satz und schüttelte irritiert den Kopf. Ein unangenehmes Kribbeln breitete sich in seinem Nacken aus und lief sein Rückgrat hinab. Daniels verharrte auf halbem Weg zum Boden wie eine Spinne an ihrem Faden. Beloques Füße rutschten von der Sprosse der in die Wand eingelassenen Notleiter. Er hing mit seinem gesamten Gewicht am freien Ende der Stange.

»Lassen Sie los, Beloque!« brüllte Sheppard. »Das Sicherungsseil fängt Sie auf! Wenn Sie sich weiter festhalten, könnte die Hebelwirkung…«

Das Kribbeln in seinem Nacken steigerte sich zu einem Brennen. Entweder hatte Beloque ihn nicht verstanden, oder er war vor Angst wie paralysierte. Er baumelte langsam an der Stange hin und her. Auch Daniels wirkte wie gelähmt.

Eine kleine Schuttlawine löste sich aus dem Geröllpfropfen und prasselte vor Sheppard auf den Boden. Er biß die Zähne zusammen. Was war mit seinen Männern los? Spürten sie das Kribbeln und Brennen im Nacken ebenfalls? Lag es daran, daß sie plötzlich erstarrt waren? *Ist das vielleicht irgendeine unbekannte Waffe der Außerirdischen?* dachte Sheppard.

Schlagartig hörte das seltsame Gefühl auf, und endlich ließ Beloque die Stange los. Er fiel keine zwei Meter tief, bevor das Seil seinen Sturz bremste und er gegen die Schachtwand klatschte.

Der Aufprall konnte unmöglich stark genug gewesen sein, um ihn verletzt zu haben, geschweige denn, ihn das Bewußtsein verlieren zu lassen. Trotzdem regte er sich nicht mehr. Auch Daniels zeigte keinerlei Reaktion.

Noch bevor Sheppard irgend etwas unternehmen konnte, knirschte es bedrohlich im Schacht über ihm, und reflexartig sprang er zurück.

Die ineinander verkeilten Plastbetonbrocken und Stahlstreben verloren ihren Zusammenhalt und stürzten mit einem ohrenbetäubenden Lärm in die Tiefe.

Sheppard sprintete wie von Furien gehetzt davon. Er hörte, wie sich die Lawine donnernd hinter ihm in die Höhle ergoß. Unter dem mörderischen Druck der herabdonnernden Massen zerplatzende Plastbetonbrocken prallten von den Wänden ab und flogen ihm wie Schrappnellgeschosse um die Ohren, irgend etwas traf ihn zwischen den Schulterblättern. Er strauchelte, hechtete mit einem gewaltigen Satz über einen Kistenstapel und rollte sich auf dem harten Boden ab.

Als er wieder auf die Füße kam und herumwirbelte, sah er, wie die Geröllawine unmittelbar vor den Kisten mit den »Libellen« zum Stillstand kam, bevor ihm eine dichte Staubwolke die Sicht nahm. Hustend zog er sich weiter zurück, tastete fast blind nach den vorsorglich überall bereitgelegten Atemmasken und preßte sich eine vor Mund und Nase.

Er brauchte nichts zu sehen, um zu wissen, daß Beloque und Daniels tot waren.

Langsam setzte sich der Staub. Sheppard spürte eine schwache Luftbewegung, die nicht von der Klimaanlage herrührte. Der Schacht mußte wieder offen sein.

Vorsichtig kletterte der Lieutenant die Schutthalde hinauf, wobei er nicht daran zu denken versuchte, daß irgendwo unter dem Geröll die zerschmetterten Leichen seiner Untergebenen lagen.

Der Versorgungsschacht war tatsächlich frei. Sheppard sah einen rechteckigen Ausschnitt des wolkenverhangenen, grauen

Himmels über sich. Ein paar Regentropfen fielen ihm ins Gesicht. Er schluckte und machte sich an den Aufstieg über die Notleiter.

Der Anblick, der sich ihm bot, übertraf seine schlimmsten Erwartungen noch bei weitem.

Der Luftwaffenstützpunkt war eine einzige Trümmerwüste.

Kaum ein Gebäude war unversehrt. Einige schienen geschmolzen, andere von einer unsichtbaren Faust zertrümmert worden zu sein. Das Landefeld war mit Kratern übersät, deren Ränder glasiert wirkten, als wären sie höllischen Temperaturen ausgesetzt gewesen. Hier und da entdeckte Sheppard kreisrunde Löcher, wie mit riesigen Meißeln eingestanzt.

Und nirgendwo eine lebende Menschenseele, nur ein paar wenige verstreute Leichen oder das, was von ihnen übriggeblieben war.

Gegen Abend stieß er am Rand des Stützpunktes auf ein behelfsmäßiges Lazarett unter einer Plane, die irgend jemand an den Wandresten einer Baracke befestigt hatte. Vier Verwundete lagen auf Feldbetten, und in einem Klappstuhl saß ein Sanitäter mit einem blutgetränkten Kopfverband, der den linken Arm in einer Schlinge trug.

William Sheppard versuchte erfolglos, die Männer anzusprechen. Sie reagierten auch nicht, als er sie anstieß.

Die erste Nacht verbrachte er in dem Feldlazarett und bemühte sich, den erstarrten Soldaten so gut wie er es konnte Erste Hilfe zu leisten. Obwohl das mobile Funkgerät des Sanitäters intakt war, empfing Sheppard auf allen Frequenzen nur statische Störungen, und seine Rufe blieben unbeantwortet.

Sofern überhaupt irgend jemand sie hörte.

Bis auf das leise Prasseln des Regens herrschte eine unwirkliche Stille. Die Verwundeten stöhnten nicht einmal. Der Himmel war dunkel, nirgendwo am Horizont blitzte Geschützfeuer auf. Es schien, als hätten die unbekannten Angreifer ganze Arbeit geleistet.

Am nächsten Tag verließ Lieutenant Sheppard den Luftwaffenstützpunkt mit Ziel Beauport. Die Silhouette der Stadt wirkte aus der Ferne unbeschädigt, und in der Nacht hatten in den Häusern Lichter gebrannt. Irgendwo dort *mußte* es Überlebende geben. Und trotzdem ahnte William Sheppard bereits, daß auch dort etwas Unerklärliches geschehen war, denn er entdeckte nicht einen Schweber, nicht ein Flugzeug oder einen Helikopter am Himmel. Nicht einmal das Heulen von Sirenen war zu hören.

Er hatte das Gefühl, der letzte lebende Mensch auf der Erde zu sein.

*

Quebec, 10. Juli 2051

»Wo sind die anderen?« fragte Walter Truggot alarmiert. Er war gerade erst aus einem langen, erholsamen Schlaf erwacht und sah sich verwundert in dem Möbellager um, in dem Kyle Larkins Gruppe tags zuvor ihr Quartier aufgeschlagen hatte.

»Weitergezogen«, antwortete Niu Kelauakoha munter und reichte ihm einen Becher. »Hier, trinken Sie einen Schluck Kaffee.«

Truggot starrte ihn ungläubig an. »Weitergezogen? Und warum sind wir dann noch hier?«

»Irgend jemand mußte hierbleiben«, erklärte der Hawaiianer betont sachlich. »Wir müssen das Risiko minimieren. Hier in der Stadt sind wir verhältnismäßig sicher. Sie wissen selbst, wie gefährlich die Reise durch offenes Land…«

»Warum wurde ich nicht einmal gefragt? Warum wurde ich nicht geweckt?« Truggot sprang auf und funkelte Niu wütend an. »Ich habe ein Recht…«

»Sie haben das Recht, sauer zu sein und sich zu beschweren«, fiel ihm Niu ins Wort. »Und Sie haben das Recht, mich zu verlassen und sich auf die Suche nach den anderen zu begeben oder sich selbst durch diese verödete Welt zu schlagen. Oder aber Sie bleiben bei mir und werden vernünftig. Ich überlasse Ihnen die Wahl.«

»Ich, ich…« begann Truggot zornbebend. Einen Moment lang sah er so aus, als wollte er sich auf den dunkelhäutigen Mann stürzen, doch dann sackten seine Schultern herab. »Warum?« fragte er kraftlos.

Niu trank einen Schluck Kaffee. Er hatte gestern die Giftkapsel erbrochen und zum ersten Mal seit langer Zeit wieder eine Nacht am Stück ungestört durchgeschlafen, von Kyle bewacht. Die nächsten Tage würde er kein Auge mehr zutun können. Sheila hatte ihm ein Aufputschmittel gegeben, mit dem er sich ungefähr fünf Tage lang würde wachhalten können. Danach... Er schob den Gedanken von sich.

»Sollten Kyle und die anderen auf ihrem Weg von den Außerirdischen entdeckt werden, dürfte das ihren Tod bedeuten, zumindest aber ihre Gefangennahme«, begann Niu. »Und wir können auf keinen Immunen verzichten. Also *mußten* wir uns trennen. Das ist auch in Ihrem Interesse, selbst wenn Sie es jetzt noch nicht einsehen wollen. Sobald die anderen in Sicherheit sind und Kyle zurückgekehrt ist, wird er auch uns in unser neues Versteck bringen. Vorher haben wir allerdings noch etwas zu erledigen.«

Er legte eine kurze Pause ein und trank einen weiteren Schluck Kaffee. »Wir müssen Kontakt zu einem Immunen aufnehmen, den wir in der Nähe vermuten. Wahrscheinlich gibt es in Quebec sogar mehr als nur den einen. Und wenn diese Immunen so wie Sie unsere früheren Nachrichten empfangen haben, wissen sie, was mit den anderen Menschen geschehen ist, wie sie sich verhalten sollen und mit anderen Immunen in Verbindung treten können. Also stehen unsere Chancen nicht schlecht, neue Mitstreiter zu finden. Und dazu brauchen wir Sie, Truggot, ob es Ihnen nun paßt oder nicht. Deshalb haben wir Sie nicht geweckt, als die anderen aufgebrochen sind.« Er verzichtete darauf hinzuzufügen, daß Sheila dem Immunen vorsorglich ein Schlafmittel ins Essen gemischt hatte.

Truggot funkelte ihn böse an, sagte aber nichts.

»Wir werden erst einmal die üblichen Treffpunkte in der Stadt abklappern und versuchen, über Kurzfunkbotschaften Kontakt mit den Immunen aufzunehmen. Sollte uns das gelingen, sehen wir weiter. Versuchen Sie, sich mit dem Gedanken vertraut zu machen. Oder ziehen Sie auf eigene Faust los, wenn Ihnen das besser gefällt. Aber erwarten Sie nicht von mir, daß ich mich für das rechtfertige, was Kyle und ich beschlossen haben. Wir sind schon etwas länger in diesem Geschäft und wissen genau, was wir tun.«

Gegen seinen Willen mußte sich Truggot eingestehen, daß ihm

keine andere Wahl blieb, als sich dem Hawaiianer zu fügen. *Aber eines Tages werde ich euch das heimzahlen!* schwor er sich. Er wußte immer noch nicht genau, wer oder was seine Begleiter eigentlich waren. Vermutlich gehörten sie einer Spezialeinheit des Militärs oder der Polizei an. Obwohl sie ihm den Grund für ihre Geheimniskrämerei erklärt hatten, ärgerte es ihn, daß sie ihn nicht einweihten, denn er spürte, daß sie ihm über ihre begründeten Vorsichtsmaßnahmen hinaus mißtrauten. Irgendwann würde er mehr über sie in Erfahrung bringen, zum Beispiel auch, warum Kelauakoha und diese Ärztin eine Giftkapsel mit Zeitzünder im Bauch trugen, während er, Larkin und das kleine Flittchen einfache Giftkapseln zum Zerbeißen bekommen hatten.

Der Gedanke an Xiao ließ sein Gesicht heiß werden. Gott, was hatte ihn das Luder scharfgemacht! Und in ihrer Gruppe waren zwei Frauen gewesen, die er bestimmt über kurz oder lang hätte flachlegen können. Da sie ihr Gedächtnis verloren hatten, wäre es für sie wie das erste Mal gewesen.

Truggot unterdrückte mühsam den wieder in ihm aufkochenden Zorn und trank einen Schluck Kaffee.

»Was gibt's zum Frühstück?« fragte er mürrisch.

*

Fast zur gleichen Zeit tauchte rund 30 Kilometer stromabwärts ein kleines U-Boot im Sankt Lorenz-Strom auf.

Sheila hatte die Unterwasserstation noch vor ihrer Ankunft in Quebec durch eine geraffte Botschaft informiert und kurz darauf die Rendezvouskoordinaten erhalten.

Sie wechselten direkt von der Segeljacht in das U-Boot über, das sich sofort auf den Grund des Flusses sinken ließ und dort eine Weile verharrte. Captain Carter ließ eine winzige Passivortungsboje an die Wasseroberfläche steigen und scannte eine Stunde lang den Himmel, bis er sicher war, daß die Außerirdischen die schwachen Energiesignaturen der U-3 nicht angemessen hatten. Dann nahm er mit Schleichfahrt Kurs auf den Atlantik.

Erst als er wieder 500 Meter Wasser über sich hatte, gab er den Peilsender frei, der Niu mit Verzögerung eine Kurznachricht über das geglückte Rendezvous senden würde, und steuerte mit voller Kraft »POSEIDON II« an.

*

Quebec, 1. Juni 2051

William Sheppard hatte das Gefühl, in einem endlosen Alptraum gefangen zu sein.

Im weitgehend unzerstörten Beauport hatte er zwar, wie erhofft Überlebende angetroffen, aber die waren genauso reglos und nicht ansprechbar wie die Verwundeten auf dem Luftwaffenstützpunkt.

Das gleiche Bild bot sich ihm in Quebec. In den Straßen mußte der Mob gewütet haben. Hier und da lagen Leichen oder Verletzte herum. Fensterscheiben waren zertrümmert worden, Läden geplündert, Fahrzeuge zerstört. An zahlreichen Stellen hatte es gebrannt, und aus einigen Häuser stieg immer noch Rauch. Die meisten Zerstörungen stammten offenbar von Menschen, aber ein ganzer Straßenzug war regelrecht planiert worden. Er mußte von einer Waffe der Außerirdischen getroffen worden sein, denn die Art der Schäden ähnelte denen auf dem Flugfeld des Luftwaffenstützpunktes. Als wären die Gebäude von einem gigantischen Dampfhammer in den Untergrund gestampft worden.

In den östlichen Bezirken Quebecs machte Sheppard eine erschreckende Entdeckung. Dort waren viele Menschen nicht völlig erstarrt. Sie bewegten sich noch, wenn auch kraftlos und unkoordiniert. Einige schienen ihn sogar wahrzunehmen, aber sie verstanden offensichtlich nicht, was er sagte, und waren nicht in der Lage, gezielt auf ihn zu reagieren.

Doch auch sie erstarrten endgültig, als Sheppard wieder das Zerren und Brennen im Nacken verspürte. In diesem Moment *wußte* er, daß die Außerirdischen eine heimtückische Waffe gegen die Menschen einsetzten, gegen die er aus einem unerfindlichen Grund immun war.

So entsetzlich diese Erlebnisse auch waren, hatten sie ihn doch nicht auf das vorbereiten können, was als nächstes geschah.

Am folgenden Tag begannen die Menschen, für kurze Zeit wieder Aktivitäten zu entfalten, die nur einem Zweck dienten: der Nahrungsaufnahme. Allmählich kristallisierte sich für Sheppard ein Bild heraus. Die Außerirdischen hatten nicht vor, die Menschheit einfach zu töten. Sie mußten sie noch zu irgend etwas brauchen. Und sie schienen auch nicht daran interessiert zu sein, einfach alles zu zerstören, sondern gingen planmäßig vor.

Die Bestätigung für seinen Verdacht erhielt Sheppard, als er den Raumhafen von Quebec aufsuchte. Der militärische Teil war großflächig verwüstet, die Schäden im zivilen Bereich hielten sich dagegen in Grenzen. Dort waren hauptsächlich die Radar- und Funkleitstellen zerstört worden.

Das Bild begann, sich abzurunden. Alle Anzeichen deuteten darauf hin, daß die Außerirdischen eine Invasion planten, bei der sie zumindest einen Teil der zivilen Infrastruktur erhalten wollten. Und das ließ nur den Schluß zu, daß sie die Erde längerfristig besetzen würden.

So deprimierend der Gedanke auch war, gab er William Sheppard doch wieder eine Aufgabe und damit neuen Lebensmut.

Wenn die Außerirdischen landeten, würden sie ihm endlich ein Ziel bieten, und er war im Luftabwehrkampf ausgebildet worden. Er war kein Raumsoldat, sondern Spezialist für planetare Kriegsführung.

In dem Waffendepot, in dem er zu Beginn der Feindseligkeiten verschüttet worden war, lagerten 300 »Libellen«, mobile Fla-Raketen, für die er nicht einmal eine Abschußvorrichtung benötigte. Er konnte sie überall in der Umgebung plazieren.

Daß er damit nicht den Hauch einer Chance gegen die Außerirdischen haben würde, hielt ihn nicht davon ab, Pläne zu schmieden. Wenn er auch nur einen der Fremden, die seine Heimat zerstört hatten, ins Jenseits schicken konnte, dann war es das wert.

Und wer weiß? dachte er grimmig. *Vielleicht bin ich ja nicht der einzige, der noch handlungsfähig geblieben ist.*

Er machte sich auf den Weg zurück zu seinem Stützpunkt, um den einsamen Kampf gegen die Fremden aus dem All aufzunehmen.

*

Tiefseestation »POSEIDON II«, 11. Juli 2051

»Willkommen in unserer Station«, begrüßte Carol LaBelle Kyles Gruppe. Sie empfing die Besucher zusammen mit Pierre Turneur im Haupthangar, in dem die U-3 nach dem Passieren der Druckschleuse festgemacht hatte.

Kyle zuckte bei ihrem Anblick überrascht zusammen. Er kannte die Leiterin der Tiefseekuppel, wenn auch nur flüchtig.

Carol LaBelle war eine auffallend große, athletische Frau mit kurzem blondem Haar und hellblauen Augen. Er schätzte sie auf etwa 1,90 Meter, womit sie nur wenige Zentimeter kleiner war als er selbst. Sie hatte vor Jahren ein von ihm gehaltenes Seminar über Kommunikationstechnik im Schulungszentrum des GIIC besucht und in ihrer knapp bemessenen Freizeit ihre Geschicklichkeit im Jiujitsu mit ihm gemessen. Damals war er noch mit Sybill liiert, und das hatte ihn davon abgehalten, die oberflächliche Bekanntschaft zu vertiefen. Nach Beendigung des Seminars hatte er sie aus den Augen verloren, und seines Wissens nach war sie nie in das GIIC eingetreten. Bushkin mußte sie als freie Mitarbeiterin angeworben haben.

Er zuckte erneut zusammen, als ihm Xiao einen Ellbogen in die Seite stieß. »Paß auf, daß dir nicht die Augen aus dem Kopf fallen«, flüsterte die zierliche Asiatin.

Kyle bedachte sie mit einem gequälten Lächeln und wandte seine Aufmerksamkeit dann wieder der Leiterin von »POSEIDON II« zu. Er achtete nicht auf ihre kurze Begrüßungsansprache und fragte sich, ob Bushkin die ganze Zeit über mit der Tiefseekuppel Verbindung gehalten hatte. Gab es hier womöglich noch mehr GIIC-Agenten?

»Pierre Turneur wird Sie in Ihre vorläufigen Quartiere führen«, sagte Carol gerade. »Unsere medizinische Abteilung wird sich um Sie kümmern. Wenn Sie Fragen haben, wenden Sie sich vertrauensvoll an Pierre oder die Leute, die er Ihnen nennt. Bitte haben Sie Verständnis, daß ich vorläufig keine weitere Zeit für Sie erübrigen kann. Sobald Sie sich eingerichtet haben, werden wir eine kleine Willkommensfeier mit dem Rest der Besatzung für Sie veranstalten.«

Sie warf Kyle einen flüchtigen Blick zu, den er mit einem angedeuteten Nicken quittierte, als Pierre die ihrer Erinnerungen beraubten Agenten aus dem Hangar führte. Sheila zögerte einen Moment, dann schloß sie sich ihren Schutzbefohlenen an.

»Was ist mit Ihnen, Miß…?« fragte Carol.

»Feng, Xiao Feng«, sagte Xiao schnell und hakte sich besitzergreifend bei Kyle ein. »Ich bin weder GIIC-Agentin noch habe ich mein Gedächtnis verloren.«

»Xiao kann bleiben, wenn Sie keine Einwände haben«, warf Kyle unbehaglich ein. »Sie kennt die aktuelle Lage genauso gut wie ich. Außerdem gibt es da eine Sache, die auch sie betrifft.«

Carols Mundwinkel zuckten leicht. »In Ordnung, dann folgen Sie mir bitte in mein Büro. Wir haben eine Menge zu besprechen.«

Zehn Minuten später saßen sie in einem zweckmäßig aber behaglich eingerichteten Arbeitszimmer, das die typische Handschrift einer Frau trug. Kyle registrierte automatisch, daß auf Carols Schreibtisch kein Rahmen mit Familienfotos stand, und er biß sich ärgerlich auf die Lippen.

»Wie Sie sich vermutlich bereits denken können, wurde ich von Direktor Bushkin über den Verlauf der Invasion informiert«, begann Carol. »Allerdings ziemlich oberflächlich, wie es der Politik des GIIC entspricht. So wußte ich nur, daß eine seiner Mitarbeiterinnen nach der Zerstörung der Zentrale versuchen würde, einige Agenten mit gelöschten Erinnerungen zu uns in Sicherheit zu bringen. Von Ihnen und Miß Feng war nie die Rede. Ich schätze, Sie gehören zu einer Handvoll Menschen, die resistent gegen die mentale Beeinflussung der Fremden sind. Bushkin hat nur vage Andeutungen über diesen Punkt gemacht.«

»Eigentlich bin nur ich immun gegen die Strahlung«, erwiderte Kyle. »Bei Xiao verhält es sich etwas anders, aber dazu später mehr. Hat Bushkin Ihnen weitere Anweisungen gegeben?«

Carol seufzte und schüttelte den Kopf. Sie schloß einen Moment lang die Augen und massierte sich die Stirn. »Dies ist eine zivile Forschungsstation, Agent Larkin. Wir sind weder von unserer Ausrüstung noch von unserem Personal her in der Lage, einen

Guerillakampf gegen die Invasoren zu führen. Nur Captain Carter, zwei seiner Männer und ich verfügen über eine militärische Ausbildung. Und außer mir hat niemand hier für das GIIC gearbeitet. Bushkin hat mir alle weiteren Schritte überlassen. Es ging ihm nur darum, daß wir Informationen sammeln, um vorbereitet zu sein, sollte sich die Situation irgendwann zu unseren Gunsten ändern.«

»So, wie sich die Lage darstellt, ist damit auf absehbare Zeit nicht zu rechnen«, sagte Kyle nüchtern. »Die Außerirdischen sind dabei, die Erde zu plündern, und offenbar haben sie es damit nicht eilig. Wir könnten noch Jahre hier festsitzen. Vielleicht sogar bis zu unserem Tod.«

»Und das ist wohl kaum eine Option.« Carol nickte düster. »Sie dürften die Lage besser als jeder andere einschätzen können. Was schlagen Sie vor?«

Kyle lächelte dünn. »Realistisch betrachtet, haben wir nicht die geringste Chance gegen die Fremden, aber das sollte uns nicht davon abhalten, trotzdem das Unmögliche zu versuchen. Selbstverständlich müssen wir, wie Bushkin es wollte, Daten sammeln. Doch das kann nicht allein durch passives Beobachten geschehen. Wie überlegen die Außerirdischen unserem Militär auch waren, seit sie auf der Erde sind, können sie ihre großflächigen Vernichtungswaffen nicht mehr einsetzen und *sind* verwundbar.«

Er beugte sich in seinem Sessel vor und stützte die Ellbogen auf die Knie. Xiao, die neben ihm saß, ließ ihren Blick aufmerksam zwischen ihm und der Stationsleiterin hin und her wandern. Sie hatte Kyles Reaktion auf die blonde Frau sofort bemerkt, und es erleichterte sie, daß dieses Gespräch sich auf pragmatische Dinge beschränkte. Sein offensichtliches Interesse an Carol hatte bei ihr einen plötzlichen Stich von Eifersucht ausgelöst, dessen Intensität sie überraschte und beunruhigte.

»Punkt eins: Die Zahl der Außerirdischen scheint überraschend klein zu sein«, fuhr Kyle fort. »Wir haben nie größere Gruppen von ihnen gesehen. Theoretisch könnte es sich gerade einmal um ein paar tausend handeln, und wir haben schon einige von ihnen getötet. Punkt zwei: Sie fühlen sich ziemlich sicher, zumindest jetzt noch, und das sollten wir ausnutzen, solange es möglich ist. Punkt drei: Es gibt Immune auf der Erde, die sich bisher vor ihnen verbergen konnten. Ich werde Ihnen aus naheliegenden Gründen nicht ihre Namen, ihre Zahl oder ihren Aufenthaltsort mitteilen, aber sie sind bereit, gegen die Fremden zu kämpfen.«

»Weiß irgend jemand von diesen Immunen, wie Sie sie nennen, von unserer Station?« warf Carol ein.

Kyle schüttelte den Kopf. »Nein, und daran wird sich auch vorläufig nichts ändern. Allerdings werden wir langfristig kaum verhindern können, daß der eine oder andere von einem geheimen Stützpunkt zumindest etwas ahnt. Und es könnte die Situation eintreten, daß wir sie evakuieren müssen. Wir wissen nicht, ob die Fremden irgendwelche Mittel entwickeln werden, um die Immunen doch noch zu beeinflussen, sollte ihnen einer lebendig in die Hände fallen. Und das *wird* irgendwann passieren. Wir können nicht erwarten, daß sich alle einer Gefangennahme durch Selbstmord entziehen.«

»Das heißt, die Immunen tragen das alleinige Risiko, während wir hier in Sicherheit bleiben und Informationen auswerten?« Carol runzelte unwillig die Stirn. »Hören Sie, Kyle, auch wenn ich für die Sicherheit meiner Leute verantwortlich bin, kann ich nicht dulden, daß da oben ein paar arme Teufel ganz allein die Kastanien für uns aus dem Feuer holen.«

Xiao ballte unbewußt die Hände zu Fäusten, als die Stationsleiterin Kyle mit dem Vornamen ansprach, aber er schien es nicht bemerkt zu haben.

»Wir werden nichts überstürzen«, sagte er. »Aber vorerst sind Sie hier unten für uns wichtiger, als wenn Sie sich an der Oberfläche in Gefahr begeben. Überlegen Sie, vielleicht konnten sich einige Einheiten der Raumflotte rechtzeitig absetzen. Dann sind da die Forschungskreuzer, die zur Zeit der Invasion im All unterwegs waren. Wir haben wissenschaftliche Stationen in anderen Sonnensystemen, und nicht zuletzt ist kurz vor den Angriffen die GALAXIS mit 50.000 Kolonisten zum Deneb aufgebrochen. Es könnte also noch Tausende von freien Menschen irgendwo im Weltraum geben, und sollten ein paar von ihnen irgendwie heimlich auf die Erde gelangen, werden sie eine Basis und alle Daten brauchen, die wir zusammentragen können.«

»Aus Ihnen spricht der geborene Geheimdienstmann«, kommentierte Carol ohne eine Spur von Belustigung. »Aber wieso werde ich den Verdacht nicht los, daß Sie sich trotzdem lieber als Kombattant versuchen wollen?«

»Weil Sie offenbar eine gute Menschenkenntnis besitzen«, erwiderte Kyle. Er streckte einen Arm aus und tätschelte Xiaos Hand. »Vor ein paar Tagen ist Xiao durch einen Zufall in eines der fremden Raumschiffe gelangt und unbemerkt wieder herausgekommen. Ihre Erinnerungen daran sind leider nur sehr bruchstückhaft, aber vielleicht gelingt es Sheila, sie mittels Hypnose zu verstärken. Wenn wir ein paar Leute mit ferngesteuerten Sprengsätzen in die Schiffe schleusen könnten…«

Xiaos Augen wurden groß. »Du willst freiwillig in ein Raumschiff der Außerirdischen gehen?« unterbrach sie ihn. »Davon hast du noch nie etwas gesagt! Und du könntest dich nie unauffällig unter den anderen bewegen, weil du nicht auf die mentalen Kommandos der Fremden reagieren würdest!«

Kyle tätschelte erneut ihre Hand. »Ganz ruhig, Kleines. Vielleicht stellt sich das ja noch als eine Schnapsidee heraus, aber warten wir erst einmal ab, ob Sheila ein paar zusätzliche Erinnerungen in dir aktivieren kann.«

Carol musterte ihn prüfend. »Sie können es wohl kaum erwarten, wieder in den Krieg zu ziehen, was? Wann wollen Sie aufbrechen?«

»Sobald ich mich gründlich ausgeschlafen habe und Sheila Xiao hypnotisiert hat«, sagte Kyle müde. »Und glauben Sie mir, Carol, ich bin bestimmt nicht scharf darauf, wieder da oben mit einer Giftkapsel im Mund zwischen diesen Ungeheuern herumzuschleichen.«

Es war Xiao nicht entgangen, daß er die Leiterin der Forschungsstation ebenfalls mit dem Vornamen ansprach, und die Alarmglocken, die leise in ihr geklingelt hatten, wurden lauter. *Was ist nur los mit mir?* fragte sie sich. *Sicher, ich mag ihn gern, aber habe ich mich wirklich in ihn verliebt?* Sie glaubte, ein hämisches Flüstern von Lilly in ihrem Kopf zu hören, und drängte die Pseudopersönlichkeit energisch in die Tiefen ihres Unterbewußtseins zurück.

»Und da oben hält ein Kollege von mir, der nicht gegen die

Strahlung der Außerirdischen immun ist, zusammen mit einem anderen Immunen, dem wir nicht trauen, die Stellung«, hörte sie Kyles Stimme undeutlich durch das Rauschen des Blutes in ihren Ohren. »Niu trägt eine Zeitbombe im Körper und wird die nächsten Tage nicht eine Minute schlafen können. Er verläßt sich darauf, daß ich zurückkomme, um ihn abzulösen. Ich hoffe, er hält solange durch.«

5.

Quebec, 12. Juli 2051

»Das sieht gar nicht gut aus«, flüsterte Niu Kelauakoha.

Er und Walter Truggot lagen seit fast zwei Stunden in dem trokkenen Becken eines Springbrunnens am Union Square. Immer wieder patrouillierten kleinere Trupps der monströsen Außerirdischen durch die Straßen, als suchten sie irgend etwas.

Oder besser gesagt, irgend jemanden. Und dieser Jemand konnte nur der unbekannte Schütze sein, wie Niu von einer Immunen erfahren hatte, die ganz in der Nähe wohnte.

Die Außerirdischen hatten ihre Taktik geändert. Jetzt benutzten sie einen Ring willenloser Menschen als Schutzschild vor Attentätern, und auch auf ihren Schwebern flogen ständig Menschen mit.

»Wir sollten uns besser zurückziehen«, erwiderte Truggot genauso leise. »Hier können wir doch nichts ausrichten. Vielleicht haben die Fremden unsere Kontaktperson längst erwischt.«

Niu antwortete nicht und starrte weiter durch den Feldstecher. Nachdem sich eine Frau namens Nicole Snider per gerafftem Funkspruch bei ihnen gemeldet und den Skulpturenpark am Union Square als Treffpunkt bestimmt hatte, waren sie nur mit leichter Bewaffnung aufgebrochen. Und so, wie sich die Situation ihnen darstellte, hätten sie auch keine schwereren Waffen gegen die Außerirdischen einsetzen können, ohne die menschlichen Schutzschilde der Fremden zu gefährden.

Gerade verließ eine gemischte Gruppe aus Menschen und Bestien ein Apartmenthaus und zog einen Straßenblock weiter.

»Sobald die Luft rein ist, nehmen wir das Haus, das sie bereits durchsucht haben«, sagte Niu leise. »Und dann riskieren wir einen weiteren kurzen Funkspruch an diese Nicole Snider.«

»Das sind ein paar hundert Meter praktisch ohne jede Deckung«, protestierte Truggot. »Wir sollten lieber durch den Park zu unserem Quartier zurückkehren.«

»Wenn Sie...«, begann Niu und verschluckte die bissige Bemerkung, die ihm auf der Zunge lag. Er mußte diplomatischer sein. Bisher hatte sich sein unfreiwilliger Partner recht gut verhalten. »Wenn Sie wollen, dann bleiben Sie hier und halten die Augen offen. Aber ich glaube, in dem Haus sind wir sicherer als hier draußen. Da, sie sind verschwunden. Halten Sie einen Moment lang die Luft an und geben Sie nach Möglichkeit keinen Laut von sich.«

Er zog ein Richtmikrofon hervor und schwenkte es langsam herum. »Keine Geräusche aus der Richtung des Hauses«, meldete er. »Ich glaube, jetzt können wir es wagen. Wie sieht es aus, wollen Sie hierbleiben, oder kommen Sie mit?«

»Ich komme mit« erwiderte Truggot ergeben. Er holte tief Luft und umklammerte seinen Schocker fester.

Die Männer sprangen auf und sprinteten geduckt los. Außer Atem erreichten sie den Hauseingang und preßten sich rechts und links an die Wand. Das Türschloß war gewaltsam aufgebrochen worden. Niu untersuchte es eilig, konnte aber keine Alarmvorrichtung entdecken. Sie öffneten die Tür einen Spalt weit und schlüpften hindurch.

Kaum hatten sie den Flur betreten, kündigte ein kaum hörbarer Summton aus Nius Funkgerät den Eingang einer Nachricht an. Der integrierte Rechner packte die geraffte Botschaft aus und spielte sie ab.

»Hier spricht Nicole Snider«, klang eine leise Frauenstimme aus dem Lautsprecher auf. »Ich habe Sie beobachtet. Bill wird ein Ablenkungsmanöver starten. Sie finden mich in derselben Straße auf der gegenüberliegenden Seite, drei Häuser weiter in östlicher Richtung. Antworten Sie nicht, bleiben Sie auf Empfang. Ende.«

»Und was jetzt?« fragte Truggot.

»Wir tun, was die Frau uns gesagt hat«, gab Niu zurück, ohne sich umzudrehen. Er spähte durch den Türspalt hinaus. Plötzlich fing sein Funkgerät eine Echtzeitsendung mit maximaler Ausgangsleistung auf. Dann ertönte irgendwo in der Ferne der dumpfe Knall einer Detonation. Nur Sekunden später jagte ein Schweber der Außerirdischen über die Häuser hinweg. Niu versuchte, die Quelle der Sendung zu orten, und stellte fest, daß es zwei davon gab, westlich von ihrem Standpunkt, nur ein paar Kilometer entfernt. Das Jaulen des Schwebers verklang.

Die nächste Nachricht Nicoles war noch kürzer als die erste. »Kommen Sie. Die Tür steht offen. Siebte Etage.«

Wieder hetzten die beiden Männer die Straße entlang, fanden den angegebenen Eingang und eilten die Treppe empor.

Nicole Snider erwartete sie vor der Wohnungstür und bat sie hinein. Durch den Klang ihrer Stimme hatte Niu geahnt, daß sie nicht mehr die Jüngste war, aber er hatte nicht damit gerechnet, daß sie *so* alt sein würde. Er schätzte sie auf mindestens 80 Jahre, und es nötigte ihm Respekt ab, daß sie unter diesen schwierigen Umständen so lange überlebt hatte.

»Wie kommt es, daß Sie noch nicht entdeckt worden sind?« erkundigte er sich keuchend, während er sich umsah. »Anscheinend überprüfen die Außerirdischen alle Häuser in diesem Viertel.« Die Wohnung war liebevoll eingerichtet, eigentlich zu modern für eine Frau ihres Alters, und penibel sauber. Auch Nicole Snider machte in Anbetracht der Situation einen erstaunlich gepflegten Eindruck.

Die Immune musterte die beiden Männer und lächelte sanft. »Die Fremden waren schon einmal hier«, sagte sie. »Bill hat vorsorglich eine doppelte Wand in meinen Kleiderschrank eingebaut und sie mit etwas versehen, daß er Antiortungsschicht nennt. Offensichtlich kennt er sich mit so etwas aus, denn die Fremden haben mich nicht entdeckt. Er meint, daß ich jetzt hier sicher bin.«

»Wer ist dieser Bill?« wollte Truggot wissen. «Und warum ist er nicht bei Ihnen?«

»Er ist da draußen und führt seinen einsamen Kampf gegen die Fremden«, erwiderte die alte Frau ausweichend. Ihr Blick schien Truggot zu durchdringen. Niu hatte das Gefühl, daß sie dem Mann bis auf den Grund seiner Seele sah. Dann richteten sich ihre Augen auf ihn, und er fühlte sich regelrecht nackt.

»Wir müssen Kontakt mit ihm aufnehmen«, murmelte er verunsichert.

Nicole Snider nickte ernst. »Ich weiß. Aber jetzt noch nicht. Im Augenblick ist es zu gefährlich. Seit seiner letzten... Operation sind die Fremden sehr nervös. Ich werde Sie informieren, sobald er damit einverstanden ist.«

»Hören Sie, Lady«, begann Truggot gereizt, »wir haben Kopf und Kragen riskiert, um…«

Die alte Frau wandte sich wieder ihm zu und hob eine Hand. Es war eine bedächtige Geste, und ihre Stimme klang liebenswürdig, aber Truggot verstummte auf der Stelle. »Seien Sie ein Schatz, mein Junge, und gehen Sie bitte in die Küche. Dort drüben am anderen Ende des Flurs. Ich habe einen kleinen Imbiß für uns vorbereitet. Er steht auf einem Tablett. Wären Sie so lieb, und würden Sie ihn bitte für mich holen?«

Truggot glotzte sie irritiert an.

»Machen Sie schon, Truggot«, forderte ihn Niu auf. »Nur weil die Welt zum Teufel geht, heißt das lange noch nicht, daß Sie auch Ihre Manieren vergessen können.«

Nach einem kurzen Zögern drehte sich Truggot um und trollte sich.

»Sie haben ein ehrliches Gesicht und gute Augen, Junge«, sagte Nicole leise. Plötzlich wirkte ihr Gesicht nicht mehr wie das einer gütigen Großmutter, sondern hart und wachsam. »Aber Ihr Partner ist eine Schlange. Hüten Sie sich vor ihm. Glauben Sie mir«, kam sie einem Einwand Nius zuvor. »Ich habe mein Leben lang unterrichtet und gelernt, hinter die Fassade der Menschen zu blicken. Wir haben nicht viel Zeit. Bill ist ein vorsichtiger Mann und hat mich gebeten, alle freien Menschen zu überprüfen, die mit ihm Kontakt aufnehmen wollen. Das ist meine Aufgabe. Meine Knochen sind zu morsch, als daß ich durch die Stadt laufen könnte. Kommen Sie später noch einmal allein zu mir, dann unterhalten wir uns in Ruhe. Können Sie das einrichten?«

Niu wollte gerade etwas sagen, doch in diesem Augenblick kehrte Truggot mit dem Tablett zurück, und so beschränkte er sich auf ein stummes Nicken.

»Stellen Sie die Sachen auf dem Couchtisch ab, Junge«, bat Nicole freundlich. »Und jetzt sollten wir uns ein bißchen besser kennenlernen. Erzählen Sie mir, wie es Ihnen seit dem Angriff der Fremden ergangen ist.«

*

»Was halten Sie von den beiden?« erkundigte sich William Sheppard gespannt, nachdem Niu und Truggot verschwunden waren.

Nicole Snider hob ihre schlanken Hände. »Niu Kelauakoha ist absolut vertrauenswürdig. Walter Truggot ist nur auf seinen eigenen Vorteil bedacht. Solange er glaubt, diesen Vorteil zu finden, indem er dem Widerstand hilft, dürfte er sogar sehr effektiv für uns sein, denn er ist energisch und rücksichtslos. Aber in dem Augenblick, in dem er sich gegen uns wendet, ist er brandgefährlich. Ich glaube, Niu spürt das instinktiv.«

»Aber er kann es nicht so sicher wie Sie wissen«, stellte Sheppard fest. »Warum sollte sich Truggot gegen uns wenden wollen? Was könnte er gewinnen, wenn er seine einzigen Verbündeten im Stich läßt?«

»Bill, wie oft muß ich es Ihnen noch sagen?« fragte Nicole lächelnd. »Ich kann keine Gedanken lesen, auch wenn es Ihnen so vorkommt. Ich beobachte die Mimik der Menschen, ich sehe ihre Augen, die unbewußte Körpersprache, ich höre den Tonfall ihrer Stimmen. Das alles ergibt für mich sehr schnell ein Bild, das mir eine Menge über den Betreffenden verrät. Aber es verrät mir nicht, was er konkret denkt oder vorhat.«

»Als wir uns damals begegnet sind, wußten Sie schon nach fünf Minuten alles über mich«, murmelte Sheppard.

Nicoles Lächeln vertiefte sich. »Ich hatte einen jungen Lieutenant in einer zerschlissenen Uniform der Luftwaffe und mit glühenden Augen vor mir, der vorsichtig wie ein verwundeter Fuchs und gleichzeitig wild entschlossen war, die Menschheit notfalls im Alleingang zu retten. Jeder an meiner Stelle hätte Sie als das erkannt, was Sie sind. Ein tapferer Junge mit einem großen Herz.«

Von jedem anderen Menschen hätte sich Lieutenant William Sheppard eine solche Charakterisierung verbeten, aber sie aus dem Mund dieser klugen alten Dame zu hören, tat ihm mehr als nur wohl. Nicole Snider, die zeit ihres Lebens nichts anderes getan hatte, als Kinder und Jugendliche in Literatur und Geschichte zu unterrichten, war die beeindruckendste Persönlichkeit, die Sheppard jemals kennengelernt hatte. Und sie war es, die die kleine Gruppe aus Immunen im Großraum Quebec koordinierte.

»Was soll ich tun?«

Die alte Frau schmunzelte. »Sie wissen selbst, was das Richtige ist, Bill. Aber wenn Sie es noch einmal von mir hören wollen: Sprechen Sie mit Niu. Ich bin mir sicher, daß er zu den Leuten gehört, die uns diese Anweisungen über Lautsprecher und Anzeigetafeln geschickt haben. Er ist ein Profi wie Sie. Wahrscheinlich hat er eine Menge Möglichkeiten in der Hinterhand und Tricks auf Lager, die Ihnen und uns helfen könnten. Aber passen Sie auf, daß dieser Walter Truggot nicht eingeweiht wird.«

»Der Hawaiianer weiß, daß ich ihn erwarte?«

»Ja. Er hat den Datenchip von mir so selbstverständlich angenommen, als hätte er nur darauf gewartet, daß ich ihm heimlich etwas zustecke. Machen Sie sich keine Sorgen. Er wird kommen. Und zwar allein.«

»Werden Sie dann auch hier sein?«

Nicole Snider kicherte vergnügt, und in diesem Moment klang sie nicht wie eine alte Frau, sondern wie ein schelmisches junges Mädchen. »Nein, ich werde dann zu Hause sein. Sie glauben doch nicht, daß ich einem Wildfremden verraten würde, wo ich wirklich wohne, auch wenn er noch so nett ist.«

*

Tiefseekuppel »POSEIDON II«, 12. Juli 2051

»Reichen die Informationen, die Dr. Duncan aus Xiao herausgeholt hat, wirklich aus, um das Risiko einzugehen?« fragte Carol skeptisch.

»Ich weiß es nicht«, gestand Kyle ehrlich. »Zumindest haben wir jetzt eine grobe Vorstellung, wie es in den Raumern der Fremden aussieht und wie sich die Menschen in ihnen bewegen. Sie folgen einfach ihren Vorgängern, laden ihre Last in einem Lagerraum ab und kehren wieder zurück. Wie am Fließband. Man muß einfach das tun, was auch alle anderen tun.«

»Sie haben nur Xiaos eher bruchstückhafte Erinnerungen«, gab

Carol zu bedenken. »In anderen Raumern könnte es sehr viel differenzierter zugehen. Vielleicht erhalten die Menschen dort individuellere Befehle. Jeder, der sie nicht befolgt, würde sofort auffallen.«

Kyle zuckte die Achseln. »Uns wird nichts anderes übrigbleiben, als es auf einen Versuch ankommen zu lassen. Stellen Sie sich vor, was passiert, wenn eine Bombe in einem geschlossenen Raum hochgeht. Wie unverwundbar die Raumschiffe von außen durch ihre Schutzschirme auch sein mögen, von innen müssen sie leicht zu zerstören sein, gerade weil sie hermetisch abgeschlossen sind. Und soweit ich es beobachten konnte, ist es für die Fremden alles andere als alltäglich, ein Schiff zu verlieren. Sie haben die Invasion praktisch ohne eigene Verluste durchgeführt. Wenn es uns gelingt, ein paar ihrer Raumer auszuschalten, nachdem sie zuvor einen ganzen Planeten erobert haben, könnte sie das ungeheuer demoralisieren.«

Carol schnaubte. »Sofern sie überhaupt so etwas wie Moral kennen. Und Sie bestehen darauf, allein nach Quebec zurückzukehren?«

»Ja. Sie haben selbst gesagt, daß nur Sie und drei Leute der U-Bootbesatzung eine militärische Ausbildung haben, und die sind zu wichtig für Ihren Stützpunkt, als daß wir sie gefährden dürften. Außerdem bin ich mit an Sicherheit grenzender Wahrscheinlichkeit der einzige Immune hier. Xiao wäre durch ihren... ähm, psychischen Defekt zwar auf der einen Seite sehr nützlich, andererseits aber stellt sie auch ein großes Sicherheitsrisiko dar. Also komme nur ich für den Einsatz in Frage.«

»Vor allen Dingen wollen Sie vermeiden, daß der Kleinen etwas zustößt, Kyle«, sagte Carol. »Bei jedem anderen würden Sie das Risiko eingehen. Ist Ihnen eigentlich klar, daß Xiao schrecklich verliebt in Sie ist?«

»Sie ist noch ein halbes Kind«, erwiderte Kyle unbehaglich. »Das sind nur oberflächliche Schwärmereien.«

Carol lachte leise. »Sie ist eine junge Frau, und die Erlebnisse der letzten Wochen haben sie sehr schnell erwachsen gemacht. Ich denke, Sie benutzen ihr Äußeres und ihr Alter nur als Vorwand, um sich nicht mit Ihren eigenen Gefühlen für sie auseinandersetzen zu müssen.«

»Ich bin alt genug, um ihr Vater zu sein«, protestierte Kyle, obwohl er im Grunde wußte, daß Carol der Wahrheit recht nahe kam. »Aber lassen wir das. Sheila hat sie unter ihre Fittiche genommen und verpaßt ihr einen medizinischen Schnellkurs. So hat sie eine sinnvolle Aufgabe, die sie ablenkt. Es ist wünschenswert, daß wenigstens einer, der halbwegs resistent gegen die mentale Strahlung ist, im Notfall als Sanitäter einspringen kann, sollte Sheila ausfallen. Vielleicht werden wir sogar irgendwann gezwungen sein, weitere Gedächtnislöschungen durchzuführen.«

Einen Moment lang herrschte angespanntes Schweigen, denn was Kyle mit seiner Bemerkung indirekt angedeutet hatte, lief darauf hinaus, auch die Erinnerungen der Besatzungsmitglieder von »POSEIDON II« zu löschen, falls sie die Station evakuieren mußten.

»Pierre Turneur meint, er könnte Ihnen morgen ein paar modifizierte handliche Thermalbomben liefern«, brach Carol schließlich das Schweigen. »Die Hitzeentwicklung der Dinger hat ausgereicht, metertiefe Löcher in den unterseeischen Granitsockel zu schmelzen. Sie müßten alles in Brand setzen, was sich in einem Raumschiff befindet. Was wollen Sie bis dahin tun?«

»Mich noch ein bißchen ausruhen und mich dann mit einer Ihrer Tauchlinsen vertraut machen«, sagte Kyle. Er lächelte dünn. »Glauben Sie nicht, daß ich mich auf meinen Einsatz freue. Am liebsten würde ich mich für ein paar Monate hier unten verkriechen und vergessen, was da oben vor sich geht.«

»Haben Sie etwas dagegen, wenn ich Ihnen dabei Gesellschaft leiste?« fragte Carol ruhig. »Wenn Sie wollen, können wir ein bißchen spazieren gehen. Sie haben die Panoramagalerie der Station noch nicht gesehen. Und es gibt noch einiges mehr, was ich Ihnen zeigen könnte.«

Kyle betrachtete ihr Gesicht. Ihr Blick war ernst und offen. *Warum bleibt uns nur so verdammt wenig Zeit?* dachte er. Carol LaBelle war keine Frau, die zu Koketterie neigte, und sie war sich ihrer Wirkung auf ihn bewußt, das konnte er in ihren Augen sehen.

Er nickte. »Sehr gern. Aber Sie sollten wissen, daß ich eigentlich ein altmodischer Junge bin. Normalerweise bin ich es, der eine attraktive Frau um ein Rendezvous bittet.«

»Normalerweise bin ich eine geduldige Frau und habe auch nichts dagegen, auf eine solche Einladung zu warten«, gab Carol zurück. »Aber wir wissen beide, daß wir uns vielleicht nie wiedersehen werden. Was Sie da oben vorhaben, grenzt an Wahnsinn. Aber machen Sie sich keine Sorgen, ich werde nicht versuchen, es Ihnen auszureden.«

»Dann lassen Sie uns gehen.« Kyle erhob sich und streckte einen Arm aus. Carols Hand war kühl und fest, als er ihr galant aus dem Sessel half. Sie akzeptierte die rituelle Höflichkeitsgeste mit einer Selbstverständlichkeit, die einem stummen Versprechen gleichkam.

Als sie ihr Büro verließen, dachte er flüchtig an Xiao, aber er schüttelte den Gedanken schnell wieder ab. Wie Carol gesagt hatte, würden sie sich vielleicht nie wiedersehen, und wenn er schon sterben mußte, wollte er wenigstens eine angenehme Erinnerung mit in den Tod nehmen.

*

Quebec, 12. Juli 2051

Walter Truggot war verärgert und beunruhigt zugleich.

Obwohl er nicht das geringste Bedürfnis verspürte, ihr sicheres Versteck zu verlassen, ängstigte ihn der Gedanke, hier allein zu warten, während Niu Kelauakoha da draußen herumschlich.

»Um Erkundigungen anzustellen«, hatte der fette Hawaiianer gesagt. Truggot wußte nicht, welchen Sinn es machte, die umliegenden Gebäude zu durchstöbern, während sie auf eine Nachricht dieses geheimnisvollen Bill warteten, die die alte Hexe angekündigt hatte. Das Möbellager war mit allem ausgestattet, was sie brauchten, und aus einem benachbarten Geschäft hatten sie einen für Wochen ausreichenden Vorrat an haltbaren Lebensmitteln und Getränken angelegt. Es wäre Truggot vernünftiger erschienen, die Nacht hier zu verbringen und in wechselnden Schichten zu schlafen.

Aber offenbar schlief Kelauakoha überhaupt nicht. Traute er ihm nicht einmal zu, regelmäßig den Sensorring zu bedienen? Erst kurz vor seinem Aufbruch hatte der Hawaiianer die Giftkapsel auf natürlichem Weg ausgeschieden, aber anstatt sie für ein paar Stunden mit seinem Ring zu deaktivieren und sich eine Mütze Schlaf zu gönnen, während sein Partner Wache hielt, hatte er sie sofort gesäubert und wieder verschluckt.

Deutlicher hätte er sein Mißtrauen gar nicht zum Ausdruck bringen können.

Mittlerweile war die Nacht hereingebrochen, und in diesem Straßenzug Quebecs herrschte fast völlige Dunkelheit. Zwar funktionierten immer noch viele Kraftwerke, und die automatischen Verteilerstationen sorgten dafür, daß die Elektrizität bei Bedarf umgeleitet wurde, aber dort, wo die Leitungen durch den Beschuß zerstört worden waren, konnte kein Strom mehr fließen, solange die Außerirdischen keine Reparaturtrupps ausschickten.

Deshalb hatte Truggot Kelauakoha in der Finsternis schnell aus den Augen verloren. Er war ihm in sicherem Abstand gefolgt. Tatsächlich hatte der Fettkloß zuerst ein paar Gebäude in der Nähe inspiziert und sich immer wieder umgesehen, doch dann war er auf einmal zielstrebig in die Richtung gegangen, aus der sie gekommen waren.

In die Richtung des Union Squares, wo Nicole Snider wohnte!

Truggot ließ sich Zeit, bevor er sich ebenfalls auf den Weg machte. Wenn Kelauakoha ihm so sehr mißtraute, daß er seine wahren Absichten vor ihm geheimhielt, würde er ihm vielleicht irgendwo unterwegs auflauern.

Also beschloß Truggot, eine Parallelstraße zu wählen und so schnell wie möglich zu laufen, um Kelauakoha zu überholen und sich im Skulpturenpark zu verstecken. Seine Wut half ihm, die Angst zu unterdrücken, die ihn zu lähmen drohte. Er hatte nicht die geringste Ahnung, was er tun sollte, wenn er den Hawaiianer tatsächlich auf dem Weg zu Nicole Sniders Wohnung entdeckte. Ihn zur Rede zu stellen, hatte vermutlich wenig Sinn. Nun, zumindest würde er dann endlich Gewißheit haben.

Er war so in Gedanken versunken, daß er die monströsen Gestalten erst bemerkte, als er ihnen beinahe in die Arme lief.

Drei der Außerirdischen kamen in Begleitung mehrerer Menschen aus einer dunklen Seitenstraße. Sie schwebten auf einer dieser kleinen lautlosen Scheiben, in denen Larkin eine Antigravitationsplattform vermutete, während ihre Sklaven wie immer zu Fuß gehen mußten.

Walter Truggot blieb mitten im Lauf stehen, als wäre er gegen eine unsichtbare Wand gerannt, und sah sich verzweifelt um. Kein Häusereingang in unmittelbarer Nähe, in dem er sich verstecken konnte, keine U-Bahnstation, nicht einmal ein Zeitungsstand, nur ein umgekippter Cityflitzer. Seine Knie zitterten so sehr, daß er kaum einen Fuß vor den anderen setzen konnte und das Gefühl hatte, eine Ewigkeit unterwegs zu sein, bis er die wenigen Schritte zurückgelegt hatte und hinter dem verbeulten kleinen Fahrzeug in Deckung ging.

Im gleichen Moment verspürte er das vertraute Kribbeln im Nacken.

Zu spät! schoß es ihm durch den Kopf. *Sie haben mich entdeckt!*

Er tastete nach der Giftkapsel, die er in der Brusttasche trug, doch dann ließ er die Hand auf halbem Weg wieder sinken. Warum sollte er sich selbst umbringen? Was wußte er schon, das er verraten konnte? Und überhaupt, warum sollte er den anderen gegenüber loyal sein, wenn sie ihn hintergingen?

Das Kribbeln in seinem Nacken ließ schlagartig nach. Gedämpftes Zischen und Fauchen klang auf und kam näher, untermalt von schlurfenden Schritten. Irgend etwas stieß gegen den Cityflitzer.

Walter Truggot schluckte krampfhaft, zog den Paraschocker und den Kombinadler aus den Holstern und legte beide Waffen vor sich auf den Boden. Dann hob er beide Hände über den Kopf und stand vorsichtig auf.

Zwei der unheimlichen Riesen standen unmittelbar vor ihm und richteten seltsam anmutende Gegenstände auf ihn. Die Spitze des einen Objekts war von einer bläulich schimmernden Aura wie von einem winzigen Polarlicht umgeben.

»Nicht schießen!« krächzte Truggot mit zugeschnürter Kehle. »Ich bin unbewaffnet!« Und ohne weiter darüber nachzudenken, was er tat, fügte er hastig hinzu: »Ich bin ein Freund. Ich kann euch helfen!«

Die beiden Außerirdischen starrten ihn reglos an, aber wenigstens schossen sie nicht. Ihre menschlichen Begleiter standen wie abgeschaltete Roboter hinter ihnen. Dazwischen schwebte die runde Plattform mit dem dritten Fremden eine Handbreit über dem Boden. Eine der Kreaturen schwenkte einen konisch zulaufenden Stab vor Truggots Gesicht herum. Das Kribbeln in seinem Nacken kehrte zurück, wurde stärker und verschwand wieder.

Die Zeit zog sich in die Länge, und nichts geschah. Truggot befürchtete, jeden Moment die Beherrschung zu verlieren, sich gegen seinen Willen umzudrehen und davonzulaufen, hysterisch zu schreien oder zu betteln oder einfach nur ohnmächtig zu werden.

Plötzlich vernahm er eine seltsame Stimme, die direkt in seinem Kopf aufzuklingen schien, leise und verzerrt. Es war keine Sprache, die er kannte, und trotzdem verstand er sie irgendwie.

Warum gehorchst du uns nicht, Verdammter?

»Ich… ich…«, stotterte Truggot völlig überrumpelt. *Ich darf jetzt keinen Fehler machen*, dachte er hektisch, *wenn sie mich töten wollten, hätten sie das längst schon getan*, und wie von selbst formte sein Mund die Worte: »Weil ich eure Befehle nicht hören kann.«

Er hatte keine Ahnung, ob die Außerirdischen ihn verstehen konnten. Sie starrten ihn immer noch aus ihren ausdruckslosen monströsen Gesichtern an, und ihre Raubtiermäuler mit dem gewaltigen Haifischgebiß bewegten sich nicht einmal, als sie dieses furchtbare Zischen ausstießen, das Truggot die Haare zu Berge stehen ließ.

»Bringt mich zu eurem Anführer«, sprudelte er hervor, einer spontanen Eingebung folgend. »Ich werde alles tun, was ihr von mir verlangt! Ich kann Gefahr von euch fernhalten, ich kann euer Verbündeter auf diesem Planeten sein.«

Wieder verging eine unbestimmbare Zeitspanne, dann ertönte erneut die körperlose fremdartige Stimme in seinem Kopf, und gleichzeitig hörte er das charakteristische durchdringende Summen eines Schwebers der Außerirdischen.

Dein Wunsch soll erfüllt werden, Verdammter. Du wirst uns begleiten.

*

Es erstaunte Niu, mit welcher Offenheit William Sheppard ihm über seine Aktivitäten seit dem Angriff der Außerirdischen berichtete. Trotzdem achtete der schlaksige junge Lieutenant gewissenhaft darauf, keine Details zu verraten, was die Lage seiner Raketendepots oder die Quartiere und die Anzahl der anderen Immunen betraf, die er aufgespürt hatte. Niu unternahm keinen Versuch, die Informationen aus ihm herauszulocken. Im Gegenteil, es freute ihn, daß der Offizier sich an die gleichen Spielregeln hielt, die auch für die Agenten des GIIC galten.

»Wieso vertrauen Sie mir sofort, Walter Truggot dagegen nicht?« wollte er wissen.

»Weil Nicole Ihnen vertraut«, erwiderte Sheppard schlicht. Sie saßen im Wohnzimmer der alten Frau. Nicole war nicht da, und Niu ahnte, daß dies nicht wirklich ihre Wohnung war. Eine Vorsichtsmaßnahme, die seinen Beifall fand.

»Und das ist Grund genug für Sie?«

Sheppard lächelte. »Wenn Sie Nicole besser kennenlernen, werden Sie es verstehen.« Es war typisch für ihn, auch in diesem Punkt auf nähere Einzelheiten zu verzichten.

Niu war zutiefst über die Energie und das Durchhaltevermögen des Offiziers beeindruckt. Was Sheppard in den letzten sechs Wochen geleistet hatte, war unglaublich.

Er hatte überall in Quebec und der näheren Umgebung kleine Nester der Fla-Raketen angelegt, versteckt in zerstörten Gebäuden und Schuppen, in Gräben und Gebüschen, überall dort, wo keine Menschen gefährdet werden konnten. Und er hatte die Waffen mit Elektrokarren und teilweise mit bloßer Muskelkraft transportiert. Schon in den ersten Tagen, noch bevor das GIIC seine Anweisungen an potentielle andere Immune über öffentliche Lautsprecher und Anzeigetafeln verbreitet hatte, war er durch vorsichtiges Herumexperimentieren zu den gleichen Schlüssen wie der Geheimdienst gekommen, was die Gefahr einer Ortung durch die Außerirdischen betraf.

Die elektronischen Zielsuchköpfe der »Libellen« waren auf die Schweber der Fremden programmiert, denn ihre Raumschiffe hüllten sich bei der Annäherung eines fremden Flugkörpers sofort in ihre Schutzschirme oder schossen die Raketen schon im Anflug ab, wie Sheppard zu seiner großen Enttäuschung herausgefunden hatte. Durch die Modifizierung der Zieleingabe aber war es ihm gelungen, mindestens fünf Schweber zu zerstören und gleichzeitig zehn oder noch mehr Außerirdische zu töten.

»Aber seit einigen Tagen nehmen sie immer ein paar Menschen auf ihren Flügen mit«, berichtete er. »Sie scheinen über uns mehr und mehr zu lernen, wenn auch langsam. Und so sind mir jetzt größtenteils die Hände gebunden, wenn ich keine Menschen gefährden will. Das macht mich noch verrückt. Ich hoffe, Sie und Ihre Leute haben ein paar neue Ideen.«

Wie Sheppard hatte auch Niu keine Einzelheiten über seine Mitstreiter verraten. Der Lieutenant wußte von ihm lediglich, daß es noch eine größere Gruppe anderer Widerstandskämpfer gab.

»Das hoffe ich ebenfalls«, erwiderte Niu. »Aber was konkretere Pläne angeht, muß ich Sie vertrösten, bis ich selbst Nachricht bekommen habe.« Er überlegte kurz und entschied dann, daß man es mit der Geheimhaltung auch übertreiben konnte. »Haben Sie sich schon mal überlegt, in eines der Raumschiffe einzudringen?«

William Sheppard grinste breit. »In der Tat. Theoretisch könnte man sich in die Reihen der versklavten Menschen schmuggeln. Aber wer weiß, ob man wieder lebendig herauskommt? Und es dürfte kaum möglich sein, dort unbemerkt irgendwelche wichtigen Systeme zu sabotieren.«

»Nein, aber vielleicht dort ein paar getarnte Bomben zu deponieren, die entweder durch einen Zeitzünder oder durch Fernsteuerung ausgelöst werden.«

Der Lieutenant wirkte nicht einmal überrascht, als hätte er sich selbst schon Gedanken darüber gemacht. »Nur wie vermeiden wir, daß wir dabei auch Menschen töten?«

Diesmal war es Niu, der breit grinste. Er mochte diesen schlaksigen Jungen, der seine Offiziersstreifen noch nicht lange tragen konnte. Trotz seiner Verbitterung und seines ungebrochenen Kampfeswillens hatte Sheppard nie das Wohl seiner Mitmenschen aus den Augen verloren.

»Ich denke, es ist möglich. Eine unserer… nun, Mitarbeiterinnen… war schon einmal in einem Schiff der Fremden. Wenn mein Partner zurückkehrt – ich meine damit nicht Walter Truggot – wird er ihre Informationen hoffentlich ausgewertet haben. Dann können wir uns daran machen, konkretere Pläne zu schmieden. Aber jetzt müssen wir zuerst ein anderes Problem lösen. Wir sollten eine spezielle Frequenz für den direkten Kontakt zwischen uns vereinbaren und einen bestimmten Codeschlüssel benutzen, wenn wir wichtige Informationen austauschen. Ich werde die Angaben an meinen Partner weitergeben, damit er Sie erreichen kann, sollte mir etwas zustoßen.«

Sheppards Augen wurden schmal. »Sie haben sechs Wochen der Invasion überlebt, obwohl Sie offenbar sehr aktiv waren. Wieso befürchten Sie, daß Ihnen ausgerechnet jetzt etwas zustoßen sollte? Ich dachte, Sie wollten nichts unternehmen, bis Ihr Partner zurückkehrt.«

Niu seufzte. »Ich werde Ihnen jetzt ein Geheimnis verraten. Den größten Teil der Zeit habe ich in einem sicheren und geheimen Versteck tief unter der Erde zugebracht, wo die mentalen Strahlen der Außerirdischen mich und meine Kollegen nicht erreichen konnten. Aber die Fremden haben uns schließlich doch gefunden und unsere… Station zerstört.« Er hob die rechte Hand. »Sie haben ja bemerkt, daß ich ständig diesen Ring mit dem Daumen berühre. Er ist ein Impulsgeber, der verhindert, daß eine Giftkapsel in meinem Magen aufplatzt.«

»Heißt das… Sie sind gar kein Immuner?« fragte Sheppard langsam. »Sie könnten jederzeit von den Fremden wie all die anderen Menschen ausgeschaltet werden?«

»Sie haben es erraten. Und um zu verhindern, daß ich gegen meinen Willen Informationen preisgeben kann, habe ich mir diese Sicherung sozusagen einbauen lassen. Deshalb werde ich auch nicht schlafen können, bis mein eigentlicher Partner wieder da ist oder ich abgeholt werde.«

Der Lieutenant nickte nachdenklich. »Also weiß nicht einmal Truggot davon, was? Sonst könnte er den Impuls für Sie abschikken, während Sie zumindest ein kleines Nickerchen halten. Sie scheinen ihm wirklich nicht über den Weg zu trauen.«

»Richtig«, bestätigte Niu. »Obwohl ich nicht wüßte, was er mit dem Wissen anfangen sollte. Mich an die Fremden verpfeifen?« Er lachte humorlos. »Wahrscheinlich würde er Angst bekommen, nicht um mich, versteht sich, sondern um seine eigene Haut. Eigentlich kann ich es ihm nicht einmal verdenken. Es muß furchtbar sein, sich plötzlich ganz auf sich allein gestellt in dieser Welt wiederzufinden. Ich möchte nicht riskieren, daß er noch nervöser wird, als er es ohnehin schon ist. Deshalb werde ich auf jeden Fall verhindern, daß er etwas davon erfährt.«

*

Walter Truggot hatte längst die Schwelle überschritten, an der die ständige Angst ihm den Verstand zu rauben drohte, denn in einem gewissen Sinn war er tatsächlich wahnsinnig geworden. Sein Angebot, mit den Außerirdischen zu kooperieren, war spontan aus der Not geboren worden, ohne daß er über die Konsequenzen nachgedacht hatte, doch mittlerweile erschien ihm der Weg tatsächlich gangbar.

Er befand sich im Inneren eines Raumschiffs der Außerirdischen und stand einem Fremden gegenüber, in dem er einen höheren Offizier vermutete, obwohl sich die Kreatur in seinen Augen durch nichts von ihren Artgenossen unterschied.

Wir wissen, daß es mehr Verdammte wie dich auf diesem Planeten gibt, klang die unpersönliche Stimme in seinem Kopf auf. *Wenn wir sie entdecken, töten wir sie, aber es sind nur wenige, und sie stellen keine ernsthafte Bedrohung für uns dar. Wieso glaubst du, dein Angebot könnte für uns von Bedeutung sein? Wieso sollen wir dich nicht ebenfalls töten?*

»Weil einige von diesen Menschen bereits ein paar Ihrer... äh... Soldaten getötet haben«, erwiderte Truggot schnell. Er hatte keine Ahnung, ob die Außerirdischen wirklich seine Sprache verstanden, ob sie ein Übersetzungsgerät benutzten oder seine Gedanken ähnlich empfingen, wie er die ihren, aber sie hatten ihn aufgefordert, seine Antworten laut und deutlich zu formulieren.

Der Tod einiger All-Hüter ist bedeutungslos, solange wir unsere Mission erfüllen können, erklärte die körperlose Stimme in seinem Kopf.

Truggot wußte mittlerweile, daß die Fremden sich selbst als *All-Hüter* und die Menschen als *Verdammte* bezeichneten.

Ihre Unterhaltung lief nach einem starren Schema ab. Während er sofort auf eine Frage antwortete, ließ sich der Außerirdische mit seinen Erwiderungen immer lange Zeit. Als müßte er die Worte des Menschen erst in seine Sprache übersetzen – oder als würde er auf Anweisungen eines anderen warten.

»Aber die Menschen… äh, die Verdammten, die ich meine, sind… Kämpfer, und sie besitzen gefährliche Waffen«, sagte Truggot. »Sie planen weitere Anschläge.«

Dann sag uns, wo wir sie finden können, und wir werden die Gefahr beseitigen, erfolgte die Antwort mit der üblichen Verzögerung.

»Ich weiß nicht, wo sich ihr Versteck genau befindet«, sprudelte Truggot hastig hervor und zwang sich mühsam, etwas langsamer zu sprechen. »Ich kenne nur die ungefähre Gegend.«

Diesmal dauerte die Pause noch länger als sonst. Dann leuchtete ein fremdartiger Bildschirm neben dem Außerirdischen auf. *Zeige mir die Position*, verlangte die Stimme.

Truggot schluckte. Auf dem Monitor war eine Karte der Erde erschienen. Er trat vorsichtig näher an den Bildschirm heran und streckte eine Hand aus. Die Darstellung war verwirrend, aber er konnte wenigstens die Küstenlinien und den Verlauf großer Flüsse erkennen. »Ungefähr hier. Können Sie diesen… äh… Ausschnitt… vergrößern?« Er zeichnete ein grobes Rechteck mit dem Zeigefinger etwas nördlich von Quebec.

Einen Moment lang glaubte er, der Fremde hätte ihn nicht verstanden, doch dann wurde tatsächlich eine Karte der von ihm angegebenen Gegend eingeblendet.

»Das Versteck muß ungefähr hier liegen«, sagte Truggot und tippte auf den Punkt, an dem er Jonquière vermutete. Er rief sich ins Gedächtnis, worüber Larkin, Kelauakoha und die Ärztin kurz vor ihrer Abreise aus Montreal in seinem Beisein gesprochen hatten. »In der Nähe einer Stadt, die Jonquière heißt, etwa 150 Kilometer von hier entfernt, wahrscheinlich tief unter der Erde. Dort gibt es viele alte Bergwerke.«

Der Außerirdische beugte sich über eine Konsole und nahm irgendwelche Einstellungen vor. Truggot kannte das Innere von Raumschiffen nur aus Bildern und Viphoberichten, und er hätte sich nicht einmal auf einem irdischen Raumer zurechtgefunden, aber er vermutete, daß der Fremde ein Gerät bediente, das den Suprasensoren der Menschen entsprach.

Danach geschah lange Zeit überhaupt nichts mehr. Der Außerirdische, in dem Truggot den Kommandanten vermutete, verharrte wie eine Salzsäule vor seinem Pult, und die beiden anderen Kreaturen, die ihn hierhergebracht hatten, standen genauso reglos im Hintergrund.

Truggot begann zu schwitzen. Wahrscheinlich würde sich gleich erweisen, ob es ihm gelungen war, durch seinen Verrat sein eigenes Leben zu retten. Warum sollten die Fremden ihn verschonen, nachdem er ihnen gegeben hatte, was sie wollten? Seine Gedanken rasten. Er mußte auch weiter nützlich für sie sein, es war ein Fehler gewesen, sein Pulver so schnell zu verschießen. Was konnte er ihnen noch anbieten?

Kelauakoha! schoß es ihm durch den Kopf. *Der Fettkloß weiß mehr als ich! Aber sobald ich ihn den Fremden ans Messer geliefert habe, bin ich auch diese Rückversicherung los…*

»Es gibt da einen Immunen, der genauere Informationen als ich über ihre Feinde hat«, brach er das lastende Schweigen mit heiserer Stimme. »Er muß die genauen Koordinaten des Verstecks kennen.«

Der Außerirdische starrte ihn aus seinen ausdruckslosen Augen an. Und dann glaubte Walter Truggot im ersten Moment, sich verhört zu haben, als die lautlose Stimme nach einer kleinen Ewigkeit wieder in seinen Kopf aufklang.

Du brauchst nicht um dein Leben zu fürchten, Verdammter. Wir wissen, daß du nicht versuchst, uns zu täuschen. Du kannst uns von Nutzen sein, und wir zerstören unsere Werkzeuge nicht.

»Ich…«, krächzte Truggot fassungslos. Die Erleichterung schlug wie eine mächtige Woge über ihm zusammen. Ihm wurde so schwindlig, daß er fast gestürzt wäre und einen schnellen Schritt machen mußte, um sein Gleichgewicht wiederzufinden.

Führe uns zu diesem Immunen, der mehr weiß als du.

»Das werde ich!« versprach Truggot hoch und heilig, und noch nie in seinem Leben hatte er etwas so ehrlich gemeint. »Wir müssen nur warten, bis…« Er verstummte mitten im Satz. Auf einmal funktionierte sein Verstand wieder glasklar. Kelauakoha trug diese Giftkapsel im Bauch, und der Idiot würde sich ohne zu zögern selbst töten, sobald er die Gefahr witterte. Und selbst wenn die Außerirdischen ihn aus sicherer Entfernung mit einer den Paraschockern vergleichbaren Waffe außer Gefecht setzten, würde er sterben, weil er seinen verdammten Impulsgeber nicht mehr betätigen konnte.

Nein, dachte Truggot. *Ich muß ihn selbst ausschalten und in seiner Nähe sein, um in regelmäßigen Abständen den Impuls auslösen zu können, bevor meine neuen Verbündeten erscheinen dürfen. Damit kann ich meine Zuverlässigkeit zweifelsfrei unter Beweis stellen.*

Der Gedanke gefiel ihm, und er verspürte eine Euphorie in sich aufsteigen, als hätte er soeben das größte Geschäft seines Lebens abgeschlossen, und wahrscheinlich hatte er das sogar getan. Als vertrauenswürdiger Partner der Fremden gab es nichts, was er auf dieser Welt nicht erreichen konnte.

»Das wäre zu gefährlich«, begann er und bemerkte dabei nicht einmal, daß seine Stimme plötzlich geradezu gönnerhaft klang. »Es gibt da etwas, wovon ihr noch nichts wißt. Ich habe eine andere Idee. Hört zu, wir sollten es lieber folgendermaßen machen…«

*

Tiefseekuppel »POSEIDON II«, 13. Juli 2051

Xiao konnte nicht schlafen.

Obwohl die Tageszeit mehr als vier Kilometer unter dem Meer keine Rolle spielte, hatte man die Arbeits- und Ruhephasen in der Station dem Zeitablauf über dem Atlantik angepaßt, um die Illusion einer gewissen Normalität aufrechtzuerhalten. Seit der Invasion der Außerirdischen war dieser psychologische Trick sogar noch wichtiger als jemals zuvor.

Mitternacht war längst vorüber. Xiao hatte sich stundenlang auf ihrem Bett in der winzigen Kabine herumgewälzt, die kaum größer als eine Besenkammer war, und vergeblich gegen ihre Eifersucht angekämpft.

Es waren nur winzige Zeichen gewesen, die sie alarmiert hatten, ein kurzer Blick, eine flüchtige, scheinbar zufällige Berührung, Signale, die eine verliebte Frau sofort bemerkte.

Sie hatte Kyle mit Carol über das Promenadendeck schlendern und hinterher im Kasino sitzen gesehen. Die beiden hatten sich über ihre Arbeit und ihre Aufgaben im GIIC unterhalten, über pragmatische Dinge, aber es war nicht der Inhalt der Gesprächsfetzen, die Xiao aufgefangen hatte, sondern die Vertrautheit, mit der sie einander begegneten, ihr selbstverständliches Einvernehmen, das ihr verriet, was sich zwischen ihnen anzubahnen begann.

Der einzige Trost, der Xiao blieb, war, daß Kyle schon heute wieder die Station verlassen würde, und sie haßte sich dafür. Wie konnte sie Erleichterung darüber verspüren, daß er sich auf ein lebensgefährliches Unternehmen einließ, nur weil er dadurch von einer anderen Frau, von einer Konkurrentin getrennt wurde? Sie hatte sich eingebildet, in ihn verliebt zu sein, aber war Liebe zu so niederträchtigen Überlegungen fähig?

Bis auf das leise Summen der Klimaanlage herrschte vollkommene Stille in der Tiefseekuppel. »POSEIDON II« hatte seit dem Angriff der Außerirdischen den normalen Arbeitsbetrieb eingestellt. Nur eine vierköpfige Nachtschicht versah ihren Dienst in der Kontrollstation.

Das Promenadendeck lag verwaist da. Xiao blieb vor den Bullaugen aus Panzerglas stehen und starrte hinaus.

Der Meeresboden wurde von starken Lichtstrahlern erhellt und entriß der ewigen Nacht, die in diesen Tiefen des Ozeans herrschte, eine phantastische Unterwasserwelt.

Um Geysire und gewaltige Schlote, die aus dem kalkgrauen Sediment aufragten, hatte sich eine einzigartige Fauna und Flora angesiedelt. Bleiche Röhrenwürmer, zum Teil mehrere Meter lang, bewegten sich träge auf ihrer ewigen Nahrungssuche. Große Krabben, die verblüffenderweise trotz der absoluten Dunkelheit in ihrem Lebensraum feuerrot waren, krochen über den Boden. Grotesk geformte Fische, die nur aus gewaltigen Mäulern voller nadelspitzer Zähne zu bestehen schienen, schwammen zwischen Algenfäden umher, die in der durch die heißen Quellen verursachten Strömung schwankten. Quallen schillerten im Licht der Strahler in metallischen Farben, als würden sie von innen heraus glühen. Aus einem riesigen Schlot stieg eine schwarze Wolke auf, wie der Rauchkegel eines brodelnden Vulkans. Die Ränder eines Geysirs in der Nähe waren durch Schwefelablagerungen leuchtend gelb, die eines anderen kobaltblau.

An ihrem ersten Tag in der Station hatte sich Xiao kaum von diesem unglaublichen Anblick losreißen können, doch jetzt nahm sie ihn kaum noch bewußt wahr. Nach einer Weile drehte sie sich um und setzte ihre ruhelose Wanderung fort.

Welche Richtung sie eingeschlagen hatte, bemerkte sie erst, als sie vor Kyles Kabine stand. Im ersten Moment wollte sie weitergehen, doch ihre Füße weigerten sich, ihrem Wunsch zu gehorchen. Langsam hob sie die Hand.

Tu es nicht! flüsterte eine Stimme gebieterisch in ihrem Hinterkopf. *Was willst du ihm denn sagen?*

Aber sie ignorierte die Stimme und klopfte leise an die Tür.

Keine Antwort.

Das ist verrückt, dachte sie, während sie lauter klopfte. Als sie noch immer keine Antwort erhielt, drückte sie vorsichtig die Klinke herunter und zog die Tür einen Spalt auf.

Nur um ganz sicher zu sein. Nur um sich zu überzeugen, daß sie sich nicht geirrt hatte.

Einer dünner Lichtstrahl aus der schwachen Nachtbeleuchtung des Ganges fiel durch den Spalt auf das Bett der schmalen Kabine.

Es war leer und unberührt.

Xiao wußte nicht, was sie erwartet hatte, aber sie fühlte gar nichts. Sie schloß die Tür wieder und kehrte in ihre eigene Unterkunft zurück.

Erst als sie unter der Decke ihrer Pritsche lag und ihr Kopfkissen mit beiden Armen umschlungen hielt, merkte sie, daß sie weinte.

*

Quebec, 13. Juli 2051

Niu beobachtete das Möbellager von einem Nachbarhaus aus durch einen Restlichtverstärker.

Als er von seinem Treffen mit William Sheppard zurückgekehrt war, hatte er das Quartier verlassen vorgefunden.

Wie er erwartet hatte, war ihm Truggot gefolgt, allerdings nicht sehr weit. Entweder hatte ihn irgendwann der Mut verlassen, und er war zurückgekehrt, oder aber er hatte ganz einfach Nius Spur verloren. Der Hawaiianer tippte auf eine Kombination von beidem, denn er hatte einen Trupp der Bestien mit ihren Sklaven unweit von ihrem Basislager gesehen. Wenn Truggot ihm weit genug gefolgt war, mußte er sie ebenfalls bemerkt und sich verkrochen haben. Und wie Niu seinen unfreiwilligen Partner einschätzte, hatte der sich danach garantiert eine Stunde lang nicht mehr aus seinem Versteck gewagt.

Doch wie auch immer, er hätte längst wieder hier sein müssen. Es sei denn, er hatte sich verlaufen, was Niu für ziemlich unwahrscheinlich hielt – oder er war von den Außerirdischen geschnappt worden.

Deshalb wartete Niu in dem benachbarten Haus. So würde er wenigstens eine Chance haben, den Fremden zu entkommen, sollten sie das Möbellager stürmen.

Er nutzte die Wartezeit, um einen Bericht über sein Treffen mit William Sheppard zu diktieren, raffte und kodierte die Botschaft und schickte sie dann auf der Frequenz ab, die Sheila für ihre Kontaktaufnahme mit der Geheimbasis benutzt hatte.

Was auch immer geschah, wenigstens würde Kyle jetzt wissen, wie er mit Sheppard oder Nicole Snider in Kontakt treten konnte.

Er atmete erleichtert auf, als Truggot schließlich doch noch erschien, wenn auch genau aus der entgegengesetzten Richtung, mit der er gerechnet hatte. Und er bewegte sich verdammt unvorsichtig.

Niu ließ noch eine halbe Stunde vergehen und suchte die Umgebung mit dem Restlichtverstärker und dem Geräuschmelder ab.

Soweit er es beurteilen konnte, war Truggot nicht verfolgt werden.

Trotzdem umrundete er sicherheitshalber noch einmal den Häuserblock, bevor er sich wieder in das Möbellager schlich.

Truggot lag bequem auf einem Sofa, eine Weinflasche in der Hand, die Augen geschlossen. Niu spürte Zorn in sich aufsteigen. Der Idiot hielt nicht einmal die einfachsten Sicherheitsregeln ein. Sein Geräuschmelder lag neben ihm auf dem Boden, und das Display war tot.

»Na, einen netten Abendspaziergang unternommen?« erkundigte sich Niu mit vorgetäuschter Freundlichkeit, als er sich dem Sofa bis auf ein Meter genähert hatte, ohne von Truggot bemerkt worden zu sein.

Es bereitete ihm eine grimmige Genugtuung, als Truggot so heftig aufschreckte, daß er sich einen Schwall Wein über die Jacke goß. Er nahm ihm die Flasche aus der Hand. Sie war beinahe leer. »Haben Sie einen besonderen Grund, sich vollaufen zu lassen?« fragte er scharf.

Zumindest besaß Truggot den Anstand, verlegen auszusehen. »Äh... ja, ich...«, stotterte er und blickte sich hastig um, als rechnete er damit, daß Niu nicht allein gekommen wäre. »Ich wäre beinahe diesen Bestien in die Arme gelaufen«, fuhr er schnell fort. »Ich mußte mich verstecken, und danach... habe ich wohl die Orientierung verloren. Na ja, es waren noch mehr Fremde in den Straßen unterwegs, und dann hat es ziemlich lange gedauert, bis ich endlich zurückgefunden habe. Das habe ich eben ein bißchen gefeiert.« Plötzlich wich sein verlegenes Grinsen einem herausfordernden Gesichtsausdruck. »Was dagegen?«

Er war ungewöhnlich redselig, und die letzte Frage klang ziemlich aggressiv. Niu schob es auf den Alkohol. Er betete, daß Kyle ihn bald ablöste und endlich von diesem Trottel erlöste.

»Sie kennen die Regeln«, knurrte er. »Es wird nur getrunken, wenn wir in Sicherheit sind. Und wenn einer von uns unterwegs ist, muß der andere auf seinem Posten bleiben. Sie haben gedöst.«

»Ja, ja, schon gut!« fauchte Truggot. »Regen Sie sich ab, Häuptling. Setzen Sie sich und ruhen Sie sich aus. Ich werde jetzt auf Sie aufpassen.«

Niu verschluckte eine deftige Beleidigung. Er durfte Truggot nicht weiter reizen. Offenbar stand der Mann kurz davor, die Beherrschung zu verlieren. Vielleicht war es besser, wenn er noch eine Flasche Wein trank und sich ausschlief. Wahrscheinlich war die Belastung, stundenlang allein durch die Stadt zu irren, einfach zu viel für ihn gewesen. Er wirkte so aufgekratzt, als hätte er eine Überdosis Amphetamine geschluckt. Das und der plötzliche Stimmungsumschwung waren keine ungewöhnlichen Reaktionen auf übermäßigen Streß, nachdem die Anspannung abgefallen war.

»In Ordnung«, brummte er. »Nehmen Sie Ihren Geräuschmelder und beziehen Sie am Eingang Posten. Ich werde inzwischen eine Kleinigkeit essen und etwas trinken.« Er wandte ihm den Rücken zu und bückte sich nach einer Thermoskanne mit heißem Tee.

»Ich denke, wir ändern den Ablauf ein bißchen, Fettwanst«, sagte Truggot hinter ihm hämisch.

»Was, zum Teufel...«, begann Niu und fuhr herum. Der Rest des Satzes blieb ihm in der Kehle stecken, als er in die Mündung des Schockblasters starrte, der auf seine Brust zielte.

»Überraschung, Dicker!« frohlockte Truggot. »Mach nur keine Dummheiten. Ich habe den Schocker auf breite Fächerung und stark genug eingestellt, um dich für mindestens drei Stunden mattzusetzen. Aus dieser Entfernung kann ich gar nicht danebenschießen.«

»Was soll der Unfug, Truggot?« fragte Niu fassungslos. »Haben Sie endgültig den Verstand verloren?«

»Ganz im Gegenteil«, erwiderte Truggot genüßlich. »Heb' ganz langsam die Hände und falte sie vor der Brust, damit ich sie sehen und du deinen beschissenen Ring drücken kannst. Wir wollen doch nicht, daß das Ding in deinem Magen hochgeht, oder?«

Niu hob wie befohlen die Hände. Was auch immer in Truggot gefahren war, er dachte wenigstens noch mit.

»Fein. Und jetzt pflanze deinen fetten Arsch auf das Sofa hinter dir. Ich habe dir ein paar Takte zu sagen, aber vorher muß ich dich noch etwas fragen. Ich weiß, daß ich den Ring für dich drücken kann, falls du aus irgendeinem Grund nicht dazu in der Lage bist. Das hat mir dein Kumpel Kyle regelrecht eingehämmert. Was er mir nicht gesagt hat, ist, ob das Ding dafür an deinem Finger bleiben muß. Also, wie steht es damit?«

Ich muß den Ring unbedingt behalten, damit der Trottel mir nicht von der Seite weichen kann, dachte Niu mit einer Ruhe, die ihn selbst überraschte. Er nahm gehorsam auf dem Sofa Platz. *Anscheinend hat er vor, mich zu paralysieren, aber nicht umzubringen. Was verspricht er sich davon? Er muß doch wissen, daß ich ihm dafür später den Arsch aufreißen werde.*

»Der integrierte Sender funktioniert nur durch direkten Körperkontakt mit seinem jeweiligen Träger«, log er – ohne merkliches Zögern, wie er hoffte. »Wenn er ein gutes Stück größer wäre, könnten Sie ihn mir auch auf den Schwanz schieben.«

Truggot lachte meckernd. »Schön für dich, daß du deinen Humor nicht verloren hast. Du wirst ihn noch brauchen.« Übergangslos wurde er ernst. »Los, drück das Ding!« befahl er.

Niu wußte, was gleich passieren würde, und er wußte auch, daß er dem Treffer nicht ausweichen konnte, egal, wie schnell er sich bewegte. Er hatte Truggot selbst die Funktionsweise des Schokkers und der anderen Waffen erklärt. Der Mann stand ziemlich genau drei Meter von ihm entfernt. Bei maximaler Fächerung war der Schußkegel so breit, daß er auf diese Distanz einen Kreis mit einem Durchmesser von knapp zwei Metern abdeckte. Wenn Truggot ihn für rund drei Stunden paralysieren wollte, mußte er die Abstrahlleistung auf etwa 50 Prozent gestellt haben. Aber bei maximaler Streuung verringerte sich die Lähmwirkung rapide mit jedem weiteren Meter zwischen Schütze und Opfer.

»Okay, Truggot, Sie sitzen am längeren Hebel«, sagte er ruhig. »Aber tun Sie mir einen Gefallen und saufen Sie nicht zuviel, nachdem Sie mich außer Gefecht gesetzt haben. Ich werde jetzt den Ring drücken und mir und Ihnen damit noch einmal drei Minuten Zeit kaufen.« Er holte tief Luft, berührte das Sensorfeld mit dem Daumen, und dann brüllte er, so laut er konnte: »Buuuhh!«

Wie er gehofft hatte, sprang Truggot vor Schreck und Überraschung einen gewaltigen Satz zurück, bevor er schoß. Im gleichen Sekundenbruchteil zuckte Nius rechte Hand zu seiner Hüfte, aber seine Finger berührten gerade erst den Griff seines eigenen Schokkers, als ihn die energetische Ladung wie ein peitschender Schlag mit tausend hauchdünnen Tentakeln einer Nesselqualle traf und er kraftlos in sich zusammensackte.

*

William Sheppard stand auf dem Balkon des Penthouseapartments im 112. Stockwerk des Saturn-Towers, in dem er sein Hauptquartier aufgeschlagen hatte.

Seine Wahl war aus zwei Gründen auf den Saturn-Tower gefallen. Erstens war das Hochhaus mit so vielen Energieverbrauchern vollgestopft, daß die elektromagnetische Streustrahlung alle verräterischen Energiesignaturen überdeckte, die Sheppard verursachte, und zweitens bot es in dieser Höhe einen idealen Beobachtungspunkt für weit entfernte Ziele.

Lieutenant Sheppard hatte eine ganze Batterie von Meß- und Ortungsinstrumenten auf dem Balkon installiert. Aber selbst ohne sie konnte er mit bloßem Auge sehen, daß die Außerirdischen weit im Norden eine ungewöhnliche Aktivität entfalteten.

Obwohl der Himmel klar war, blitzte es hinter dem Horizont auf, als tobte dort ein mächtiges Gewitter. Und rund acht Minuten nach den ersten Blitzen vernahm er ein leises Grollen.

Rund 150 Kilometer, falls das Grollen tatsächlich von dort kommt, dachte er. *Es müssen unvorstellbare Gewalten sein, die da entfesselt werden, wenn der Schall bis nach Quebec trägt*. Er glaubte sogar, schwache Erschütterungen zu spüren, und der Seismograph bestätigte sein Gefühl.

Seit ihrer Landung hatten die Außerirdischen in dem Umkreis, den Sheppard beobachten konnte, keine schweren Waffen mehr eingesetzt. Wieso wurden sie ausgerechnet jetzt wieder aktiv? Bestand möglicherweise ein Zusammenhang mit dem Auftauchen Nius und Truggots in Quebec?

Der Hawaiianer hatte ihm natürlich nicht verraten, wo sich das Geheimquartier seiner Widerstandsgruppe befand, aber er mußte aus dem Süden gekommen sein, denn er hatte Sheppards letzten Einsatz der »Libellen« beobachtet, und der war südlich von Quebec erfolgt. Und Truggot hatte von seiner Firma in Burlington berichtet, das sogar noch südlich von Montreal lag.

Aber sie waren mit mehreren Begleitern unterwegs gewesen und hatten sich erst hier getrennt. Waren sie auf dem Weg nach Norden gewesen?

Sheppard beobachtete die mörderische Energieentfaltung im Norden, bis wieder Ruhe eingekehrt war. Erst dann machte er sich daran, die Meßergebnisse auszuwerten und einen Bericht zu erstellen, den er gerafft und kodiert an Niu sandte.

Er konnte nur hoffen, daß die Außerirdischen nicht das Versteck seiner neuen Verbündeten gefunden und ausgeschaltet hatten.

*

»Es überrascht dich bestimmt nicht zu erfahren, daß mir deine Arroganz schon lange auf die Nerven gegangen ist, Fettsack«, sagte Truggot feindselig. Er hatte eine zweite Flasche Wein geöffnet und bereits zur Hälfte geleert. »Die Selbstgefälligkeit von dir und deinem Busenfreund Larkin. Ihr habt mich wie den letzten Dreck behandelt, als wäre ich euer Laufbursche. Mich!«

Ja, sprich dich ruhig aus, dachte Niu. *Laß dir nur Zeit*. Seine Nervenbahnen prickelten, als krabbelten tausend Ameisen unter seiner Haut herum. Sein Plan hatte funktioniert. Truggot schien sich keine Gedanken darüber zu machen, daß er aus größerer Entfernung als ursprünglich beabsichtigt auf ihn geschossen hatte.

»Ich habe aus eigener Kraft eine Firma aufgebaut und mehr Leute beschäftigt, als du jemals…«, Truggot unterbrach sich, als von Nius Ring der warnende Piepton aufklang. Er beugte sich in seinem Sessel vor und berührte das Sensorfeld mit dem Daumen. »Typen wie du oder Larkin hätten bei mir höchstens das Klo schrubben dürfen.«

Niu spürte, wie sein linker Fuß leicht zuckte. Er konnte nichts dagegen tun, aber Truggot bemerkte es zum Glück nicht. Der Fabrikant hatte sich richtig in Rage geredet. Er trank einen weiteren Schluck Wein.

»Ihr glaubt, ihr wüßtet alles und hättet alles im Griff«, fuhr Truggot fort. »Aber in Wirklichkeit wißt ihr gar nichts. Du wirst schon bald dein blaues Wunder erleben, wenn ich mit dir fertig bin.«

Und du wirst dein blaues Wunder erleben, sobald du merkst, wie wenig du tatsächlich weißt, dachte Niu.

Nicht nur, daß die Lähmwirkung des Schockers sich durch

Truggots Sprung zurück um fast die Hälfte reduziert hatte. Das Medikament, das Niu wachhielt, war mehr als nur ein Aufputschmittel. Es stimulierte das Gehirn und das Nervensystem und beschleunigte die Regeneration der unterbrochenen Synapsen. Das Militär hatte es eine Zeitlang bei Spezialkampfeinheiten zur Leistungssteigerung eingesetzt, bevor es wegen seiner Nebenwirkungen und der Suchtgefahr aus dem Verkehr gezogen worden war.

Schon jetzt war Niu wieder in der Lage, die Finger und Zehen ein wenig zu bewegen. Mit etwas Glück würde er sich in einer halben Stunde so weit erholt haben, daß er Truggot an die Gurgel gehen konnte, wenn der Idiot sich zu ihm vorbeugte.

»Ich werde dir jetzt etwas zeigen, das du garantiert nicht kennst«, sagte Truggot. Er zog einen quaderförmigen Gegenstand von der Größe einer Streichholzschachtel hervor. »Das, mein fetter Freund, ist so etwas wie eine Klingel, mit der ich meine Freunde rufen kann. Und das werde ich schon bald tun.«

Niu hatte keine Ahnung, von wem der andere sprach. Gab es hier möglicherweise eine Fraktion von Immunen, die ihr eigenes Spiel spielten? Eine absurde Vorstellung.

Aber die Lösung des Rätsels war zweitrangig, solange Truggot nur weiterquatschte.

Und das tat er, lang und unermüdlich. Er schilderte wortreich, was er mit Kyle und Xiao anzufangen gedachte, sobald er mit ihm fertig war. Allmählich dämmerte Niu, daß Truggot nicht vorhaben konnte, ihn am Leben zu lassen. Sonst hätte er nicht derartige Ankündigungen gemacht. Wahrscheinlich würde er ihn so oft paralysieren, bis er seiner überdrüssig geworden war oder vor Erschöpfung einschlief.

Als der Fabrikant erneut den Kopf in den Nacken legte, um einen weiteren Schluck Wein zu trinken, öffnete und schloß Niu schnell beide Hände. Es funktionierte leidlich. Er spannte versuchsweise die Armmuskeln an. Die Kontrolle war noch nicht ausreichend, geschweige denn seine Kraft, um es riskieren zu können, nach Truggots Waffe zu greifen.

»Okay, genug geplaudert«, beendete Truggot schließlich seine endlose Litanei. »Ich wollte nur dafür sorgen, daß du weißt, wie es deinen Freunden ergehen wird, bevor ich dich an meine Freunde übergebe.« Er machte irgend etwas mit dem kleinen rechteckigen Gegenstand. »Du ahnst immer noch nicht, wer meine Freunde sind, nicht wahr? Ich gebe dir einen kleinen Tip: Sie sind noch größer, fetter und häßlich als du, auch wenn das unglaublich klingt.«

In diesem Moment meldete ein leises Summen aus Nius Funkgerät den Eingang einer Botschaft an. Truggot verwechselte es offensichtlich mit dem Warnsignal des Ringes, denn er beugte sich schnell vor, um den Impuls abzuschicken. Niu mußte sich zwingen, nicht nach ihm zu greifen.

Der Gedanke, der sich ihm langsam aufdrängte, war zu ungeheuerlich, als daß er ihn zu akzeptieren bereit war. Nicht einmal ein Miststück wie Truggot konnte dazu in der Lage sein. Und wie hätte diese Kontaktaufnahme überhaupt zustande kommen sollen?

Truggot starrte ihn belustigt an. »Du kommst einfach nicht darauf, was? Tja, ist bestimmt auch zu hoch für einen Kretin wie dich. Dann will ich dir noch einen Tip geben: Sie haben doppelt so viele Arme wie du.«

Also doch! Einen Moment lang hatte Niu das Gefühl, von einem weiteren Schuß aus einem Paraschocker getroffen worden zu sein, und er konnte ein Zusammenzucken nicht vermeiden. Doch Truggot, von seinem Triumph wie berauscht, übersah es.

Nius Gedanken rasten. Was sollte er tun? Was *konnte* er tun? Noch zwei Minuten, bis sich Truggot erneut zu ihm vorbeugen mußte. Seine Waffen lagen außer Reichweite auf dem Boden, der Fabrikant hatte sie ihm vorsorglich aus den Holstern gezogen.

Oder war das alles nur ein Bluff? Gehörte das zu Truggot perversem Spiel, um ihn zu demütigen?

Ein allmählich lauter werdendes vibrierendes Heulen vertrieb Nius letzte Zweifel.

Das Geräusch stammte eindeutig von einem Schweber der Außerirdischen.

Was gewinne ich, wenn es mir tatsächlich gelingt, Truggot außer Gefecht zu setzen? überlegte Niu fieberhaft. *Ich bin noch zu schwach, um zu fliehen. Und wenn der Kerl mit den Bestien zusammenarbeitet, wissen sie garantiert von der Giftkapsel und dem Ring. Sie würden mich am Leben erhalten, um mich auszuquet-*

schen. Dann wäre ich ihnen genauso ausgeliefert wie jetzt Truggot.

Das Heulen der Schweberaggregate verstummte. Die Außerirdischen waren vor dem Möbellager gelandet.

Ich könnte mich selbst erschießen! Aber das setzt wieder voraus, daß ich Truggot vorher überwältigen kann. Wenn er die Zeit findet, seinen Schocker zu ziehen und noch einmal auf mich zu schießen...

Plötzlich wußte er, was er tun mußte.

Vom Eingang des Möbellagers her klangen schwere Schritte auf, und Truggot verdrehte kurz den Hals, um einen Blick über seine Schulter zu werfen.

Niu verspürte nicht einmal Angst, als er den rechten Arm hob. Im gleichen Moment erkannte er, daß es die richtige Entscheidung gewesen war, denn er brachte kaum die Kraft auf, die Hand bis zu seinen Lippen zu führen und sich den Mittelfinger in den Mund zu stecken. So hätte er Truggot nie überwältigen können.

Er schloß die Zähne hinter dem Impulsgeber und versuchte, den Finger wieder herauszuziehen.

Der Ring saß fest.

Truggot drehte sich wieder um. Seine Augen wurden riesig groß.

Wenn er jetzt schießt, dachte Niu, *kann er noch gewinnen.* Er mobilisierte seine letzten Kraftreserven und hörte, wie der Ring knirschend über die Innenseite seiner Schneidezähne schrammte.

»Was...?« krächzte Truggot, dann stieß er einen schrillen Schrei aus, sprang auf, stürzte auf den Hawaiianer zu, packte seinen Arm und zerrte daran.

Es war der größte Fehler, den er begehen konnte.

Niu preßte die Kiefer aufeinander, und plötzlich kam der Ring durch Truggots tatkräftige Mithilfe frei. Sein Arm wurde zurückgerissen, und der Mittelfinger glitt mit einem schmatzenden Geräusch aus seinem Mund. Mühsam schluckte er den Ring hinunter.

Walter Truggot glotzte ihn wie vor den Kopf geschlagen an. Sein Zögern brachte Niu den Sieg, indem es ihn das Leben kostete, denn noch hätte Truggot den Selbstmord seines Gefangenen verhindern können. Ein kräftiger Schlag in Nius Magengrube, und er hätte den drohenden Brechreiz nicht länger unterdrücken können und den Impulsgeber wieder ausgewürgt.

So aber wanderte der Ring quälend langsam seine Speiseröhre hinab.

»Nein…«, stammelte Truggot entsetzt. »Du kannst nicht… wie kannst du…«

Er wirbelte herum. Hinter ihm waren mehrere monströse Gestalten aus dem Halbdunkel aufgetaucht. »Tut etwas!« brüllte Truggot. Er streckte eine zitternde Hand aus und deutete auf Niu. »Schneidet ihn auf! Er hat den Ring verschluckt! Es kann nicht mehr lange dauern, bis er…« Seine Stimme kippte um.

Die Außerirdischen blieben stehen.

»Pech gehabt, Truggot« sagte Niu in die Stille hinein. Seine vollen Lippen verzogen sich zu einem Lächeln und ließen seine schneeweißen Zähne schimmern. »Ich bedauere nur, daß ich nicht mehr erfahren werde, wie Ihre Freunde auf Ihr Versagen reagieren werden.«

Der Ring befand sich in Höhe seines Brustbeins, als er den Warnton mehr spürte als hörte. *Noch zehn Sekunden*, dachte er. *Und dann werde ich einschlafen.*

Truggots Gesicht war weiß wie ein Leichentuch. Die Augen quollen ihm beinahe aus den Höhlen.

Das Piepen in Nius Kehle wurde lauter und verstummte. Dann ertönte ein leises *Plopp* in seinem Magen. Ein wohliger Schauder durchlief ihn. Seine Kopfhaut kitzelte. Er wurde angenehm müde.

»Du hast verloren Truggot«, murmelte Niu mit versagender Stimme. Gott, war er müde. »Du bist nichts weiter als ein erbärmlicher kleiner Feigling.« Sein Lächeln vertiefte sich, das Licht verdämmerte.

6.

Quebec, 14. Juli 2051

»Okay, Captain, ich löse jetzt die Klammern«, sagte Kyle.

»Roger, Larkin«, klang Francis Carters Stimme aus den Lautsprechern des kleinen Beiboots auf. »Spielen Sie toter Mann, bis ich in tieferes Gewässer abgetaucht bin. Viel Glück.«

Kyle bestätigte und lehnte sich im Steuersessel der Tauchlinse zurück, die an die U-3 angekoppelt gewesen war. Er hörte die Schraubengeräusche des größeren U-Boots, das ihn bis zur Mündung des Sankt Lorenz geschleppt hatte und jetzt wieder Kurs auf das offene Meer nahm.

Die »Linse« war ein kleines Forschungsboot, konstruiert für Erkundungen der Tiefsee und nicht für schnelle Fahrten. Sie brachte es auf maximal 25 Knoten, aber da sie nicht einmal drei Meter in der Höhe maß, konnte Kyle mit ihr direkt bis nach Quebec hineinfahren.

Die empfindlichen Außenmikrofone übertrugen das Schraubengeräusch der U-3 so laut und deutlich, als würde sie sich kaum von der Stelle bewegen. Kyle konnte sie immer noch hören, als Carter sich ein letztes Mal bei ihm meldete, obwohl das U-Boot zu diesem Zeitpunkt bereits 40 Kilometer entfernt war. Auch ihre Kommunikation funktionierte ohne den Einsatz elektromagnetischer Wellen auf akustischer Basis, ein System, das man von den Walen übernommen hatte.

Vier Stunden später hatte Kyle den Frachthafen von Quebec erreicht und steuerte das linsenförmige Boot vorsichtig durch ein Labyrinth aus versenkten Schiffen und umgestürzten Ladekränen. Der Hafen hatte während der Kämpfe einige schwere Treffer abbekommen.

Bevor Kyle an Land ging und die Thermobomben auslud, sendete er das vereinbarte Signal an Niu. Vergangene Nacht hatte der Hawaiianer ihm eine längere Botschaft an die Tiefseestation geschickt und ihm von seinem Treffen mit William Sheppard und Nicole Snider berichtet. Wenn seine Einschätzung richtig war, hatten sie mit dem Luftwaffenoffizier und der alten Frau wertvolle Verbündete gefunden.

Und die benötigten sie dringend, um Kyles Plan in die Tat umzusetzen.

Die Antwort erfolgte überraschend schnell, aber noch bevor Kyle die geraffte Nachricht auspackte, schwante ihm Böses, denn der Codeschlüssel auf seinem Display verriet ihm, daß die Botschaft nicht von Niu kam.

»Kelauakoha ist tot«, hörte er Truggots tiefe Stimme. »Ich habe keine näheren Informationen über die Umstände, die zu seinem Tod geführt haben. Keine äußere Gewaltanwendung erkennbar. Vermutlich ist er eingeschlafen, als ich auf Erkundung war. Ich selbst bin außer Gefahr. Der alte Treffpunkt ist hinfällig. Benennen Sie einen neuen.«

Kyles Herz übersprang einen Schlag. Was war passiert? Er starrte das Funkgerät an, als wüßte es die Antwort. Dann schloß er die Augen und ließ sich in den Schalensitz des Mini-U-Boots zurücksinken.

Ich hätte ihn nie allein lassen dürfen, dachte er wie betäubt. *Ein Immuner hätte seinen Posten einnehmen müssen. Ich.*

Aber schon im gleichen Moment wußte er, daß die Selbstvorwürfe nur seinen Schuldgefühlen und nicht der Vernunft entsprangen. Niu und er hatten ihr Vorgehen besprochen und gemeinsam entschieden. Trotzdem machte es die Sache für Kyle nicht leichter.

Er zwang sich, kühl und rational zu denken. Später würde er Zeit haben, um Niu zu trauern. Wie um so viele andere Gefährten, die er im Verlauf dieser unglückseligen Invasion verloren hatte.

Solange er nicht wußte, wie Niu gestorben war, mußte er sich noch unauffälliger verhalten als sonst. Nicht auszuschließen, daß William Sheppard oder diese Nicole Snider in irgendeiner Form eine Mitschuld an den Ereignissen trugen.

Eins aber schloß er kategorisch aus, nämlich daß Niu eingeschlafen sein könnte. Das Aufputschmittel, das Sheila ihm gegeben hatte, machte für den, der es regelmäßig einnahm, Schlaf praktisch unmöglich. Und die ersten gefährlichen Nebenwirkungen stellten sich frühestens nach fünf Tagen ein.

Wahrscheinlich war Niu in den Einflußbereich der Mentalstrahlung geraten. Kyle fragte sich nicht zum ersten Mal, ob sie Truggot nicht doch lieber hätten einweihen sollen, daß Niu für die Strahlung der Außerirdischen anfällig war.

Zumindest schien Walter Truggot mit der für ihn sicher beängstigenden Situation überraschend gut klarzukommen. Seine Stimme klang beherrscht, und die Nachricht war knapp und präzise formuliert. Sie enthielt keine verfänglichen Informationen für potentielle Lauscher. Fast schon ein bißchen *zu* perfekt.

Hatten sie sich so sehr in ihm getäuscht? War er dem Streß, in einer feindlichen Umwelt auf sich allein gestellt zu sein, so gut gewachsen?

Kyle beschloß, zuerst die Thermobomben aus dem Hafengelände herauszuschaffen, bevor er ein Treffen mit Truggot verabredete, damit eventuelle Verfolger keine Rückschlüsse darauf schließen konnten, wo er hergekommen war.

Pierre Turneur hatte ihm sechs der modifizierten Sprengsätze mitgegeben, die jeweils knapp zehn Kilo wogen. Kyle besorgte sich einen Handkarren aus einem Lagerhaus und belud ihn. Dann ließ er die Linse auf den Grund des Hafenbeckens sinken und machte sich im Schutz der Dunkelheit auf den Weg ins Stadtzentrum. Zwei Kilometer vom Frachthafen entfernt verbarg er die Bomben unter dem Schutt eines niedergebrannten Gebäudes. Erst nachdem er noch einmal einen Kilometer zurückgelegt und einen sicheren Beobachtungsposten gefunden hatte, der ihm mehrere Fluchtmöglichkeiten bot, meldete er sich wieder bei Truggot.

*

Walter Truggot logierte fürstlich in der größten Suite des »Paradise Inn«, eines luxuriösen Hotels im Herzen von Quebec.

Er konnte sein Glück immer noch nicht fassen. Anstatt ihn zu bestrafen, hatten die Außerirdischen ihm freie Hand gelassen, als hätte der Tod des fetten Hawaiianers sie endgültig davon überzeugt, daß er auf ihrer Seite stand. Sie hatten ihm sogar eines der Steuergeräte gegeben, mit denen er den geistig versklavten Menschen Befehle erteilen konnte.

Es waren nur einfache Anweisungen möglich, die die Betroffenen gehorsam, aber ohne jede Eigeninitiative ausführten, wie seelenlose Roboter. Truggot mußte nur den konisch geformten Strahler auf sie richten, eine Art Schieberegler betätigen und den gewünschten Befehl klar und deutlich formulieren.

Das erste, was er getan hatte, war, sich drei attraktive junge Frauen in seine Suite zu holen und ihnen zu befehlen, ihre verschmutzten Sachen auszuziehen und sich gründlich zu waschen. Die Idee, sie mit Kleidung aus der sündhaft teuren Hotelboutique auszustatten, hatte er schon nach kurzem Überlegen wieder verworfen. Warum sollten sich die drei Hübschen verhüllen?

Nach einer ersten Phase der Unsicherheit hatte er begonnen, die absolute Macht zu genießen, die ihm die rätselhafte Technik der Fremden über die Frauen verlieh. Was auch immer er von ihnen verlangte, sie taten es. Was konnte sich ein Mann mehr wünschen? Mittlerweile störte ihn nicht einmal mehr die ständige Anwesenheit des Außerirdischen, den er auf den Namen Igor getauft hatte. Er betrachtete ihn als eine Art persönlichen Adjutanten. Igor wartete geduldig in einem an die Suite angrenzenden Zimmer. Truggot hatte ihn problemlos überreden können, seine Privatsphäre zu respektieren. Letztendlich scherte es ihn herzlich wenig, ob Igor ihn – wie er vermutete – mit Hilfe seiner überlegenen Technik durch die Wände hindurch beobachtete, denn die Außerirdischen zeigten keinerlei Interesse an menschlichen Intimitäten.

Allmählich begannen sie, ihm auf eine verrückte Art sogar zu gefallen. Sie ließen sich durch keinerlei Emotionen wie Zorn, Rachsucht oder Neugier beirren, sondern verfolgten ihre Ziele mit der geradlinigen Gleichgültigkeit und Effektivität von Automaten. Und manchmal kam es ihm beinahe so vor, als wären sie tatsächlich nichts anderes als biologische Maschinen.

»Kyle hat mir gerade die Koordinaten für unser Treffen durchgegeben«, meldete er Igor. »Was soll ich tun?«

Wie stets blieb Igor reglos wie ein Felsblock. Es dauerte eine

Weile, bevor seine lautlose Stimme in Truggots Kopf aufklang. *Geh zu ihm.*

»Und was dann?«

Tu, was er von dir verlangt.

»Aber…« Truggot zögerte. Nach Kelauakohas Tod hatte der Kommandant der Fremden seine Taktik geändert und ihm ohne Groll oder Vorwürfe befohlen, alles zu tun, was in seiner Macht stand, um das Versteck der Immunen zu finden. Offenbar waren die Aliens trotz ihres massiven Beschusses nicht davon überzeugt, das in der Gegend von Jonquière vermutete Widerstandsnest zerstört zu haben, und Larkins erneutes Auftauchen in Quebec schien ihnen Recht zu geben.

»Er könnte einen weiteren Anschlag gegen euch planen«, gab Truggot zu bedenken.

Diesmal dauerte es ungewöhnlich lange, bis Igor – oder der Außerirdische, dessen Anweisungen er weiterleitete – antwortete.

Würdest du sein Vertrauen gewinnen, wenn du ihm dabei hilfst?

»Ähm… ja, bestimmt«, erwiderte Truggot verwirrt. »Aber ich kann doch nicht zulassen, daß er eure Leute tötet.«

Der Tod einiger All-Hüter ist akzeptabel, wenn wir dadurch unsere Mission erfüllen können. Also hilf ihm. Sobald du die Koordinaten des Verstecks kennst, informierst du uns. Du bist während der Operation nicht in Gefahr.

Gegen seinen Willen erschauderte Truggot. Er zweifelte nicht daran, daß Igor die Wahrheit sagte. Die Außerirdischen hatten ihn schon nach ihrem ersten Treffen mit einem Implantat markiert, das er im rechten Oberschenkel trug. Es sandte schwache Signale aus, die für die Menschen nicht zu orten waren, ihn aber für alle Fremden im näheren Umkreis als ihren Verbündeten kenntlich machten. Aber wenn sie bereit waren, ihre eigenen Artgenossen in den Tod zu schicken, um ihr Ziel zu erreichen, würden sie auf einen Menschen erst recht keine Rücksicht nehmen. Es sei denn, er erwies sich als unersetzlich für sie.

Und das würde er tun, wenn er ihnen half, ihre Feinde auszuschalten.

»In Ordnung«, sagte er heiser. Er räusperte sich und verdrängte die aufsteigenden Zweifel. Es war längst zu spät für ihn, einen

Rückzieher zu machen. Alles, was er jetzt noch tun konnte, um seine Haut zu retten, war, besonders effektiv zu sein. Solange er das Implantat in sich trug, würde er sich nicht einmal vor ihnen verstecken können. Zwar war die Reichweite des Senders begrenzt, aber wenn er versuchte zu fliehen, würden die Außerirdischen ihn aufspüren und töten, bevor er untertauchen konnte. Zumindest hatten sie ihm das erklärt, und er hatte keinen Grund, ihnen nicht glauben.

*

Kyle entdeckte Truggot bereits von weitem durch sein Infrarotsichtglas. Der Mann bewegte sich zwar mit der nötigen Vorsicht, aber irgendwie machte er dabei einen verblüffend selbstbewußten Eindruck, was eigentlich gar nicht zu ihm paßte. Jedenfalls nicht in einer für ihn so gefährlichen Lage.

Offenbar wurde er nicht verfolgt. Kyle wartete, bis Truggot das vereinbarte Haus betreten hatte, und ließ danach noch einmal eine Viertelstunde verstreichen. Dann schickte er eine weitere Kurzbotschaft mit minimaler Sendeleistung ab.

Verspäte mich um etwa zwei Stunden. Kein Grund zur Beunruhigung. Der Treffpunkt bleibt. Warten Sie dort auf mich. Bitte um Bestätigung.

Nachdem Truggot den angeforderten Impuls gesendet hatte, suchte Kyle die Umgebung weiter mit seinen optischen und akustischen Ortungssystemen ab.

Noch immer keine verdächtigen Zeichen. Wenn Truggot beschattet wurde, verhielten sich seine Verfolger äußerst geschickt. Kyle beschloß, das Risiko einzugehen, und verließ das Gebäude durch einen Hintereingang.

Er hatte diesen Ort bewußt als Treffpunkt gewählt, denn er lag keine zwei Kilometer von ihrer ursprünglichen Operationsbasis entfernt, und vor seinem Treffen mit Truggot wollte Kyle dem Möbellager einen Besuch abstatten. Vielleicht fand er dort irgendwelche Spuren, die mehr Licht in das Dunkel um Nius Tod brachten.

Eine halbe Stunde später hatte er ihr altes Versteck erreicht, ohne unterwegs etwas Verdächtiges bemerkt zu haben. Er konnte keinerlei Spuren eines gewaltsamen Eindringens in das Lager entdecken, und seine Scanner zeigten keine verborgenen Energiequellen an. Soweit ein Mensch es beurteilen konnte, war die Halle sauber.

Trotzdem blieben Kyles Nerven zum Zerreißen gespannt. Wenn die Außerirdischen Niu getötet und das alte Versteck gefunden hatten, konnten sie es mit ihrer überlegenen Technik so präpariert haben, daß ein Mensch in ihre Falle tappen würde.

Nur hatten sie bisher noch nie ein subtiles Vorgehen an den Tag gelegt.

Niu saß in einem bequemen Sofa. Er war in sich zusammengesunken, als wäre er tatsächlich eingeschlafen.

Nichts deutete darauf hin, daß hier ein Kampf stattgefunden hatte.

Das erste, was Kyle auffiel, war, daß die leichten Waffen, die der Hawaiianer ständig getragen hatte, fehlten. Er sah sich schnell um und fand sie ein paar Meter entfernt auf dem Boden. Schon das allein war bemerkenswert. Niu hätte sich nie ohne Not von seinem Paraschocker und seinem Kombinadler getrennt. Noch bemerkenswerter jedoch war das Fehlen seines Signalrings.

Ohne seinen Impulsgeber wäre er verloren gewesen. Aber wo war das Ding abgeblieben? Wenn es ihm einfach vom Finger geglitten wäre, hätte er garantiert den Boden danach abgesucht und sich nicht auf ein Sofa gesetzt, geschweige denn vorher seine Waffen abgelegt.

Auch die naheliegende Erklärung, daß er in Truggots Abwesenheit von den Lethargiestrahlen der Außerirdischen erwischt worden war, erschien Kyle plötzlich nicht mehr so plausibel. Alle Menschen, die von den Strahlen erfaßt worden waren, hatten leblose und erschlaffte Gesichtszüge gezeigt, doch Niu hatte in den letzten Sekunden seines Lebens eindeutig gelächelt. Es war nicht das starre Todesgrinsen. Sein Gesicht wirkte entspannt und gelöst, fast ein wenig belustigt, als wäre er friedlich gestorben.

Hatte er sich in einer aussichtslosen Situation befunden und den Ring von sich geschleudert, um einer drohenden Gefangennahme zu entgehen? War sein Lächeln ein letzter Triumph gegenüber seinen Häschern, die ihn aufgespürt und eingekreist hatten, ohne ihre Lethargiestrahlung einzusetzen?

Auch nach einem gründlichen Scan des Lagers entdeckte Kyle keine Spur des Ringes. Gut, wenn die Außerirdischen Niu gefunden hatten, hätten sie sich bestimmt für den Gegenstand interessiert, den er weggeworfen hatte. Aber hätten sie nicht auch die Leiche mitgenommen, um sie zu obduzieren und herauszufinden, wieso dieser Mensch nicht ihrer mentalen Kontrolle erlegen war? Hätten sie ihn nicht wenigstens gründlich durchsucht?

Und das konnten sie nicht getan haben, denn sonst hätten sie ihm bestimmt nicht seine Ausrüstungsgegenstände gelassen, zu denen auch das Funkgerät gehörte.

Als Kyle den Speicher kontrollierte, entdeckte er zwei aufgezeichnete und kodierte Botschaften. Er gab den Codeschlüssel ein, den Niu ihm in seiner letzten Nachricht übermittelt hatte, und spielte sie ab.

Die erste war fast 24 Stunden alt und stammte von William Sheppard. Der Lieutenant berichtete von einem massiven Angriff der Aliens weit nördlich von Quebec, und die Koordinaten deuteten auf die Umgebung von Jonquière hin.

Kyle hatte das Gefühl, als würde ihm das Blut in den Adern gerinnen. Die Leichenstarre verriet ihm, daß Niu seit mindestens 18 Stunden aber nicht länger als 30 Stunden tot war. Konnte es Zufall sein, daß er ungefähr zur gleichen Zeit gestorben war, als die Fremden ausgerechnet Jonquière beschossen hatten? Hatte er die Außerirdischen vielleicht kurz vor seinem Tod auf diese falsche Fährte gesetzt, damit es keine Widersprüche gab, falls ihnen Truggot lebend in die Hände fiel?

Daß Kyle trotz aller Indizien und seines Mißtrauens dem Fabrikanten gegenüber die Wahrheit nicht einmal ahnte, war kaum verwunderlich. Welcher Mensch wäre schon auf den Gedanken gekommen, daß ein anderer freiwillig zum Verbündeten der Invasoren werden könnte? Und da er weder diesen Sheppard noch die alte Frau namens Nicole Snider kannte, blieb eine weitere mögliche Gefahrenquelle. Vielleicht hatte Niu ihnen gegenüber Jonquière erwähnt, aus dem gleichen Grund, aus dem sie Truggot diese Falschinformation zugespielt hatten.

Die zweite Nachricht war wesentlich kürzer und jünger. Sheppard bat um Bestätigung seiner Botschaft und um erneute Kontaktaufnahme. Aber bevor sich Kyle mit ihm in Verbindung setzen würde, wollte er mit Walter Truggot sprechen.

Er bettete Niu auf das Sofa und verhüllte ihn mit einer Decke. Das war alles, was er jetzt für ihn tun konnte, doch er nahm sich vor, dem Hawaiianer später so etwas wie eine würdevolle Beerdigung zukommen zu lassen. Dann verließ er das Möbellager und machte sich auf den Rückweg.

*

»Mein Gott, Sie haben mich fast zu Tode erschreckt!« rief Truggot, eine Hand auf den Griff seines Paraschockers gelegt. »Wo waren Sie so lange? Ich wollte schon wieder verschwinden, weil ich dachte, Sie wären…«

»Das spielt jetzt keine Rolle«, fiel ihm Kyle ins Wort. Er beobachtete den Mann aufmerksam, bereit, sofort seine eigene Waffe zu ziehen und ihn außer Gefecht zu setzen, aber Truggots Erleichterung war zu echt, um gespielt zu sein. »Ich möchte jetzt erst einmal von Ihnen hören, was Sie über Nius Tod wissen.«

Truggot erzählte ihm die Geschichte, die er auch schon dem Hawaiianer aufgetischt hatte.

»… und als ich zurückkam, war er bereits tot«, schloß er. »Ich bin sofort abgehauen und nie mehr in die Nähe des Möbellagers gegangen. Was hätte ich sonst tun sollen?«

Kyle nickte langsam. »Sie haben sich richtig verhalten. Und die Patrouillen der Außerirdischen, die Sie in der Nähe des Lagers gesehen haben, haben die ihre Mentalstrahlen eingesetzt?«

»Ich glaube…« Truggot zögerte kurz und überlegte fieberhaft. Dieses Detail hatte er nicht in seine Geschichte eingebaut, und er fragte sich, wieso Larkin sich dafür interessierte. Er entschied sich für einen Mittelweg. »Das ist gut möglich. Ich war so angespannt, daß ich nicht weiß, ob ich es mir eingebildet habe, aber ich glaube, dieses Kribbeln gespürt zu haben, allerdings nicht sehr stark. Vielleicht war ich zu weit weg, oder die Strahlen haben nicht genau in meine Richtung gezeigt.« Er machte eine ratlose Geste.

»Also könnte es sein, daß Niu ebenfalls in den Wirkungsbereich der Strahlen geraten ist?« hakte Kyle nach.

»Sicher, aber…« Truggots Augen wurden schmal. »Was soll das?« fragte er mißtrauisch. »Sie haben mir gesagt, daß Kelauakoha ziemlich empfindlich auf die Strahlung reagiert, aber er muß ihr in den letzten sechs Wochen schon häufiger ausgesetzt gewesen sein, und vor der Landung der Fremden war sie noch viel stärker. Wieso sollte sie ihm ausgerechnet diesmal mehr ausgemacht haben?«

Kyle schloß einen Moment lang die Augen. Es gab jetzt keinen Grund mehr, Truggot zu verschweigen, daß Niu kein Immuner gewesen war. Und es könnte aufschlußreich sein, seine Reaktion auf diese Enthüllung zu beobachten.

»Niu war *nicht* immun gegen die Strahlung«, sagte er ruhig. »Er ist nur von ihr verschont geblieben, weil er sich bis vor zwei Wochen an einem geschützten Ort aufgehalten hat.«

Er sah, wie Truggot überrascht die Augen aufriß. Die Bestürzung des stiernackigen Mannes war echt, oder aber er lieferte eine bühnenreife Vorstellung ab. Plötzlich ergab Nius Tod einen gewissen Sinn. Wenn er nur teilweise von den Strahlen gelähmt gewesen war, als die Fremden das Möbellager betreten hatten, war es denkbar, daß er seinem Leben bewußt ein Ende gesetzt hatte. Kyle sah das Geschehen wie einen Film vor seinem inneren Auge ablaufen.

Niu, wie er von den Strahlen erfaßt wurde und den Befehl enthielt, sich seiner Waffen zu entledigen. Wie er vergeblich gegen den Zwang ankämpfte, den Befehl ausführte und sich auf das Sofa setzte. Wie er hilflos aber sich der Situation vollkommen bewußt auf die Außerirdischen warten mußte. Und dann das Warnsignal seines Ringes, sein triumphierendes Lächeln, die tröstliche Gewißheit, den Bestien aus dem All durch seinen Tod zu entkommen…

»Warum haben Sie mir das verschwiegen?« riß ihn Truggots anklagende Stimme aus seinen Gedanken. »Niu könnte noch leben, wenn Sie mich eingeweiht hätten!«

Und damit, dachte Kyle, *hat er wahrscheinlich sogar recht. Vielleicht muß ich die Schuld für Nius Tod auf mich nehmen.*

Blieben nur noch die Rätsel um den verschwundenen Ring und den Beschuß von Jonquière. Letzteres mochte durchaus Zufall sein, und den Ring konnten die Außerirdischen an sich genommen haben, wenn sie den Signalton bei ihrem Eintreffen gehört und ihn mit Nius Tod in Verbindung gebracht hatten…

Er hob müde eine Hand. »Wir unterhalten uns später darüber. Haben Sie einen sicheren Unterschlupf gefunden?«

»Ein Hotel mitten in der City«, erwiderte Truggot ohne zu zögern. »Mit einem Hintereingang in einer schmalen Seitenstraße und einem weiteren versteckten Zugang durch eine Tiefgarage. Ich habe es überprüft. Es ist leer, und die Keller sind mit Vorräten vollgestopft.« Er hatte sich auf diese Frage vorbereitet. Um mit Igor in Verbindung zu bleiben, durfte er nicht in ein anderes Versteck umziehen. Also hatte er eine zweite Suite im Erdgeschoß bezogen, so wie es Larkin getan hätte, weil sie die besseren Fluchtmöglichkeiten im Fall einer Entdeckung bot. Sein eigentliches Quartier in der obersten Etage war verschlossen. Einen Schlüssel hatte Igor, der andere war in einem Blumenkübel neben den Fahrstühlen versteckt. Larkin würde nicht sämtliche Räume des Hotels durchsuchen können und erst recht nicht von außen verschlossene Türen aufbrechen.

»Klingt nicht schlecht«, sagte Kyle leise. »Dann lassen Sie uns gehen.« Er schwieg eine Weile, bevor er tonlos hinzufügte: »Tut mir leid, was passiert ist, Walter. Wir hätten Sie ins Vertrauen ziehen müssen. Sie haben gute Arbeit geleistet.«

Truggot unterdrückte ein Grinsen. Bisher hatte Larkin ihn noch nie mit seinem Vornamen angesprochen. Der erste Schritt, sein Vertrauen zu gewinnen, war getan.

*

Quebec, 18. Juli 2051

Kyle folgte dem Zug der versklavten Menschen bereits seit mehr als einer Stunde über eine Parallelstraße. Es war sein dritter Versuch, sich mit einer Thermobombe unauffällig in die Kolonne einzuschmuggeln, und diesmal standen seine Chancen besser, denn dieser Zug wurde von keiner Nachhut der Außerirdischen begleitet.

William Sheppard und Walter Truggot folgten ihm über eine weitere Parallelstraße mit schwereren Waffen, um notfalls eingreifen zu können. Sie waren von ihrer ursprünglichen Idee abgerückt, sich gleich beim ersten Mal zu zweit oder zu dritt in eins der Raumschiffe einzuschmuggeln, um das Risiko einer Entdeckung zu minimieren. Sollte Kyles Plan funktionieren, würden sie versuchen, die nächste Aktion mit mehreren Immunen gleichzeitig durchzuführen.

Außer Sheppard und Nicole Snider gab es zwei weitere freie Menschen im Großraum Quebec, die sich bereiterklärt hatten, an der Operation »Trojanisches Pferd« teilzunehmen.

Truggot wußte nicht, was Kyle konkret plante. Soweit es ihn betraf, diente die Aktion lediglich der Aufklärung und Informationsgewinnung.

Es war nicht ganz einfach für Kyle, den Fabrikbesitzer in ihre Operation miteinzubeziehen und gleichzeitig im Ungewissen zu halten, aber Nicole Snider hatte ihn eindringlich vor Truggot gewarnt.

»Ich werde einfach nicht schlau aus ihm«, hatte sie Kyle unter vier Augen gesagt. »Er hat einerseits ein schlechtes Gewissen wegen Nius Tod und wünscht sich, er hätte ihn verhindern können, andererseits aber bedauert er ihn nicht. Er weiß irgend etwas, das er uns verschweigt, und er betrachtet uns definitiv nicht als seine Freunde. Sein Verhalten hat sich gegenüber unserer ersten Begegnung deutlich verändert. Jetzt ist er viel selbstsicherer, aber er steht trotzdem unter einer großen Anspannung, als hätte er Angst, einen schwerwiegenden Fehler begehen zu können. Was auch immer Sie tun, Sie dürfen in keine Situation geraten, in der Sie sich auf ihn allein verlassen müssen.«

Aus einem ihm selbst unerklärlichen Grund glaubte ihr Kyle. Ihre intuitive Gabe, Menschen zu beurteilen, war geradezu unheimlich. Also hatte er ihren Rat befolgt und beschlossen, Truggot vorerst nicht in alle Einzelheiten einzuweihen.

Er schwitzte, und sein Atem ging schwer, als er die nächste Querstraße vor der Transportkolonne erreichte und mit seiner

Bombe hinter einem Schutthaufen in Deckung ging. Kurz darauf glitt die Schwebeplattform mit den Außerirdischen kaum zehn Meter von ihm entfernt über die Kreuzung.

Kyle spannte sich an. Die Menschen, die den Fremden stumm und teilnahmslos folgten, trugen Kisten in den Händen. Er hatte sie beim Verlassen eines Haushaltswarengeschäftes beobachtet und sich dort eine leere Kiste besorgt, die jetzt seine Bombe verbarg.

Das anfangs unerklärliche Vorgehen der Invasoren ergab allmählich einen Sinn. Die meisten Dinge, die sie plünderten, konnten keinen Wert für sie besitzen, für Menschen dagegen schon.

Wie zum Beispiel die Haushaltsgeräte, die dieser Trupp durch die Straßen Quebecs schleppte. Das Sortiment an Gebrauchsgegenständen, das die Fremden in ihre Schiffe schaffen ließen, wäre geeignet gewesen, eine größere menschliche Kolonie mit allen Dingen des Alltagslebens auszurüsten. Und die Tatsache, daß in einigen Schiffen Tausende von Menschen auf Nimmerwiedersehen verschwanden, ließ eigentlich nur den Schluß zu, daß Menschen mit unbekanntem Ziel umgesiedelt werden sollten.

Aber zu welchem Zweck? Um eine Art interstellares Reservat oder einen Zoo zu errichten? Um Verhaltensforschungen in einer autarken, in sich geschlossenen Gemeinschaft zu betreiben?

Kyle verdrängte die Gedanken. Die Schwebeplattform war vorbeigeglitten. Er richtete sich auf, schlich, dicht an die Häuserwand gedrückt, näher und wagte einen Blick um die Ecke.

Die Menschen schlurften so nahe an ihm vorbei, daß er sie fast mit der ausgestreckten Hand hätte berühren können. Niemand schenkte ihm die geringste Beachtung. Die Außerirdischen an der Spitze des Zuges hatten die Gesichter in Fahrtrichtung gedreht, und das Ende der Kolonne wurde immer noch nicht wie sonst üblich von einer weiteren Schwebeplattform begleitet.

Eine bessere Gelegenheit würde er nicht erhalten. Er sprach ein stummes Stoßgebet, atmete tief durch, schob sich die Giftkapsel in den Mund und reihte sich in den Zug ein.

Bei dieser Marschgeschwindigkeit würden sie etwa zwei Stunden bis zum Raumhafen brauchen, und er bezweifelte, daß alle Menschen die Tortur durchhielten. Es waren Alte, Schwache und offensichtlich Kranke unter ihnen, und auch wenn ihre Kisten nur die Hälfte von Kyles Bombe wogen, würden sie sie nicht über Stunden schleppen können, ohne wenigstens eine kurze Pause einzulegen.

Er schätzte, daß sie rund einen Kilometer zurückgelegt hatten, als der erste Träger vor ihm ohne Vorwarnung zusammenbrach, ein älterer abgemagerter Mann, dem die verdreckte Kleidung zwei Nummern zu groß um den ausgemergelten Körper schlotterte. Er blieb plötzlich stehen und kippte wie vom Blitz getroffen um.

Entweder hatten die Außerirdischen den Ausfall nicht bemerkt, oder aber er war ihnen egal. Kyle preßte die Zähne zusammen und schluckte schwer, als er gezwungen war, über den leblosen Körper hinwegzusteigen.

Kurz darauf strauchelten zwei weitere Menschen, und diesmal reagierten die Fremden. Obwohl er durch das vertraute Kitzeln im Nacken vorgewarnt war, kam der Zug so abrupt zum Stehen, daß Kyle beinahe gegen seinen Vordermann prallte.

Die Menschen stellten ihre Lasten auf einen unhörbaren Befehl gleichzeitig ab und verharrten reglos. Kyle folgte ihrem Beispiel, dankbar, die verkrampften Muskeln für einen Moment entspannen zu können. Die Plattform umrundete die Kolonne lautlos, und die Fremden schienen ihre Arbeitssklaven zu inspizieren.

Ein Weile geschah nichts. Wie alle anderen hielt Kyle den Blick starr geradeaus gerichtet, während er sich bemühte, die Außerirdischen aus den Augenwinkeln heraus zu beobachten. Dann spürte er wieder das verräterische Kribbeln. Mehrere Träger, anscheinend die Schwächsten, scherten aus der Gruppe aus und marschierten gemeinsam davon. Kurz darauf erschienen ein paar andere Menschen aus unterschiedlichen Richtungen und nahmen den Platz der Verschwundenen ein.

Die Kolonne setzte ihren schweigenden Weg fort.

Bis sie den Raumhafen erreichte, waren noch einmal vier Menschen ausgefallen, ohne jedoch durch andere ersetzt worden zu sein.

Sie näherten sich einem Kugelraumer und betraten ihn über eine flache Rampe durch die untere Polschleuse.

Kyle prägte sich die Lage des Schiffes genau ein. Er wußte, daß

Sheppard und Truggot ihn spätestens an der Grenze des Raumhafens aus den Augen verloren hatten. Wenn ihm jetzt etwas zustieß, war er geliefert. Alles, was er tun konnte, bevor er die Giftkapsel zerbiß oder getötet wurde, war, seinen Mitstreitern eine letzte Nachricht über ein in seiner Brusttasche verborgenes Mikrofunkgerät zu übermitteln und zu versuchen, das Schiff für sie zu identifizieren, damit sie seinen Start verfolgen konnten, bevor sie die Bombe durch einen ultrastarken Impuls fernzündeten.

Der untere Polhangar war ein kreisrunder Raum mit einer hohen, von mehreren Öffnungen durchbrochenen Decke, durch die teilweise Treppen, teilweise halbtransparente Schächte führten. Die Träger traten durch einen torbogenförmigen Durchgang in einen der Schächte und schwebten langsam nach oben. Kyle fühlte sich kurzfristig orientierungslos, als er schwerelos wurde, und konnte gerade noch gegen den Reflex ankämpfen, seine Kiste loszulassen und mit den Armen zu rudern, um das Gleichgewicht wiederzufinden.

Er schätzte, auf halber Höhe der rund 200 Meter durchmessenden Kugel zu sein, als er von einer sanften Kraft erfaßt und seitlich aus dem Antigravschacht gezogen wurde. Kaum hatten seine Füße den Boden berührt, kehrte sein Gewicht wieder zurück. Niemand bemerkte den schnellen Ausfallschritt, mit dem er einen Sturz vermied, denn er war auf allen Seiten von Menschen umgeben.

Während er seinem Vordermann steifbeinig folgte, ließ er den Blick durch den Korridor schweifen und versuchte, so viele Einzelheiten wie möglich in sich aufzunehmen.

Viel gab es nicht zu sehen. Boden, Decke und Wände des Ganges bestanden aus einem fugen- und farblosen Material, das die Geräusche seiner Schritte zu verschlucken schien. Die Beleuchtung war gedämpft, ohne daß irgendwelche Lichtquellen zu erkennen waren. Ein monotones Dröhnen, gerade an der Schwelle der unteren Hörgrenze, erfüllte die kühle Luft, in der schwach der Geruch seit Wochen ungewaschener Leiber lag.

In unregelmäßigen Abständen klafften ovale Öffnungen in den Wänden des Ganges. Dahinter erhaschte Kyle hin und wieder einen flüchtigen Blick auf Berge von Kisten oder diversen anderen Gegenständen, die sich bis zur Decke türmten. Anders als in irdischen Raumschiffen üblich, wurden sie nicht durch Netze oder Leinen gesichert oder in Containern verstaut, was angesichts einer Technik, die über künstliche Schwerkraft verfügte, wohl auch überflüssig war.

Der Raum, den Kyle schließlich betrat, war bereits zum größten Teil mit Kisten ausgefüllt. Neben dem Eingang standen zwei Außerirdische, die fächerförmige Geräte in den Händen ihrer oberen Armpaare hielten. Kyle folgte dem Beispiel der anderen, stellte seine Last einfach auf dem Boden ab und machte sofort kehrt. Während er den Frachtraum verließ, sah er, wie seine Kiste sich in die Luft erhob und lautlos in eine Lücke zwischen den anderen glitt.

Er war schweißgebadet, als er das Raumschiff schließlich wieder verließ, aber trotz seiner Erschöpfung und Anspannung hätte er am liebsten einen Freudenschrei ausgestoßen. Wenn seine Bombe hochging, würde sie durch ihre mörderische Hitzeentwicklung alles in ihrer Umgebung in Brand setzen, und die Kisten und ihr Inhalt waren ab einer bestimmten Ausgangstemperatur brennbar. Bei einem Raumschiff, in dem künstliche Schwerkraft herrschte und folglich keine Schubkräfte auftraten, würden die Frachträume wahrscheinlich nicht besonders stark gesichert sein, und offenbar besaßen nicht einmal alle verschließbare Schotten. Mit etwas Glück würde sich der Brand in Sekundenschnelle zumindest über eine Ebene ausbreiten, und das konnte kein Schiff – egal ob irdisch oder außerirdisch – unbeschadet überstehen.

Die erste und vermutlich schwierigste Phase der Operation war geglückt. Jetzt mußte er den Raumhafen nur unbemerkt verlassen. Wenn seine Rechnung aufging, würde es sich als leichter erweisen, sich wieder aus der Kolonne fortzustehlen, als sich in sie hineinzuschleichen. Er konnte nur hoffen, daß er nicht wie Xiao gezwungen sein würde, stundenlang reglos unter Bewachung irgendwo herumzustehen.

Zu seiner Erleichterung führten die Außerirdischen die Gruppe sofort in die Stadt zurück. Kurz hinter dem Raumhafen schickten sie ihre Sklaven in einen Supermarkt, wo sie sie sich selbst überließen.

Die Berge an Unrat, geöffneten Konserven, Päckchen, Tüten

und Flaschen und der Gestank nach verrottenden Lebensmitteln verrieten Kyle, daß dieser »Rastplatz« in den letzten Wochen schon öfter benutzt worden war. Er fragte sich, wie lange es noch dauern würde, bis alle haltbaren Lebensmittel und Getränke aufgebraucht worden waren. Irgendwann würden die Vorräte zwangsläufig zur Neige gehen, und wenn die Außerirdischen die landwirtschaftlichen Betriebe nicht wieder in Gang setzten, war ein Massensterben vorprogrammiert.

Als die Menschen begannen, wahllos Konserven, Flaschen und Tüten zu öffnen und den Inhalt in sich hineinzuschlingen, arbeitete sich Kyle langsam in den hinteren Bereich des Supermarktes vor. Die Außerirdischen schenkten weder ihm noch den anderen Beachtung, und er konnte sich unbemerkt in eine Kundentoilette schleichen.

Nach einer Weile spürte er das Kribbeln der Mentalstrahlung, und durch die offene Tür hörte er, wie seine Leidensgefährten und ihre Herren den Supermarkt wieder verließen.

Stille kehrte ein, nur durchbrochen durch das Summen unzähliger Fliegen, die Berge verrottenden Gemüses und Obstes umschwirrten.

Kyle wartete, bis die Dämmerung hereinbrach, bevor er den vereinbarten Funkspruch abschickte, sich wieder auf den Weg machte und zu dem mit Lieutenant Sheppard vereinbarten Treffpunkt zurückkehrte.

*

Quebec, 19. Juli 2051

»Wirklich ein atemberaubender Ausblick«, stellte Kyle fest. Er stand mit William Sheppard auf dem Balkon im 112. Stock des Saturn-Towers und beobachtete den Raumhafen durch ein Teleskop.

Der Lieutenant hatte das Prinzip über Bord geworfen, daß kein Immuner einem anderen die Lage seiner Operationsbasis verraten durfte, denn sie mußten den Raumer, in dem Kyle die Thermobombe versteckt hatte, rund um die Uhr im Auge behalten, um den

Sprengsatz unmittelbar nach dem Start des Schiffes zünden zu können. Sonst würden sie nie erfahren, ob der Zündimpuls die Schiffswandung oder mögliche Schutzschirme durchdrang und ob die Sprengwirkung überhaupt ausreichte, signifikante Schäden anzurichten.

»Ich habe früher bescheidener gewohnt«, gab Sheppard grinsend zurück. »Hat sich irgend etwas auf dem Hafen getan, während ich geschlafen habe?«

»Ein Start, zwei Landungen.« Kyle rieb sich die vor Überanstrengung brennenden Augen. »Aber unser Schiff zeigt keinerlei Aktivität, seit sich die Polschleuse vor vier Stunden geschlossen hat.«

»Meinen Beobachtungen nach dauert es meistens fünf Stunden von der Schließung der letzten Schleuse bis zum Start«, murmelte Sheppard und gähnte herzhaft. »Keine Ahnung, warum die Burschen sich immer so viel Zeit lassen. Ich übernehme jetzt wieder für Sie. Machen Sie sich ein bißchen frisch. In der Küche steht frisch gebrühter Kaffee, stark genug, um Tote aufzuwecken.«

»Klingt verlockend«, sagte Kyle. Sheppards Gähnen war ansteckend. Er hätte sich liebend gern aufs Ohr gehauen, aber er wollte den Start des präparierten Raumers um nichts auf der Welt verpassen.

Trotz des pechschwarzen Kaffees fielen ihm beinahe die Augen zu, doch als er Sheppards Stimme hörte, war er schlagartig wieder hellwach.

»Kommen Sie, Kyle! Ich glaube, es geht gleich los!«

Die Aliens hatten einen großen Kreis um den Kugelraumer herum geräumt. Kyle konnte keine Anzeichen irgendeiner sichtbaren Energieentwicklung entdecken, aber plötzlich löste sich die matt schimmernde Kugel scheinbar schwerelos vom Boden, zog die Landestützen ein und stieg gemächlich in den blauen Sommerhimmel.

»Geschwindigkeit stetig wachsend, jetzt bei 20 Metern pro Sekunde«, meldete Sheppard mit zusammengebissenen Zähnen. »Flugvektor fast senkrecht, um drei Grad nach Nordost geneigt.«

Kyle hielt den Impulsgeber in der Hand. Sobald er das schwachenergetische Signal abschickte, würden die in der Nähe des

Raumhafens verteilten Funkgeräte den eigentlichen Zündimpuls vom Mikrowellen- bis in den Röntgenbereich mit einer Ausgangsleistung abstrahlen, die alle noch funktionierenden Empfänger im Sonnensystem erreichen würde. Hoffentlich stark genug, um die Schiffswandung aus einer unbekannten Legierung zu durchdringen.

»Höhe drei Kilometer, Geschwindigkeit jetzt konstant bei 85 Metern pro Sekunde. Ich denke, das ist hoch genug.«

»Schätze ich auch«, knurrte Kyle. »Hoffen wir das Beste.«

Er rammte den Sendeknopf bis zum Anschlag hinunter, als könnte er so die Intensität erhöhen, und schaltete gleichzeitig die Aufnahmekameras zu.

Einen Moment lang geschah gar nichts. »Flug verlangsamt sich!« stieß Sheppard dann gepreßt hervor. »Kommt zum Stillstand!«

Kyle starrte durch das zweite Teleskop und sah die Werte auf dem eingeblendeten Display.

Der Kugelraumer verharrte sekundenlang auf der Stelle, dann machte er unvermittelt einen Satz über mehrere hundert Meter nach Westen, so schnell, daß beide Männer ihn kurzfristig aus den Augen verloren.

»Was auch immer da oben vor sich geht«, flüsterte Kyle beinahe unhörbar, »unser Überraschungsei zeigt Wirkung.«

Sheppard nickte wortlos.

Das Raumschiff zuckte wie eine tanzende Mücke ruckhaft durch den Himmel, dann begannen seine Bewegungen zu erlahmen. Wieder schwebte es einen Moment lang auf der Stelle, bevor es plötzlich wie ein Stein in die Tiefe stürzte.

Instinktiv berechnete Kyle die Flugbahn und stieß erleichtert den Atem aus. Wenn das Schiff keine weitere Kursänderung vornahm, würde es fern irgendwelcher Gebäude auf dem Landefeld aufschlagen.

Der Sturz aus drei Kilometern Höhe im freien Fall konnte höchstens eine Minute gedauert haben, doch den Beobachtern erschien es wie eine Ewigkeit.

Kyle wußte nicht, was er eigentlich erwartet hatte, eine verheerende Explosion, Feuer, Rauch und ohrenbetäubenden Lärm, aber nichts dergleichen war zu hören oder zu sehen. Der Raumer klatschte wie eine Bleikugel auf die Plastbetonfläche und blieb wie festgeklebt darauf liegen. Aus dieser Entfernung ließ sich nicht erkennen, ob sich die untere Schiffswandung eingedrückt oder ein paar Dutzend Meter tief in den harten Untergrund gebohrt hatte, aber wenn die Bordaggregate ausgefallen waren, konnte nichts und niemand diesen Aufprall überlebt haben.

Die Erschütterung war stark genug, um einen kleineren Kugelraumer in der Nähe von seinen Landestützen kippen und wie eine überdimensionale Murmel auf die Seite rollen zu lassen.

Fast eine Minute später klang ein dumpfer Donnerschlag auf, als die Schallwellen den Saturn-Tower erreicht hatten, und dann entfaltete sich um den Raumhafen herum hektische Aktivität.

Unzählige Schweber unterschiedlicher Form und Größe, die scheinbar aus dem Nichts auftauchten, jagten wie ein Schwarm wütender Hornissen hin und her. Mehrere Raumer katapultierten sich per Alarmstart in den Himmel.

Statt in Triumphgeschrei auszubrechen, starrten Kyle Larkin und William Sheppard einander stumm an.

»Das scheint sie ja mächtig beeindruckt zu haben«, brach Kyle schließlich das Schweigen. »Ich denke, wir haben einen Weg gefunden, sie empfindlich zu treffen.«

Auf Sheppards Gesicht erschien ein breites Grinsen. »Ich wußte ja, daß die Burschen keinen Spaß verstehen. Humorloses Pack.« Übergangslos wurde er wieder ernst. »Aber wahrscheinlich werden wir eine Weile abwarten müssen, bis wieder Ruhe eingekehrt ist. Hoffen wir, daß sie nicht ahnen, wie ihr Schiff ausgeschaltet worden ist, sonst dürfte es schwer für uns werden, noch einmal eine Bombe an Bord zu schmuggeln.«

»Richtig«, stimmte ihm Kyle zu. »Wir müssen unsere Strategie ein wenig verändern. Die nächste Bombe darf erst dann hochgehen, wenn wir alle unsere Eier abgelegt haben.«

*

Paradise Inn, zwei Stunden später

Walter Truggot vergnügte sich gerade mit der kleinen Dunkelhaarigen, als Igor das Schlafzimmer betrat.

Sofort ahnte Truggot, daß irgend etwas ganz furchtbar schief gelaufen sein mußte. Igor war noch nie einfach bei ihm hereingeplatzt, wenn er gerade…

Wir müssen reden, ertönte Igors lautlose Stimme.

Obwohl sie so emotionslos wie immer war, spürte Truggot instinktiv die Dringlichkeit. Er löste sich von der jungen Frau, die reglos auf dem Bett liegenblieb und an ihm vorbei aus leeren Augen an die Decke starrte, und für einen flüchtigen Moment spürte er Scham in sich aufsteigen, der aber sofort von Angst abgelöst wurde.

»Ich komme«, brachte er heiser hervor und wickelte sich schnell in ein Laken.

Die Verdammten, die du Immune nennst, haben eins unserer Schiffe zerstört und mehr All-Hüter als jemals zuvor seit Beginn unserer Mission getötet, erklärte Igor, nachdem sie sein »Büro« aufgesucht hatten. *Das können wir nicht länger tolerieren. Wir müssen handeln.*

»Aber wenn ihr sie jetzt ausschaltet, werdet ihr nie die geheime Basis finden…«, begann Truggot nervös.

Auch die Schnelligkeit, mit der Igors Gedankenstimme ihn unterbrach, war ungewöhnlich.

Du hast versagt. Es ist dir nicht gelungen, das Vertrauen des Verdammten namens Kyle zu gewinnen. Deshalb werden wir die anderen töten und deinen Partner in eine Situation bringen, aus der nur du ihn retten kannst. Glaubst du, er wird dich in sein Versteck mitnehmen, wenn alle außer euch beiden tot sind?

Truggot überlegte fieberhaft. Er war überzeugt, daß Larkin eher Selbstmord begehen als die geheime Basis gefährden würde. Andererseits war sein eigenes Leben für die Fremden nur solange schützenswert, wie er ihnen helfen konnte. Mit Larkin würde er vermutlich ebenfalls sterben.

»Ihr dürft die anderen nicht in seiner Gegenwart töten«, sagte er schnell. »Wir müssen eine Chance haben, zu fliehen. Und diese Flucht darf nicht zu leicht erscheinen.«

Diesmal verging wieder eine längere Zeit, bevor Igor antwortete. Offenbar beriet er sich irgendwie mit seinen Vorgesetzten. Truggot spürte, wie ihm der Schweiß ausbrach. Er hatte die Gefahr, die Larkin für die Außerirdischen darstellte, unterschätzt. Der Kerl mußte ihn belogen und das Raumschiff der Fremden irgendwie sabotiert haben.

Du wirst eine Möglichkeit bekommen, dich zu bewähren, brach Igor schließlich das unheimliche Schweigen. *Nutzt du sie nicht, wirst du mit den anderen sterben. Hast du Erfolg, wirst du unter unserem Schutz stehen. Die All-Hüter werden dich mit einem Sender ausrüsten, der es uns ermöglicht, das Versteck der Verdammten zu orten und zu zerstören, wenn du es betreten kannst.*

»Aber dann… dann werde ich ebenfalls sterben…«, stotterte Truggot. Ihm war plötzlich eiskalt und übel. Mit einem Mal wurde ihm wieder die völlige Unmenschlichkeit der Aliens bewußt. »Ihr könnt doch nicht von mir erwarten, daß ich freiwillig in den Tod gehe…«

Wir wissen, daß du das nicht tun würdest. Du würdest uns verraten, so wie du deine eigene Rasse verraten hast. Es war eine nüchterne Feststellung ohne einen Hauch von Vorwurf, und in diesem Augenblick wußte Truggot, daß er tatsächlich noch eine Chance hatte. Mit derselben Gleichgültigkeit, mit der die Fremden ihn töten würden, würden sie ihn am Leben lassen, solange er ihnen von Nutzen war.

Der Sender ist mit einer Zeituhr ausgestattet, fuhr Igor fort. *Du wirst ihn in dem Versteck hinterlegen. Du wirst die Uhr dreimal zurückschalten können. Dir bleiben danach jedes Mal zwei Tage eurer Zeitrechnung, das Versteck wieder zu verlassen. Schaffst du es in dieser Zeit nicht, aktiviert sich der Sender von allein, und unser Angriff beginnt.*

Truggot schluckte. Er hatte keine Ahnung, ob es ihm in dieser Zeit gelingen würde, die Operationsbasis unbemerkt zu verlassen und sich in Sicherheit zu bringen. Wenn nicht, blieb ihm vielleicht noch die Möglichkeit, den Sender an einem anderen Ort zu verbergen, um die Fremden auf eine falsche Fährte zu locken. Das konnte letztendlich sogar in Larkins Interesse sein. Vielleicht konnte er sich ihm anvertrauen, seinen Verrat gestehen, um Gnade betteln und darauf hoffen...

Tritt vor, befahl die kalte Stimme in seinem Kopf herrisch, als hätte der Außerirdische seine Gedanken gelesen, und gegen seinen Willen machte er zwei Schritt auf Igor zu, bis er ihn beinahe berührte.

Das Gerät, das beinahe wie eine ganz normale Injektionspistole aussah, bemerkte er erst, als Igor es ihm auf die Brust setzte und abdrückte. Er spürte einen scharfen Stich zwischen den Rippen, doch der Schmerz ließ sofort wieder nach.

Du trägst jetzt ein weiteres Implantat in deinem Körper, das dich töten wird, wenn du nicht binnen sechs Tagen zu uns zurückkehrst, nachdem du uns verlassen hast, erklärte Igor leidenschaftslos. *Jeder Versuch, es zu entfernen, wird deinen sofortigen Tod verursachen. Wenn du Erfolg hast, wird es von uns wieder neutralisiert werden. Die All-Hüter töten ihre Diener nicht ohne Not.*

Kehre jetzt in das andere Quartier zurück und warte dort auf deinen Partner. Wir werden dich informieren, wenn die Zeit zum Handeln gekommen ist.

7.

Quebec, 24. Juli 2051

»Walter Truggot hat entsetzliche Angst», sagte Nicole Snider. »Ich weiß nicht, wovor konkret, aber ich rate Ihnen dringend davon ab, ihn in die Operation *Trojanisches Pferd* einzubinden, auch wenn er sich dazu einverstanden erklärt.«

Sie saßen in einem Nebenzimmer derselben Wohnung, in der sie sich zum ersten Mal getroffen hatten.

Seit der Zerstörung des Kugelraumers waren fünf Tage vergangen. Zwei Tage lang hatten die Außerirdischen eine hektische Aktivität entfaltet, sich aus den Straßen Quebecs zurückgezogen und die Stadt aus großer Höhe von ihren Schwebern aus mit ihrer Mentalstrahlung flächendeckend bestrichen. Offenbar waren sie der Ansicht, die Gefahr beseitigt zu haben, denn jetzt herrschte wieder so etwas wie Normalität, sofern man angesichts einer unterjochten Erde und einer geistig versklavten Menschheit überhaupt von Normalität sprechen konnte.

»Ich verlasse mich wie immer auf Ihre Einschätzung«, erwiderte Kyle, »aber das Problem wird sich ohnehin nicht mehr lange stellen. Sobald wir die nächsten Anschläge durchgeführt haben, ist Quebec für uns tabu. Dann werde ich die gesamte Mannschaft wie geplant evakuieren müssen.«

»Und Sie halten den richtigen Zeitpunkt für gekommen?«

Kyle spreizte die Finger. »Gibt es überhaupt einen richtigen Zeitpunkt für das, was wir vorhaben?« fragte er zurück, ohne eine Antwort zu erwarten. »Wir haben noch fünf Bomben, die wir in den Schiffen unterbringen müssen, und das möglichst gleichzeitig. Und wir müssen verschwunden sein, bevor sie hochgehen.«

Die alte Frau seufzte. »Bis auf Bill. Er würde es sich nie nehmen lassen zu bleiben, um den Zündimpuls auszulösen.«

»Ich werde versuchen, ihn später abzuholen«, versprach Kyle. »Irgend jemand muß diesen Part übernehmen, Nicole. Und er hat den längeren Strohhalm gezogen.« Er grinste gequält. »Obwohl ich wie Sie davon überzeugt bin, daß er geschummelt hat.«

Während der vergangenen drei Tage hatte er mit Sheppards Hilfe die restlichen Thermobomben in der Nähe von Warenlagern und Großhandelsgeschäften versteckt. Die Außerirdischen arbeiteten sich mit den von ihnen versklavten Menschen sternförmig vom Raumhafen nach außen vor, und die Verstecke, die Kyle ausgewählt hatte, würden vermutlich noch heute geplündert werden. Nach längeren Gesprächen mit Nicole und Sheppard hatte Kyle entschieden, die Operation »Trojanisches Pferd« an diesem Tag zu starten.

Neben ihnen und Walter Truggot hielten sich zwei weitere Immune in der konspirativen Wohnung auf, ein junger Architekt namens Corey Hammond und Dana Petrovic, eine Schweberpilotin, für deren Zuverlässigkeit Nicole garantiert hatte.

Trotzdem war Kyle unwohl dabei, zwei Zivilisten auf eine derart heikle Mission zu schicken, aber die Entscheidung war einstimmig gefallen.

»Sobald wir aufgebrochen sind, machen Sie sich auf den Weg ins Paradise Inn«, schärfte er Nicole noch einmal ein. »Truggot wird später zu Ihnen stoßen, nachdem er sich von mir getrennt hat. Wenn alles glattgeht, treffen wir uns am Abend dort. Ich denke, damit ist alles besprochen. Lassen Sie uns zu den anderen gehen.«

*

Walter Truggot wartete mit William Sheppard, Corey Hammond und Dana Petrovic im Wohnzimmer der Wohnung in unbehaglichem Schweigen. Er wußte, daß Nicole Snider ihm mißtraute, und das beruhte auf Gegenseitigkeit. Die alte Hexe war ihm unheimlich. Er hatte das Gefühl, daß sie ihn irgendwie durchschaute, auch wenn er nicht wußte, wie sie das machte. Aber wie auch immer sich die nächsten Stunden entwickelten, eines war sicher: Er würde sie nicht mehr lange ertragen müssen.

Igor hatte ihn mit einem ganzen Sortiment der außerirdischen

Technik ausgerüstet, die so geschickt in seine Waffen und das sonstige Zubehör integriert war, daß nur ein Experte sie entdecken würde, wenn er gezielt danach suchte. Dazu gehörte eine in seiner Armbanduhr verborgene Kamera, die Aufnahmen aller Attentäter anfertigte und sie unbemerkt den Fremden übermittelte.

Die Zeit lief ab. Als Kyle mit der alten Frau in das Wohnzimmer zurückkehrte, händigte er den anderen jeweils einen Datenchip aus. »Auf diesen Chips finden Sie die Koordinaten der Bomben und alle weiteren Anweisungen«, erklärte er. »Löschen Sie die Daten, sobald Sie sie sich eingeprägt haben. Nachdem die Operation angelaufen ist, wird jeder von Ihnen auf sich allein gestellt sein. Keine Heldentaten. Gehen Sie kein unnötiges Risiko ein. Wenn Sie sich nicht gefahrlos in eine Kolonne einschleusen können, warten Sie auf die nächste sich bietende Gelegenheit. Im Zweifelsfall tun Sie gar nichts. Sie kennen die Funkfrequenzen und die vereinbarten Codes. Wir verständigen uns nur über geraffte Botschaften, es sei denn, Sie geraten in eine aussichtslose Lage. Wer seine Mission erfüllt hat, sendet die Bestätigung, sobald das gefahrlos möglich ist, und sucht den auf den Datenchips beschriebenen Treffpunkt auf. Haben das alle verstanden? Gut, dann bleibt mir nichts weiter, als Ihnen viel Glück zu wünschen und Ihnen jetzt schon für Ihren Einsatz zu danken. Ich hoffe, wir sehen uns alle wieder und können unseren Erfolg feiern.«

Truggot hatte Mühe, ein angewidertes Schnauben zu unterdrükken. Er registrierte die Distanziertheit, mit der William Sheppard und Nicole Snider ihm zum Abschied die Hand schüttelten, dann verließ er zusammen mit Kyle Larkin die Wohnung.

*

»Das war die letzte Nachricht«, flüsterte Kyle. »Alle haben die vereinbarten Koordinaten erreicht, und Nicole ist auf dem Weg ins *Paradise Inn*. Jetzt bleibt uns nichts anderes übrig, als zu warten.«

Sie lagen auf dem Fußboden eines Büros direkt neben einem Lager voller Energiezellen, ironischerweise unter anderem solchen aus Walter Truggots eigener Produktion. Gerade erst war eine Trägerkolonne die Straße entlanggezogen, ohne das Lager zu beachten.

Truggot schloß einen Moment lang die Augen, dann schickte er das mit Igor vereinbarte Signal ab. Nicht mehr lange, und die Falle würde zuschnappen.

Es überraschte ihn, daß er sich trotz allem, was er bisher getan hatte, plötzlich schuldig fühlte. Aber ihm war keine andere Möglichkeit geblieben. Schließlich ging es um sein Leben.

Die Fremden überwachten seit Stunden alle Straßen durch hochfliegende Sonden, und durch die Bilder der Attentäter, die er ihnen übermittelt hatte, konnten sie jeden ihrer Schritte verfolgen.

»Warum mißtrauen Sie mir eigentlich immer noch?« fragte er spontan aus einem Impuls heraus. Das Spiel hatte begonnen, und auf einmal wurde er von einer unnatürlichen Ruhe erfaßt. Er wußte, daß seine Chancen, dieses verrückte Unternehmen zu überleben, bestenfalls eins zu eins standen, und er alles in seiner Macht stehende tun mußte, um sie zu erhöhen.

»Dafür haben wir jetzt wirklich keine Zeit«, erwiderte Kyle leise. »Außerdem, wenn ich Ihnen mißtrauen würde…« Das Display seines Funkgeräts erhellte sich, und er stieß einen unterdrückten Fluch aus. »Warnsignal von Corey«, meldete er. »Gefahr der Entdeckung.«

»Brechen Sie die Operation ab!« zischte Truggot. Jetzt mußte er dem Kerl zusetzen, sein schlechtes Gewissen anstacheln, um ihn nicht zum Nachdenken kommen zu lassen.

Noch bevor Kyle reagieren konnte, knackte es im Lautsprecher des Funkgeräts, und Corey Hammonds gehetzte Stimme klang auf: »Sie haben mich entdeckt und eingekreist. Ich spüre ihre Mentalstrahlung. Keine Chance zu entkommen. Werde versuchen, die Bombe zu zünden, sobald sie näherkommen… zu spät… einsetzende Paralyse… zerbeiße Giftkapsel… gebt nicht auf… lebt wohl…«

Kyle war blaß geworden. Er hatte gerade das Abbruchsignal geschickt, als die nächste Botschaft eintraf, zuerst als geraffter Spruch, dann als Direktübertragung. Es war William Sheppard.

»Sofortigen Rückzug antreten!« Seine Stimme klang drängend aber beherrscht und wurde von einem unangenehmen Sirren begleitet. »Werde beschossen. Die Fremden verfügen über unseren

Paraschockern vergleichbare Lähmwaffen. Entfernung zirka 50 Meter. Handstrahler. Intensität nimmt zu...« Die Stimme wurde undeutlicher, und Truggot registrierte mit grauenhafter Faszination, daß der Offizier selbst in dieser aussichtslosen Lage noch versuchte, so lange wie möglich verwertbare Informationen an seine Kampfgefährten zu übermitteln. »Werde handlungsunfähig... stelle Bombenzünder auf Detonation... 20 Sekunden... hoffentlich keine Menschenleben...«

Truggot hörte ein trockenes Knacken und erschauderte. War das das Bersten der Giftkapsel zwischen Sheppards Zähnen gewesen? Er sah, daß Larkin wie betäubt das Funkgerät anstarrte, aus dem ein würgendes Geräusch und dann ein Seufzen aufklang.

Stille.

»Lassen Sie uns verschwinden!« krächzte Truggot, gegen seinen Willen entsetzt. Irgendwie hatte er nicht damit gerechnet, daß die anderen sich der Gefangennahme tatsächlich durch Selbstmord entziehen würden.

Das entsetzte Kreischen, das er als nächstes vernahm, mußte von der Schweberpilotin stammen. Es ging in ein gequältes Wimmern über, ohne daß sie ein verständliches Wort hervorbrachte, und wurde von einem Fauchen erstickt, das unmittelbar darauf verstummte.

»Bills Thermobombe...» flüsterte Kyle tonlos.

»Worauf warten Sie noch? Verschwinden wir!« schrie Truggot. Er packte seinen Partner und rüttelte ihn. »Begreifen Sie denn nicht, was passiert ist? Die Fremden müssen Sie beim Verstecken der Bomben beobachtet haben! Sie haben nur darauf gewartet, alle Immunen auf einen Schlag zu erwischen!«

Er sah, wie sich das Gesicht des anderen verzerrte. *Richtig so*, dachte er. *Fühl dich nur schuldig.*

Kyle schüttelte sich unwillig, als Truggot ihn erneut rüttelte. Wie in Zeitlupe hob er das Funkgerät, drückte ein paar Tastenkombinationen und wartete auf Antwort.

Nichts.

»Sie sind tot!« herrschte ihn Truggot an. »Wollen Sie hier warten, bis wir ebenfalls sterben?«

Endlich schüttelte Larkin langsam den Kopf und schluckte

schwer. »Nein«, brachte er mühsam hervor und stemmte sich hoch. »Wir müssen zum U-Bahnschacht.«

Truggot atmete erleichtert auf, und erst als sie das Büro verlassen hatten und die Straße entlanghetzten, wurde ihm bewußt, daß sie nicht wirklich in Gefahr waren.

»Und wohin jetzt?« fragte er keuchend, nachdem sie die Treppen in die U-Bahnstation hinter sich gebracht und den ersten Bahnsteig erreicht hatten.

Kyle deutete wortlos auf das Gleis der Magnetbahn, das in einem finsteren Tunnel verschwand, und lief weiter. Nicht einmal eine Minute später blieb er stehen und bückte sich. »Hier, nehmen Sie das«, befahl er schwer atmend und reichte Truggot einen Raketenwerfer mit drei Geschossen.

In der Dunkelheit entging ihm das Grinsen, mit dem der ehemalige Fabrikant die Waffe in Empfang nahm und sie sich auf den Rücken schnallte. »Weiter«, sagte er. »Wir laufen bis zur nächsten Station und versuchen dort, ob wir noch jemanden erreichen können.«

Walter Truggot verzichtete auf einen Widerspruch. Er konnte nur hoffen, daß es der alten Hexe, vor der er sich unerklärlicherweise immer noch fürchtete, nicht doch irgendwie gelungen war, den Fremden zu entkommen.

Doch Nicole Snider meldete sich nicht mehr, ebensowenig wie die anderen Immunen.

*

Quebec, 25. Juli 2051

»Wir müssen hier raus!« drängte Truggot zu wiederholten Mal.

Schräge Sonnenstrahlen fielen durch die Lücken des Fabrikdaches, das in der Anfangsphase der Invasion schwer beschädigt worden war.

Kyle hockte mit angezogenen Beinen an einen Stützpfeiler gelehnt auf dem schmutzigen Boden, die Unterarme auf die Knie gelegt. Seit Stunden saß er nun schon so da und starrte ins Nichts, seit sie die Fabrikhalle in der Morgendämmerung erreicht hatten.

Mit dieser Reaktion hatte Truggot nicht gerechnet. Verständlich, daß Larkin sich Vorwürfe machte, seinen grandiosen Plan vergeigt und den Tod von vier Menschen verschuldet zu haben, aber bisher war der Kerl ihm wie ein eiskalter Profi vorgekommen. Es wurde Zeit, daß er wieder zur Besinnung kam.

»Die Fremden durchkämmen die ganze Stadt«, fuhr Truggot fort. »Wenn sie die anderen erwischt haben, können sie auch uns jederzeit erwischen.«

»Sie haben uns aber bisher noch nicht erwischt«, bequemte sich Kyle endlich zu einer Antwort.

Truggot knirschte mit den Zähnen. Der Sender, mit dem die Außerirdischen das Versteck der Widerstandsgruppe aufspüren wollten, war in sein Funkgerät eingebaut worden und die Zeituhr bereits einmal zur Hälfte abgelaufen. Dreimal konnte er sie zurückstellen, hatte Igor gesagt, und einmal hatte er es schon getan. Einen Tag Galgenfrist aus purer Dummheit verschenkt. Er mußte sich zusammenreißen! Das Implantat in seiner Brust würde ihn sechs Tage nach seinem Aufbruch töten. Doch ab wann begann diese Frist? Unter Umständen war schon ein Tag verstrichen.

Larkin brauchte einen kleinen Anreiz, um endlich die Flucht fortzusetzen.

Igor hatte sich bereiterklärt, notfalls den Tod einiger seiner Artgenossen zu dulden, aber Truggot wollte darauf nur dann zurückgreifen, wenn er keinen anderen Ausweg sah. Und auch Larkin würde vermutlich nach Möglichkeit auf den Einsatz schwerer Waffen verzichten, um nicht energetisch angemessen werden zu können.

Nachdem er sich überzeugt hatte, daß der Waschlappen ihn nicht beachtete, stand Truggot auf, drehte ihm den Rücken zu und richtete das Zifferblatt der Armbanduhr auf den Haupteingang. Dann schickte er den Impuls ab.

Er wußte, daß die Fremden ihnen in einem Abstand von höchstens einem Kilometer folgten. Und da die Luft von dem Heulen ihrer Schweber und dem allgegenwärtigen Summen der über der Stadt patrouillierenden Raumer erfüllt war, würde Larkins Geräuschmelder nicht anschlagen, wenn sie sich näherten.

»Ich glaube, ich habe etwas gehört«, sagte er nach einer Weile.

Er bückte sich und ergriff den schweren Paraschocker, den Kyle aus dem Waffendepot in der U-Bahn geholt hatte, eine Waffe mit deutlich größerer Reichweite als die handlichen Lähmpistolen.

Kyle hob den Kopf. »Was für ein Geräusch, und aus welcher Richtung?« fragte er beinahe desinteressiert.

Truggot deutete auf das große Tor, das nicht mehr richtig schloß. »Da drüben. Ein Klappern und Klirren.« Er schlich geduckt los. Hoffentlich stimmte das Timing. Es war wichtig, daß er die Fremden ausschaltete, bevor Larkin eingreifen konnte.

Als er einen Blick über die Schulter warf, sah er, daß Kyle ein Peilmikrofon auf das Tor gerichtet hatte und die Kopfhörer überstülpte. Plötzlich griff er nach seinem Kombinadler und sprang auf.

Sofort beschleunigte Truggot seine Schritte. Er spürte den anderen mehr hinter sich, als daß er ihn hörte, doch er erreichte das Fabriktor lange vor ihm.

Drei Außerirdische standen keine zehn Meter von ihm entfernt. Sie starrten ihn beinahe friedlich an, obwohl sie mit ihren Waffen auf ihn zielten. Truggot riß den schweren Paraschocker hoch und feuerte.

Der Strahler entlud sich mit dem charakteristischen trockenen Peitschen, und die Giganten kippten wie gefällte Urwaldriesen um.

»Verdammt«, flüsterte Kyle neben ihm, und Truggot zuckte unwillkürlich zusammen. Der Mann hatte ihn unglaublich schnell eingeholte.

»Das war knapp!« stieß Kyle hervor. »Gut gemacht! Und jetzt nichts wie weg hier!« Von seiner Lethargie war nichts mehr zu spüren. Er wirbelte herum, ergriff die restlichen Waffen, zurrte seinen Rucksack fest, winkte Truggot zu, ihm zu folgen, und hastete davon.

Truggot schnallte sich den Granatwerfer um und eilte ihm hinterher.

Sie durchquerten die Fabrik, verließen sie durch eine kleine Seitentür und betraten eine weitere große Halle voller Container, die auf einen Kai hinausführte.

»Das ist ein Hafen!« rief Truggot überrascht aus. »Werden wir etwa wieder mit einem Schiff fahren?«

»So ähnlich«, erwiderte Kyle knapp. »Beziehen Sie neben der Wand am Ausgang Position und behalten Sie den Himmel im Auge. Warnen Sie mich, wenn ein Schweber auftaucht.« Er wartete keine Antwort ab, sprintete ins Freie und warf sich unmittelbar an der Kaimauer hinter einem Polder in Deckung.

Truggot konnte nicht sehen, was der Kerl dort tat. Jedenfalls lag dort kein Boot vor Anker, das diese Bezeichnung verdiente, denn die Kaimauer ragte nicht einmal zwei Meter über das brackige Wasser auf. Er ließ den Blick nervös über den Himmel wandern. Noch war kein Schweber der Fremden zu sehen, aber es konnte nicht mehr lange dauern, bis einer in sein Blickfeld geriet, denn der Himmel über Quebec wimmelte geradezu von vorgetäuschten Patrouillen.

Larkin mußte den Verstand verloren haben, wenn er über den Fluß entkommen wollte. Würden die Außerirdischen es ernst mit ihrer Suche meinen, würden sie jedes Boot beschießen, das durch den Hafen fuhr. Diesmal konnten sie sich nicht einfach als Treibgut tarnen, denn das Wasser im Hafenbecken stand.

Worauf wartete der Idiot nur? Truggot warf einen Blick auf seine Uhr. Schon fünf Minuten. *Der bläst da doch nicht womöglich ein Schlauchboot auf*, schoß ihm ein absurder Gedanke durch den Kopf und ließ ihn unterdrückt kichern.

Als tatsächlich ein Schweber auftauchte und in seine Richtung glitt, reagierte Truggot instinktiv. Er hatte das Ding nicht angefordert, aber er mußte Kyle wie vereinbart warnen, um ihn nicht mißtrauisch zu machen, und er dachte nicht über die Konsequenzen nach, als er den Granatwerfer hochriß und den Schweber anvisierte, als hätte er nie in seinem Leben etwas anderes getan.

Niu Kelauakoha war ein guter Lehrmeister gewesen.

Die Granate traf das fremdartige Fluggerät, das wie eine gigantische verdrehte Büroklammer aussah, an der Unterseite und explodierte. Es stellte sich schräg und trudelte auf die Containerhalle zu.

Truggot konnte nicht erkennen, ob sich Außerirdische unter der schillernden Kuppel befanden, die sich über den Schweber wölbte. Vielleicht wurde das Gefährt auch ferngesteuert, doch wenn ja, schien die Fernsteuerung versagt zu haben.

Oder aber er hatte seine Rolle ein bißchen zu gut gespielt und zu genau getroffen, denn der Schweber geriet völlig außer Kontrolle und schoß direkt auf ihn zu.

Entsetzt ließ Truggot den Granatwerfer fallen, stieß einen schrillen Schrei aus und hechtete auf den Polder zu, hinter dem Kyle verschwunden war. Er erhaschte noch einen flüchtigen Blick auf in den Kai gehauene grobe Stufen, die zum Wasser hinunterführten, und auf Kyle Larkin, der wie ein Springteufel in die Höhe fuhr, als der Schweber hinter ihm mit ohrenbetäubendem Lärm in die metallene Wand der Containerhalle krachte. Dann schien sich ihm eine gigantische Faust in den Rücken zu rammen, und er verlor das Bewußtsein.

*

Die Einstiegsluke der Tauchlinse hatte gerade die Wasseroberfläche durchbrochen, als Kyle Walter Truggots Warnschrei hörte. Fluchend preßte er sich auf die glitschigen Steinstufen und verdrehte den Kopf. Er konnte Truggot von seiner Position aus nicht sehen, aber er hörte die fauchende Entladung des Granatwerfers und unmittelbar danach das Dröhnen des detonierenden Geschosses.

Er hat tatsächlich getroffen! dachte er mit widerwilliger Bewunderung. Ein verschwommener Schemen huschte am Rande seines Blickfeldes vorbei, der abstürzende Schweber.

Jetzt mußten sie alles auf eine Karte setzen. Binnen weniger Minuten würden die Außerirdischen das Hafengelände entweder aus der Luft beschießen oder mit Bodentruppen stürmen.

Kyle öffnete die Luke der Tauchlinse durch einen Funkimpuls, als ein zweiter Schrei Truggots aufklang, diesmal unverkennbar voller Panik. Er streifte seinen Rucksack ab und warf ihn in die Einstiegsluke.

Der folgende Donnerschlag ließ ihn beinahe taub werden. Er sprang hoch. Truggots angstverzerrtes Gesicht tauchte über der Kaimauer auf, und plötzlich wurde der Mann durch die Luft gewirbelt und in das Hafenbecken geschleudert. Ohne einen Sekundenbruchteil zu zögern, hechtete ihm Kyle hinterher.

Er packte ihn am Kragen und hievte ihn mit einem Ruck über

die Tauchlinse, deren Oberseite kaum eine Handbreit über das Wasser aufragte. Truggot glitt mit dem Kopf voran durch die Einstiegsluke und prallte mit einem unangenehm klatschenden Geräusch auf den Boden. Zwei Atemzüge später zwängte sich Kyle durch den schmalen Eingang, schloß die Luke und flutete gleichzeitig die Schwimmtanks.

Das Mini-U-Boot sank auf den Grund des Hafenbeckens in den Schlick.

Fünf Stunden lang verhielt sich Kyle so ruhig wie nur möglich und beschränkte sich darauf, Truggot notdürftig zu versorgen. Der Mann hatte einen gewaltigen Bluterguß und eine tiefe Schnittwunde zwischen den Schulterblättern davongetragen, aber offenbar waren sein Genick und sein Rückgrat nicht verletzt worden, und er hatte auch keine schweren inneren Blutungen erlitten.

Schließlich wagte es Kyle, eine winzige Beobachtungsboje an die Wasseroberfläche steigen zu lassen. Soweit er es beurteilen konnte, wurde das Hafengelände nicht von Trupps der Außerirdischen abgesucht. Er holte die Boje wieder ein und nahm mit äußerster Vorsicht Kurs auf den Fluß, wo er den Antrieb sofort wieder abschaltete und sich von der schwachen Strömung direkt über den Grund treiben ließ, bis er tieferes Wasser erreicht hatte. Erst danach ging er wieder auf Schleichfahrt.

Er benötigte fast einen Tag, bevor er es riskierte, die Geschwindigkeit allmählich zu steigern und schließlich volle Fahrt auf »POSEIDON II« zu nehmen.

8.

Tiefseekuppel »POSEIDON II«, 27. Juli 2051

Als Walter Truggot die Augen aufschlug, hatte er das Gefühl, sich übergeben zu müssen.

»Ganz ruhig«, hörte er eine Stimme, die ihm irgendwie bekannt vorkam, und eine kühle Hand legte sich auf seine Stirn.

»Was ist… wo bin ich…?« stotterte er. Seine Sicht klärte sich nur langsam. Über ihm schwebte ein Gesicht wie ein verschwommener Ballon, aus dem sich allmählich einzelne Züge herauskristallisierten.

»Ich bin es, Sheila Duncan«, sagte die Frau lächelnd. »Sie sind in Sicherheit und werden schon bald wieder auf den Beinen sein.«

»Sheila… Duncan…«, flüsterte Truggot. Zum Teufel, irgendwoher kannte er die Frau. Aber woher nur?

»Machen Sie sich keine Sorgen«, beruhigte ihn Sheila freundlich. »Sie haben eine Gehirnerschütterung und deshalb einen zeitweiligen Gedächtnisverlust erlitten. Das geht vorüber.«

»Hallo, Walter«, klang eine Männerstimme neben ihm auf. »Ich denke, ich muß mich bei Ihnen entschuldigen. Sie haben mich wirklich überrascht. Wir alle haben Sie wohl falsch eingeschätzt.«

Diesen Mann konnte Truggot sofort identifizieren. Kyle Larkin. Sie hatten zusammen… was? Irgendeine gefährliche Mission überstanden.

»Ähm… danke…«, sagte er hilflos. »Ich weiß nicht so genau…«

»Schon gut«, erwiderte Kyle. »Wir unterhalten uns später. Ruhen Sie sich erst einmal aus. Sie haben es sich verdient.«

Truggot schloß die Augen, als ihn erneut eine Welle der Übelkeit übermannte. Er hörte, wie die Geräusche um ihn herum leiser und undeutlicher wurden.

Ja, schlafen, dachte er. *Ausruhen*. Aber irgend etwas hinderte ihn daran, wieder in der wohltuenden Schwärze zu versinken. Irgend etwas stimmte nicht. Mit ihm oder mit den anderen? Und wo war er hier überhaupt? Seine Gedanken verwirrten sich. Da war etwas äußerst Wichtiges, das er erledigen mußte, bevor er sich ausruhen durfte. Nur was?

Trotz seiner Unruhe versank er in einem unruhigen Halbschlaf, und als er drei Stunden später übergangslos erwachte, war ihm plötzlich klar, *was* nicht stimmte.

Er schreckte hoch, sah sich um und begann aus Leibeskräften zu schreien.

*

Xiao wußte nicht, was sie denken sollte. Kyle hatte sie mehr als nur kameradschaftlich umarmt, nachdem er endlich in die Station zurückgekehrt war. Natürlich hatte er sich danach ausgiebig mit Carol LaBelle unterhalten, aber es war kein vertrauliches Gespräch unter vier Augen gewesen, und nachdem er sich geduscht und eine Kleinigkeit gegessen hatte, war er allein in seiner Kabine verschwunden.

Ich darf mir nichts einreden, beschwor sie sich, während sie zu den Bullaugen des Promenadendecks hinausstarrte. *Die Blicke der beiden waren eindeutig. Sobald er sich ein bißchen erholt hat…*

Sie wußte nur in groben Zügen, was sich in Quebec ereignet hatte, aber ihr war Kyles Trauer nicht entgangen. *Nein, mehr als Trauer*, korrigierte sie sich. *Verbitterung, Resignation und Schuldgefühl. Vielleicht liegt es ja nur an seiner Erschöpfung, aber selbst damals, als alle seine Kollegen und Freunde in Montreal umgekommen sind, hat er nicht so mutlos gewirkt…*

Das Schrillen der Alarmglocken ließ sie zusammenzucken, und noch bevor Carols Stimme aus den Lautsprechern aufklang, rannte sie bereits zu Kyles Kabine.

*

»Das ist eine verdammt ungewöhnliche Flugaktivität da oben über unseren Köpfen«, sagte der Ortungstechniker besorgt.

»Könnte mit dem Besuch unserer Gäste zusammenhängen.«

»Unwahrscheinlich, sie sind schon seit 24 Stunden auf der Station«, murmelte Carol. »Hätten die Fremden ihr Boot irgendwie verfolgt, wären sie schon früher aufgekreuzt.« Aber ihr Optimismus war nur gespielt, und als sie Sheila Duncans angespannte Stimme hörte, wußte sie sofort, daß Gefahr im Verzug war.

»Kommandantin LaBelle«, meldete sich die Ärztin mit einer Formalität, die nichts Gutes versprach. »Bitte kommen Sie sofort in die Krankenstation.«

*

»Es ist zu spät! Es ist zu spät!« schrie Walter Truggot immer wieder. »52 Stunden, o mein Gott! Wir sind verloren! Wo ist Larkin?«

»Schon unterwegs«, beschwichtigte ihn Sheila. »Halten Sie still, Walter. Ich injiziere Ihnen nur ein mildes Beruhigungsmittel. Danach wird es Ihnen gleich besser gehen!«

»Bleiben Sie mir mit Ihrer gottverdammten Nadel vom Leib!« kreischte Truggot hysterisch und schlug nach der Hand der Ärztin. »Sie verstehen nicht! Wir müssen sofort von hier verschwinden, wenn wir noch eine Chance haben wollen! Ich muß auf der Stelle mit Larkin sprechen!«

»Ich bin hier, Walter«, sagte Kyle laut genug, um ihn einen Moment lang zum Schweigen zu bringen. »Was zum Teufel ist los?«

*

»Achtung, Achtung, hier spricht die Kommandantin!« dröhnte Carols Stimme aus allen Lautsprechern. »Evakuierungsplan Rot tritt sofort in Kraft! Dies ist keine Übung! Ich wiederhole, dies ist keine Übung! Jeder begibt sich unverzüglich zu den ihm in den Notfallplänen zugewiesenen U-Boothangar. Sie haben maximal zehn Minuten Zeit, die Station zu evakuieren! Ich wiederhole…«

*

»Das ist ein einziger Alptraum!« stöhnte der Magazinmeister, während er mit Truggots gesamter Habe in den Forschungshangar eilte. »Irgendwo hier drinnen soll ein Sender versteckt sein, den die Außerirdischen anpeilen können.«

»Richtig, im Funkgerät«, bestätigte der Techniker gehetzt und riß dem Mann das gesamte Bündel aus den Händen. »Aber wir verfrachten trotzdem den ganzen Krempel in eine Drohne. Die Chefin wird versuchen, das Zeug von der Station wegzusteuern. Los, hau schon ab, oder hast du etwa den Notfallevakuierungsalarm überhört?«

Es war eine rhetorische Frage, denn seit drei Minuten ertönte *Alarm Rot* in höchster Lautstärke aus allen Lautsprechern der Station. Der Magazinmeister machte ohne ein weiteres Wort kehrt und eilte zu dem U-Boothangar, dem er im Katastrophenfall zugeteilt worden war.

*

Carol LaBelle saß vor den Kontrollen der Drohnensteuerung. »Wie sieht es über uns aus?« erkundigte sie sich.

»Nicht gut«, erwiderte der Ortungsspezialist rauh, ohne seine Monitore auch nur einen Sekundenbruchteil aus den Augen zu lassen. »Die Burschen scheinen der Quelle allmählich näherzukommen. Die Schweber ziehen sich zurück, dafür kreuzen immer mehr dieser gewaltigen Kugeln auf. Sie haben einen Ring von rund 80 Kilometern Durchmesser um uns gebildet, der sich langsam zusammenzieht.«

»Vielleicht kann ich sie mit der Drohne ablenken«, knurrte Carol konzentriert, obwohl sie nicht viel Hoffnung hatte. Das ferngesteuerte Mini-U-Boot entfernte sich mit Höchstgeschwindigkeit in Richtung Festland und stieg dabei kontinuierlich, aber vermutlich kam das Manöver zu spät. Sie bog das Kehlkopfmikrofon näher an ihre Lippen heran. »Captain Carter, wie weit ist die Evakuierung?«

»U-1 und U-2 schleusen gerade aus und nehmen Kurs auf den

offenen Atlantik«, meldete der U-Bootkommandant. »U-3 füllt sich. Können in spätestens fünf Minuten ablegen, oder sobald Sie bereit sind.«

»Verschwinden Sie ohne mich«, befahl Carol ruhig. »Ich evakuiere in einer Linse.«

»Kommandantin, ich...«

»Keine Widerrede, Captain!« schnarrte Carol. »Das ist ein Befehl! Wenn alles gutgeht, treffen wir uns an den vereinbarten Koordinaten.«

»Aye, Ma'am«, bestätigte Carter nach einem unmerklichen Zögern.

»Andrew, was machen die Burschen über uns?« fragte Carol. »Schlucken sie den Köder?«

»Sieht nicht so aus«, erwiderte der Ortungstechniker heiser. »Der Ring zieht sich weiter zusammen. Sein Mittelpunkt liegt keine zehn Kilometer von uns entfernt. Wenn die anfangen zu feuern...«

»... gibt's hier unten nichts zu lachen«, beendete sie den Satz für ihn. »Los, hauen Sie ab.«

»Ich kann doch nicht...«, begann der Mann.

»Sie können und Sie werden!« fiel ihm Carol schneidend ins Wort. »Weil dies ein Befehl ist! Sie haben noch genau vier Minuten, die U-3 zu erreichen.«

»Viel Glück, Ma'am«, sagte der Ortungsspezialist leise.

Carol LaBelle wartete zwei Minuten, bevor sie sich erneut bei Carter meldete. »Captain, wie weit sind Sie?«

»Laut Liste alle an Bord außer Sheila Duncan, Rebecca Adams, Xiao Feng, Kyle Larkin und diesem Bastard Truggot. Aber vielleicht sind die bereits auf einer anderen Flunder.«

Die Kommandantin der Tiefseestation stieß einen lästerlichen Fluch aus, der selbst den abgebrühtesten Seebären hätte erröten lassen. Sie schaltete auf allgemeine Stationsfrequenz um und deaktivierte den nervtötenden Alarm. »Kyle, Sheila, Becky, Xiao, wenn ihr mich hören könnt, begebt euch sofort in den Haupthangar. Die U-3 schleust in zwei Minuten...«, sie zögerte kurz, »in vier Minuten aus. Wenn ihr es aus irgendeinem Grund nicht schaffen könnt, dann kommt in die Nebenschleuse zu den Linsen. Wir treffen uns dort in zirka zehn Minuten!« Sie wechselte erneut die Frequenz. »Carter, Sie haben zwei weitere Minuten Zeit. Keine Sekunde länger. LaBelle, Ende!«

In diesem Moment durchlief das erste schwache Beben die Station.

*

»Truggot, Sie sind ein gottverdammtes Schwein«, sagte Kyle voller Abscheu. »Wenn es nur um Sie ginge, würde ich Sie hierlassen, aber wir brauchen das Wissen, das in Ihrem Kopf steckt.«

»Ich mußte es tun«, quäkte Truggot. »Die Aliens haben mir ein Implantat verpaßt, das mich tötet, wenn ich nicht in spätestens drei Tagen zu ihnen zurückkehre. Sie müssen mich wieder nach Quebec bringen. Sonst werde ich sterben!«

»Er hat tatsächlich ein Implantat in der Brust«, bestätigte Sheila. »Ich kann es in seinem Rippenfell ertasten, und die Wunde ist zwar gut verheilt, aber noch relativ frisch.«

»Von mir aus kann er daran verrecken« knurrte Kyle. »Schaffen wir ihn in die U-3, bevor hier der Zauber losgeht. Xiao, Becky, worauf wartet ihr noch? Ihr könnt uns hier nicht helfen.«

Xiao warf Rebecca einen hilflosen Blick zu. Sie stand mit ihrem Rucksack in der offenen Tür. »Ich gehe nicht, bevor ihr…«, begann sie, als Carols Stimme aus den Lautsprechern ertönte.

»Ich werde das Implantat entfernen«, erklärte Sheila mit fast übernatürlicher Ruhe. »Wir wissen nicht, wie lange wir in den U-Booten verbringen müssen, und sollte das Implantat eine Mikrobombe sein…«

»Wenn Sie es entfernen, sterbe ich!« schrie Truggot und bäumte sich auf. Kyle nagelte ihn mit roher Kraft auf seiner Liege fest, während Sheila bereits eine Spritze aufzog. Er sah, daß Xiao und Becky keine Anstalten machten, die Krankenstation zu verlassen, und zerbiß eine Verwünschung.

»Wenn das stimmt und das Ding in ihm hochgeht, könnten Sie ebenfalls gefährdet sein«, gab er wütend zu bedenken.

»Das muß ich riskieren«, erwiderte Sheila knapp und stach Truggot die Kanüle in den Arm. Der ehemalige Fabrikant versuchte vergeblich, sich loszureißen. Seine Schreie wurden leiser, und Sekunden später erschlaffte er.

Im gleichen Moment zitterte der Boden leicht.

»Der Beschuß hat begonnen«, stöhnte Kyle. »Lassen Sie den Kerl hier, Sheila. Wir haben keine Zeit mehr.«

Die Ärztin schüttelte den Kopf. »Ich habe den hippokratischen Eid geleistet. Was auch immer dieser Mann getan hat, ich habe die Pflicht, ihm zu helfen.« Sie ergriff ein Skalpell und setzte es Truggot an die Brust. »Treten Sie zurück. Das Implantat sitzt nicht tief.«

Kyle verzichtete auf einen Protest. Er eilte zur Tür, packte Rebecca Adams mit einer Hand und stieß Xiao grob in den Flur. »Dies ist nicht die Zeit für sinnlosen Heldenmut!« fauchte er. Wie um seine Worte zu untermalen, bebte der Boden der Station erneut, stärker als zuvor.

Xiao starrte ihn aus großen Augen an und öffnete den Mund, doch die Worte blieben ihr im Hals stecken, als ein grelles unirdisches Licht in der Krankenstation aufflammte.

»O mein Gott!« flüsterte Becky tonlos.

»Hier spricht Francis Carter!« plärrte es aus den Lautsprechern. »Wir schließen in zwanzig Sekunden die Hangartore!«

Zu spät! schoß es Kyle durch den Kopf. Er wirbelte herum und stürzte in das Stationslazarett. Das Blut gefror ihm in den Adern.

In Walter Truggots Brust klaffte ein riesiges Loch, als wäre ein Teil seines Körpers einfach verdampft. Sheila Duncan lag reglos auf dem Boden vor der Liege. Die Finger ihrer rechten Hand fehlten, und ihre rechte Gesichtshälfte sah aus, als wäre sie in eine Fräse geraten, obwohl die Wunde kaum blutete. Kyle tastete nach ihrer Halsschlagader. Sheila lebte noch.

»Helft mir, sie hier rauszuschaffen!« brüllte er, packte sie unter den Achselhöhlen und begann, sie zur Tür zu zerren. Sofort waren Xiao und Becky bei ihm und ergriffen ihre Beine. »Zum Forschungshangar!«

Das nächste Beben war so stark, daß die Station wie eine überdimensionale Glocke zu klingen begann. Von irgendwoher klang ein ekelhaftes Knirschen auf. Das Licht in dem Gang, durch den sie Sheila schleppten, flackerte kurz und stabilisierte sich wieder.

Vor der Treppe zum Forschungshangar entdeckte Kyle eine Sprechkonsole. Er ließ die Ärztin los und hieb auf die Taste. »Carol!« rief er. »Hier Kyle! Ist noch irgend jemand an Bord?«

Ihre Antwort erfolgte fast ohne Verzögerung. »Kyle, ich bin allein in der Zentrale. Alle Boote haben die Station verlassen. Bring die anderen in Sicherheit und melde dich, sobald ihr in der Linse seit. Solange versuche ich noch, die Fremden mit Truggots Peilsender abzulenken.«

Kyle richtete sich auf und sah sich gehetzt um.

»Wir schaffen die restliche Strecke allein«, keuchte Xiao. »Geh zu Carol. Hol sie da raus, bevor es zu spät ist.«

Nur die Treppe und ein kurzer Gang trennten sie noch von den Mini-U-Booten. Kyle ballte hilflos die Fäuste. Dann nickte er. »In Ordnung. Sobald ihr die Linse erreicht habt, gebt ihr mir über den Stationsfunk Bescheid.«

Ohne eine Antwort abzuwarten, machte er kehrt und rannte los.

Der Schlag, der die Station Sekunden später erschütterte, riß ihn von den Beinen.

*

Noch bevor der Alarm aufklang, wußte Carol, daß »POSEIDON II« verloren war. Obwohl die Tiefseekuppel noch keinen direkten Treffer abbekommen hatte, mußte sich ein Riß im hochverdichteten Plastbeton des Sockels gebildet haben. Wahrscheinlich war die dünne Erdkruste durch die Erschütterungen des Meeresbodens aufgebrochen.

Der Schlag, der die Tiefseekuppel teilweise aus ihrer Verankerung riß, schleuderte die Stationsleiterin aus ihrem Sessel. Sie prallte so heftig auf die Metallplanken, daß sie einen Moment lang vergeblich nach Luft rang. Aus der Steuerkonsole stieg beißender Rauch auf. Schlagartig wurde es finster, dann flammte die rötliche Notbeleuchtung auf.

Als sich Carol mühsam hochstemmte, spürte sie schon das verräterische Knacken in ihren Ohren, und im selben Moment ertönte ein zweifaches metallisches Scheppern. Hart und endgültig.

Die Sicherheitsdruckschotten der Kommandozentrale hatten sich automatisch versiegelt.

Aus! dachte Carol wie betäubt. Sie zog sich an der Steuerkonsole hoch und schluckte reflexartig, aber der Druck stieg so schnell, daß sich ein stechender Schmerz in ihren Ohren ausbreitete. Ihre Hand fand die Sprechtaste des Stationsfunks. »Explosiver Druckanstieg im unteren Stationsbereich!« rief sie mit erstickter Stimme. »Sofortige Evakuierung!« Sie ließ die Taste los. *Wie lange noch?*

Einen Moment lang schien sich der Druck in der Kommandozentrale zu stabilisieren, doch dann fiel ihr Blick auf die Anzeigen, und sie sah, daß er langsam weiterstieg. *Hoffentlich platzt die Hülle mit einem Schlag, sobald Kyle und die anderen die Station verlassen haben*, dachte sie mit seltsamer Klarheit. *Dann spüre ich den Tod nicht mehr kommen.*

Das schabende Geräusch, das von einem der Druckschotte aufklang, hielt sie im ersten Augenblick für das Reißen ihrer Trommelfelle, doch dann sah sie einen Schemen in dem kleinen Bullauge des Schotts. Sie blinzelte und erkannte undeutlich ein Gesicht. *Kyle!*

»Du kannst das Schott nicht mehr öffnen«, krächzte sie in das Mikrofon vor ihr. »Rette dich und die anderen…«

*

Der automatische Öffnungsmechanismus des Schotts funktionierte nicht mehr, und das mechanische Drehrad blockierte nach einer halben Drehung. Kyle konnte sehen, daß sich die zusammengesunkene Gestalt vor der Steuerkonsole der Kommandozentrale noch bewegte. Er stemmte sich mit aller Kraft in die Speichen des Drehrades.

Vergeblich.

»Du kannst das Schott nicht mehr öffnen«, klang plötzlich Carols Stimme aus dem Lautsprecher neben ihm auf. »Rette dich und die anderen…«

»Es muß ein Mittel geben, die Sperre von innen zu lösen!« brüllte er, das Gesicht an die dicke Scheibe des Bullauges gepreßt. »Das ist nicht das einzige Druckschott zwischen der Zentrale und den Hangars! Los, komm her!«

Carols Kopf ruckte hoch. Er sah, wie sie die Hände auf die Ohren preßte und das Gesicht abwandte. Ein dünner dunkler Faden, der in der rötlichen Notbeleuchtung schwarz zu sein schien, sikkerte zwischen ihren Fingern hervor.

»Sieh nicht hin…« vernahm er ihre kaum noch verständliche Stimme. »Geh! Leb wohl… Kyle…«

Ihr Körper spannte sich an, ihr Rückgrat krümmte sich zu einem unmöglichen Bogen, dann kippte sie plötzlich nach hinten um, und ihre Beine schlugen in einem wahnwitzigen Tempo auf die Planken. Kyle registrierte die dumpfen Schläge gedämpft durch die Lautsprecher, untermalt von einem grauenhaften Gurgeln.

»Carol!« brüllte er und schloß entsetzt die Augen.

Daß er rannte, wurde ihm erst bewußt, als er hörte, wie ein weiteres Schott hinter ihm zufiel. Die Gänge und Flure der Station verschwammen vor seinen Augen, die Treppe in den Forschungshangar schien ins Nichts hinabzuführen.

Er erreichte die Tauchlinse und sah Xiaos Kopf aus der Luke hervorragen. Sie starrte ihn aus riesigen Augen an. »Ist sie…?« fragte sie ängstlich.

»Runter!« Er glaubte, das Wort würde ihm die Kehle zerreißen. Sein Körper übernahm wie von selbst das Kommando. Er ließ sich in die Einstiegsluke fallen und landete beinahe auf Xiao. Seine Faust schlug auf die Schließtaste, seine Finger tanzten über die Steuerkonsole und aktivierten den einprogrammierten Fluchtkurs, noch bevor er im Kommandositz Platz genommen hatte.

Die Linse schoß mit Höchstbeschleunigung aus dem Hangar in die Tiefsee hinaus.

Im Licht der Scheinwerfer, die sich durch die tintige Finsternis bohrten, sah er den gezackten Rand des Loches in der Magmablase über sich. Ein tonnenschweres Segment löste sich wie ein Stück aus einer gigantischen Eierschale, trudelte gefährlich nahe an dem Mini-U-Boot vorbei und ließ es wie ein trockenes Blatt herumwirbeln. Dann hatten sie die Öffnung passiert.

Durch die Außenmikrofone klang ein unheimlicher Lärm auf, die Todesschreie der implodierenden Tiefseekuppel. Kyle hörte ein monotones Wimmern, und er wußte nicht, ob es von Xiao, von Becky oder von ihm stammte.

Das Dröhnen, Krachen und Heulen schien kein Ende zu nehmen, und als die Tauchlinse wie von einer mörderischen Faust gepackt und herumgeworfen wurde, begriff er, daß der Geräuschorkan längst nicht mehr von »POSEIDON II« herrühren konnte.

Sie lagen unter dem Beschuß der Aliens, die unablässig durch eine mehr als vier Kilometer dicke Wasserschicht feuerten.

Bei den niederfrequenten Schwingungen, die die Tiefsee in Aufruhr versetzten, war eine Verständigung über die akustischen Kommunikationssysteme unmöglich. Trotz der Gefahr einer Ortung schaltete Kyle auf elektromagnetischen Unterwasserfunk.

»Hier Kyle Larkin, Tauchlinse eins«, schrie er unnötig laut in das Mikro. »Die Station ist zerstört, Carol tot. Habe drei Überlebende an Bord. Kann mich jemand hören?«

»... Carter... U-3«, klang die Stimme des U-Bootkommandanten verzerrt durch ein unablässiges Knistern und Jaulen auf. »... Kontakt... U-1... U-2... verloren... Turbulenzen...«

Unvermittelt brach die Verbindung ab.

Wieder wurde die Linse von einer unsichtbaren Kraft ergriffen und mit einer atemberaubenden Geschwindigkeit in die Tiefe gedrückt. Kyle sah den Meeresboden auf dem Radarschirm auf sich zuschnellen, doch genauso plötzlich, wie die unbekannte Gewalt das Boot erfaßt hatte, war sie auch schon wieder verschwunden, und einem plötzlichen Impuls folgend, schaltete er den Antrieb ab und ließ das kleine Forschungsfahrzeug auf Grund sinken.

Er deaktivierte sämtliche Energieverbraucher bis auf den Funk.

Die Zeit verging, und die Luft, nur von den chemischen Filtern gereinigt, wurde eiskalt und stickig.

»Sheila ist tot«, brach Xiao irgendwann leise das lastende Schweigen. Im grünlich fluoreszierenden Licht der Notbeleuchtung sah Kyle, daß sie lautlos weinte. Auch Beckys Schultern zuckten, doch kein Laut kam über ihre Lippen.

Seine Augen blieben trocken, und er spürte rein gar nichts. Er hatte das Gefühl, daß alle Empfindungen für immer in ihm gestorben waren.

*

Atlantik, Tiefsee, 43. nördlicher Breitengrad, 54. Längengrad, 30. Juli 2051

»Wie lange wollen wir noch warten?« fragte Xiao vorsichtig.

Kyle zuckte wortlos die Achseln. Er hatte die Augen geschlossen. Seit nahezu 72 Stunden saß er praktisch reglos auf dem Kommandositz hinter den Kontrollen, ohne zu schlafen. Nach einem fast dreistündigen Beschuß durch die Aliens hatte er einen halben Tag lang größere Objekte in der Umgebung von »POSEIDON II« geortet. Er hatte keine Ahnung, ob die Fremden über U-Boote verfügten, oder ob ihre Raumschiffe tiefseetauglich waren, und eigentlich interessierte es ihn auch gar nicht. Einen Tag darauf hatte er die Treffpunktkoordinaten aufgesucht. Seither lauschte er ununterbrochen nach einem Lebenszeichen der anderen U-Boote und schickte in regelmäßigen Abständen Peilsignale ab.

Tief im Inneren wußte er längst, daß er keine Antwort erhalten würde. *Ich habe sie auf dem Gewissen*, dachte er zum unzähligsten Mal. Es war wie ein Mantra, das endlos in seinem Kopf ablief. *Ich habe die Menschen in Quebec und in »POSEIDON II« getötet. Jeder, der in meine Nähe kam, ist gestorben.*

»Wie lange reicht unsere Luft noch?« schnitt Xiaos Stimme erneut wie ein Messer durch seine Gedanken.

»Wir haben genug Energie, um die Welt einmal zu umrunden«, sagte er tonlos. »Und solange wir Energie haben, können wir Luft und Wasser wiederaufbereiten. Das Problem ist die Nahrung. Wir werden unterwegs an Land gehen und Vorräte besorgen müssen.«

»Unterwegs? Wo willst du hin?«

»Ans andere Ende der Welt«, erwiderte Kyle. »Truggot hat gesagt, daß die Aliens mein Gesicht kennen. Wenn ich irgendwo in Nordamerika an Land gehe, werden sie mich finden und die Gegend nach weiteren Überlebenden durchkämmen.« Er schwieg eine Weile. »Ich habe vor langer Zeit einem Freund ein Versprechen gegeben«, fuhr er schließlich fort, »und das werde ich jetzt endlich einlösen. Vielleicht gelingt es mir zur Abwechslung einmal, Menschen zu retten, anstatt sie zu töten.«

9.

Darwin, Australien, 7. November 2051

Kyle Larkin stand reglos am Ende des Fließbands, den Blick starr auf die Reihe der elektrobetriebenen Lastwägen gerichtet, die langsam vorrückten, regelmäßig wie ein Uhrwerk. Sobald die automatische Waage unter einem der Fahrzeuge die vorgeschriebene Lademenge an Proteinriegeln anzeigte, schlossen sich die Klappen des Hängers, der Wagen verließ die Nahrungsmittelfabrik, und der nächste nahm seinen Platz ein.

Nicht ein Muskel zuckte in Kyles Gesicht, als die schweren Schritte eines riesenhaften Fremden hinter ihm aufklangen. Die monströse Kreatur blieb dicht hinter ihm stehen und überprüfte die Kontrollanzeigen der Konsole an der automatischen Endabfertigung. Nach einer Weile ging sie weiter und trat durch eine Tür, die so niedrig war, daß sie sich bücken mußte.

In diesem Moment erwachte Kyle zum Leben. Er wirbelte herum, zog den unter seinem weiten Overall verborgenen Paraschocker hervor und eilte zu der Tür, durch die der Fremde verschwunden war. Aus den Augenwinkeln heraus registrierte er, daß niemand ihm folgte oder ihn beobachtete.

Er hatte auch nicht damit gerechnet. Seit fast zwei Wochen beobachtete er nun schon den Produktionsablauf der *Southeast Pacific Food Ltd.*, und in dieser Zeit hatte sich nichts an der Routine verändert. Die Fabrik arbeitete rund um die Uhr in zwei Schichten. Zweimal täglich wechselte die menschliche Belegschaft, alle zwei Tage die Gruppe ihrer außerirdischen Aufseher. Und die Ablösung der Fremden war gerade erst vor einer knappen Stunde erschienen.

Der Fremde hatte keine Zeit, zu reagieren, als Kyle lautlos hinter ihm durch die offene Tür glitt und schoß. Von den Strahlen des auf volle Intensität geschalteten Paraschockers getroffen, brach die massige Kreatur zusammen. Kyle war mit drei schnellen Schritten neben ihr und bestrich sie sicherheitshalber aus nächster Nähe von Kopf bis Fuß noch einmal gründlich mit den paralysierenden Strahlen. Dann stellte er den Regler der Waffe auf ein Drittel der Ausgangsleistung, schob sie unter den Overall und eilte in den angrenzenden Raum, wo die Qualitätskontrolle stattfand.

Lydia Diel hockte auf einem gepolsterten Drehstuhl vor einer Batterie von Anzeigen und wandte ihm den Rücken zu. Hinter ihr hockten ihre drei Kinder wie verwahrloste übergroße Puppen nebeneinander auf einer Bank.

Es war Kyle nicht schwergefallen, sie aufzuspüren. Noch in der GIIC-Zentrale in Montreal hatte er sich die Personaldatei seines früheren Partners Brad Diel besorgt und sich alles über dessen Familie eingeprägt. Er hatte darauf vertraut, daß die Außerirdischen in Australien nach dem gleichen Schema wie in Nordamerika vorgingen und alle werktätigen Menschen auf ihre alten Arbeitsplätze schicken würden, und er hatte Recht behalten.

»Es tut mir leid, Lydia«, flüsterte er und setzte sie mit einem kurzen Schuß außer Gefecht. Die Frau sackte auf ihrem Sitz zusammen. Kyle lud sich den schlaffen Körper über die Schultern, lief mit ihm zur Abfertigungshalle und legte ihn auf das Förderband. Ohne eine Sekunde zu verlieren, kehrte er in den Kontrollraum zurück.

Die Kinder hockten immer noch reglos auf der Bank. Kyle fragte sich erschaudernd, ob sie nicht vielleicht doch alles mitbekamen, was um sie herum geschah, und nur nicht in der Lage waren, bewußt darauf zu reagieren. Wenn ja, mußten sie die Hölle auf Erden erleben, und er konnte sich nicht vorstellen, wie irgend jemand so etwas längere Zeit ertragen sollte, ohne den Verstand zu verlieren. Er schnappte sich den Jungen, der alles willenlos mit sich geschehen ließ, und hastete mit ihm zu dem Lastwagen, der am Ende des Förderbandes wartete. Gerade verschwand Lydia zusammen mit ein paar Kartons der Proteinriegel im Hänger des Wagens. Kyle konnte nur hoffen, daß sie den Sturz ohne größere Blessuren überstand. Er verstaute den Jungen im Fußraum des Beifahrersitzes, bevor er ihm vorsorglich eine schwache Dosis der Lähmstrahlen verpaßte, um jedes Risiko auszuschalten. Der Mann hinter dem Steuer des Lasters würdigte ihn keines Blickes.

Wie Kyle schon in Montreal und später wieder in Quebec beobachtet hatte, blieben die meisten Kinder, zumindest bis zu einem Alter von rund zehn Jahren, in der Nähe ihrer Eltern. Ob dies ein trotz ihrer Lethargie funktionierendes Instinktverhalten war oder durch die mentale Beeinflussung der Außerirdischen hervorgerufen wurde, spielte letztendlich keine Rolle. Es garantierte auf jeden Fall ihr Überleben.

Kurz darauf hatte er auch die beiden Mädchen in den Lastwagen geschafft, betäubte den Fahrer, hievte ihn in eine leere Kiste, in der bereits der menschliche Aufseher lag, dessen Platz er eingenommen hatte, und klemmte sich hinter das Steuer. Es dauerte nicht lange, bis ein Kontrollämpchen auf dem Armaturenbrett anzeigte, daß der Wagen beladen war und sich die Ladeluken geschlossen hatten. Kyle holte tief Luft und fuhr langsam los.

Die Fremden, die vor dem Tor Wache hielten, ließen ihn anstandslos passieren. Er folgte der Zufahrt bis zur Kreuzung, wo er nach rechts in Richtung Hafengelände abbog. Wenn alles wie geplant ging, würden mindestens vier Stunden vergehen, bevor in der *Southeast Pacific Food Ltd.* Alarm geschlagen wurde. Zeit genug für ihn, Lydia und die Kinder in die Tauchlinse zu verfrachten, die im Jachthafen von Darwin auf Grund lag, und aufs offene Meer hinauszufahren.

Wären die Straßen nicht fast menschenleer gewesen, hätte Darwin einen nahezu idyllischen Eindruck gemacht. Die Stadt im Norden Australiens schien von Kampfhandlungen weitestgehend verschont geblieben zu sein. Auch die Spuren von Wandalismus hielten sich in Grenzen. Nur die verwilderten Gärten und Parkanlagen verrieten deutlich, daß hier schon seit Monaten kein Mensch mehr für Ordnung sorgte. Trotzdem schien Australien vergleichsweise glimpflich davongekommen zu sein.

Vor dem Hafengelände fädelte sich Kyle auf die Ausfallstraße nach Westen ein. Dies war die letzte kritische Phase seines Unternehmens. Zwar waren die Lastwägen äußerlich nicht gekennzeichnet, aber er hatte keine Ahnung, ob die Außerirdischen ihre Routen nicht doch irgendwie kontrollierten.

Der Jachthafen war menschenleer, und auch von den Fremden

war nichts zu sehen. Noch bevor Kyle den Wagen direkt an die Kaimauer steuerte, schickte er das Signal an die Tauchlinse ab, die sie an die Wasseroberfläche steigen ließ. Er benötigte nicht einmal fünf Minuten, Lydia und die Kinder in das Mini-U-Boot zu schaffen und den Transporter in einem Werfthangar zu verstecken. Als er zwei Stunden später das offene Meer erreicht hatte, wußte er, daß die Befreiungsaktion gelungen war.

Zum ersten Mal seit Wochen glitt ein Lächeln über sein Gesicht. Er hatte sein Versprechen, das er Brad Diel kurz nach der Invasion der Außerirdischen gegeben hatte, eingelöst.

*

Old Fellow's Farm nahe Bettystown, 10. November 2051

Xiao Feng richtete sich von ihrem Gemüsebeet auf und wischte sich den Schweiß von der Stirn.

Das Leben auf der verlassenen Farm, rund 500 Kilometer südlich von Darwin im australischen Outback, hatte etwas Unwirkliches und trügerisch Beruhigendes an sich. Manchmal schien es ihr, als befände sie sich auf einem anderen Planeten.

Kyle, der die Gegend von einem früheren Jagdausflug kannte, hatte die Farm für sie und Becky als permanente Bleibe ausgesucht. Das große rustikale Haus und seine Nebengebäude waren mit moderner Technik eingerichtet, mit allem ausgestattet, was das Herz begehrte, und offensichtlich bereits vor Monaten verlassen worden. Der Keller war mit Lebensmitteln vollgestopft, ein großer Garten und ein Feld lieferten Getreide, Obst und frisches Gemüse, ein Brunnen klares und kühles Wasser. Auf einer riesigen Weide grasten Schafe, und eine Schar freilaufender Hühner mußte sich tüchtig vermehrt haben, seit dieser idyllische Ort von seinen Besitzern verlassen worden war.

Kyle hatte Xiao und Becky geholfen, sich häuslich einzurichten, und war dann, von seiner Unruhe getrieben, nach Darwin aufgebrochen, um zu versuchen, Lydia Diel und ihre Kinder zu befreien.

Und nun kehrte er mit ihnen zurück, wie er den beiden Frauen durch einen kurzen Funkspruch mitgeteilt hatte.

Xiao betete, daß der Erfolg seiner Mission helfen würde, die tiefen inneren Wunden zu heilen, an denen er zu zerbrechen drohte. Und als Kyle gegen Abend mit einem Geländefahrzeug eintraf, in dem Lydia Diel und ihre Kinder wie Marionetten saßen, lächelte er einen Moment lang sogar und zeigte wieder so etwas wie neuen Lebensmut.

Doch diese Phase währte nicht lange.

*

Eine Woche später

»Was du vorhast, ist sinnlos«, sagte Xiao eindringlich. Sie saß mit Kyle auf der Veranda. Die Sonne sank dem Horizont entgegen, und die Schatten wurden länger. Becky kümmerte sich um ihre Schutzbefohlenen. Seit Lydia und die Kinder dem Einflußbereich der Aliens entkommen waren, mußten sie wie Säuglinge gefüttert, gewickelt und gewaschen werden, um nicht zu verhungern und gänzlich zu verwahrlosen, aber allmählich begannen sie bereits, selbständig wieder Nahrung zu sich zu nehmen.

»Mag sein«, räumte Kyle ein. »Aber wenn ich tatenlos hier herumsitze, werde ich verrückt.«

»Du hast hier eine wichtige Aufgabe«, erwiderte Xiao ernst. Sie strich leicht über seinen gebräunten Arm. Wie immer zuckte er kaum merklich zusammen, als fürchtete er sich vor jeder körperlichen Nähe. »Hier leben jetzt fünf Menschen, die deine Hilfe benötigen.« *Und ein sechster, der noch dringender als alle anderen Hilfe benötigt*, fügte sie in Gedanken hinzu.

»Du und Becky, ihr kommt schon allein zurecht«, murmelte er zerstreut. Er machte eine unbestimmte Geste. »Ich kann da draußen nützlicher sein.«

»Du allein gegen eine außerirdische Streitmacht?« fragte sie mit einem Anflug von Schärfe. Aber sie wußte, daß er allein bleiben würde. Nach Truggots Verrat würde er nie wieder bewußt einen anderen Menschen in Gefahr bringen. Er würde als Einzelkämpfer durch die Welt ziehen und Anschläge auf die Invasoren verüben, bis sie ihn eines Tages erwischten. Und dieser Tag würde nicht mehr fern sein, denn unbewußt sehnte sich Kyle danach, zu sterben.

Als Sühne für sein Versagen.

»Ja«, sagte er wortkarg.

*

An diesem Abend mischte Xiao ihm ein Schlafmittel ins Essen.

Sie hatte den leistungsfähigen Suprasensor der Farm schon vor Wochen mit den erforderlichen Programmen gefüttert.

Eine allgemeine Gedächtnislöschung durchzuführen, war kein komplizierter Vorgang. War die Prozedur erst einmal eingeleitet, lief sie praktisch von allein ab. Alles, was Xiao dazu wissen mußte, hatte sie auf Kyles Vorschlag hin von Sheila während ihrer Zeit in der Tiefseekuppel erfahren.

Als Kyle eingeschlafen war, verpaßte sie ihm das Hypnotikum, das ihn auf den Eingriff vorbereitete. Er regte sich leicht, murmelte etwas Unverständliches vor sich hin und erschlaffte mit einem leisen Seufzen. Sie strich ihm sanft über die Stirn, dann setzte sie ihm die Multi-Enzephalo-Haube auf und schloß sie an den Suprasensor an.

Um auch seine intensivsten und schmerzlichsten Erinnerungen an das letzte halbe Jahr löschen zu können, mußte sie ihm fünf Jahre seines Lebens stehlen. Doch sie würde das automatisch angefertigte neuronale Protokoll des Eingriffs für den Fall aufbewahren, daß die Außerirdischen die Erde irgendwann wieder verließen und die Menschen aus ihrer geistigen Versklavung erwachten. Und wenn nicht… nun, dann spielte es ohnehin keine Rolle. Xiao machte sich nichts vor. Sie würden nicht ewig unbemerkt als Einsiedler auf einem annektierten Planeten überleben können. Aber sie war fest entschlossen, die Zeit, die ihnen blieb, für Kyle so angenehm wie möglich zu gestalten.

Sie blieb neben seinem Bett sitzen und hielt seine Hand, während er Schritt für Schritt in eine glücklichere Vergangenheit hineinglitt.

Epilog

Kyle Larkin erwachte in einem weichen Bett. Er fühlte sich seltsam matt und orientierungslos.

Um ihn herum herrschte Halbdunkel. Er stützte sich auf einem Ellbogen hoch und blinzelte.

Der Raum, den er wie durch einen Schleier wahrnahm, war ihm völlig fremd. Ebenso das Mädchen, das neben ihm lag. Doch als er verwirrt den Kopf schüttelte und ein heiseres Krächzen aus staubtrockener Kehle ausstieß, drehte sich das Mädchen zu ihm um, und er sah, daß es eine junge Frau war.

»Wo... wo bin ich?« stammelte er und mußte sich räuspern.

»Scht!« machte die junge Frau, setzte sich schnell auf, griff nach dem Nachtschränkchen neben dem Bett, und sofort flammte gedämpfte Beleuchtung auf. Sie reichte ihm ein Glas, das er durstig leerte.

»Wer bist du?« fragte er und gab ihr das Glas zurück.

Sie blickte ihn aus dunklen mandelförmigen Augen besorgt an. »Xiao«, sagte sie mit sanfter Stimme und schenkte ihm aus einer Karaffe nach. »Du erinnerst dich nicht an mich?«

Er runzelte die Stirn und dachte angestrengt nach. »Nein«, bekannte er schließlich.

Xiao lächelte ihn traurig und zärtlich zugleich an. Dann beugte sie sich über ihn und küßte ihn beinahe schüchtern. Kyle war so überrascht, daß er es ohne Gegenwehr geschehen ließ.

»Ich bin deine Frau«, erwiderte sie leise.

*

Es dauerte lange, bis Kyle sich in seiner neuen Welt zurechtfand. Er hatte mehr als fünf Jahre seiner Erinnerungen verloren, und

Xiao erzählte ihm, was in der Zwischenzeit geschehen war. Von der Invasion der Außerirdischen, von der geistigen Versklavung fast der gesamten Menschheit. Vom Kampf der wenigen Immunen gegen die Fremden und einem Angriff auf eine Stadt in der Nähe, durch den er sein Gedächtnis verloren hatte.

Er erfuhr, daß er es gewesen war, der Xiao und Becky zuvor mit einem kleinen U-Boot um die halbe Welt gefahren hatte, um sie in Sicherheit zu bringen und die Frau und Kinder eines im Kampf gefallenen Freundes aus der Gewalt der Aliens zu befreien.

Einiges erschien ihm merkwürdig falsch, und obwohl er von Anfang an eine natürliche Vertrautheit Xiao gegenüber empfand, konnte er es sich einfach nicht vorstellen, daß er sie geheiratet hatte. Sie schien ihm viel zu jung zu sein, fast noch ein Kind, sie war eine multiple Persönlichkeit, auch wenn sie damit mittlerweile umzugehen gelernt hatte, und sie entsprach so ganz und gar nicht den Partnerinnen, an die er sich erinnerte.

Doch während die Wochen und Monate ins Land gingen und er sich an das einsame Leben auf dieser abgelegenen Farm gewöhnte, wurde aus dem Gefühl der Vertrautheit mehr, und mit der Zeit begann er, Xiao zu lieben. Die tägliche Arbeit, die Verantwortung für Lydia und ihre Kinder und die ständige Vorsicht, die sie walten lassen mußten, um einer Entdeckung durch die Fremden zu entgehen, hielten ihn davon ab, Erkundungen in den umliegenden Ortschaften anzustellen.

Als der Tag kam, an dem ein ringförmiges Raumschiff die Erde erreichte, als die monströsen Fremden, die er nur aus den Suprasensordateien kannte, die er aus seiner alten Heimat mitgebracht hatte, sich buchstäblich wie ein Morgennebel in der Sonne verflüchtigten, als die Menschen überall auf der Welt Schritt für Schritt aus ihrer Lethargie gerissen wurden, hörte er zum ersten Mal von Ren Dhark und dessen Mitstreitern, und er begriff, daß eine neue Zeit für die Erde angebrochen war.

Dann kam der Tag, an dem Xiao ihm unter Tränen beichtete, was sie getan hatte. Doch als der anfängliche Schock abgeklungen war, erkannte Kyle, daß er sie nicht dafür hassen konnte. Sie hatte ihm das Leben gerettet, ihn davor bewahrt, einen sinnlosen Tod zu sterben, und ihm so die Möglichkeit gegeben, an dem aufregenden

Abenteuer teilzunehmen, das der Menschheit nach ihrer Wiederauferstehung bevorstand.

ENDE

Ren Dhark - Programm

Kurt Brand schuf von 1966 bis 1969 die Heftserie **Ren Dhark.** Für die HJB-Buchausgabe wird der SF-Klassiker bearbeitet und im Drakhon-Zyklus und in Sonderbänden fortgeschrieben, denn in den Tiefen des Alls ist das Rätsel der Mysterious noch immer zu lösen...

Bereits erschienen und noch lieferbar:

1. Zyklus (die alte Heftserie)
Buchausgabe (352 Seiten), DM 29,80

Bd. 1 „Sternendschungel Galaxis"
Bd. 2 „Rätsel des Ringraumers"
Bd. 3 „Zielpunkt Terra"
Bd. 5 „Die Hüter des Alls"
Bd. 6 „Botschaft a. d. Gestern"
Bd. 7 „Im Zentrum der Galaxis"
Bd. 8 „Die Meister des Chaos"
Bd. 9 „Das Nor-ex greift an"
Bd. 10 „Gehetzte Cyborgs"
Bd. 11 „Wunder d. bl. Planeten"
Bd. 12 „Die Sternenbrücke"
Bd. 13 „Durchbruch n. Erron-3"
Bd. 14 „Sterbende Sterne"
Bd. 15 „Das Echo des Alls"
Bd. 16 „Straße zu den Sternen"

Sonderausgaben des 1. Zyklus
(inhaltsgleich mit 1. Zyklus, lediglich anderes Cover)
Buchausgabe (352 Seiten), DM 19,80

Bd. 4 „Todeszone T-XXX"
Bd. 5 „Die Hüter des Alls"
Bd. 6 „Botschaft aus dem Gestern"

Sonderbände
Buchausgabe (192 Seiten), DM 19,80

(1) „Die Legende der Nogk"
(2) „Gestrandet auf Bittan"
(3) „Wächter der Mysterious"
(4) „Hexenkessel Erde"
(5) „Der Todesbefehl"
(6) „Countdown zur Apokalypse"
(7) „Der Verräter"

Drakhon-Zyklus (die Fortsetzung des 1. Zyklus)
Buchausgabe (352 Seiten), DM 29,80
Bd. 1 „Das Geheimnis der Mysterious“

In Vorbereitung:
Ende Juni 2000 erscheinen Ren Dhark - Drakhon Zyklus Band 2 „Die galaktische Katastrophe“ und ein neuer Sonderband (8).

Weitere Bände erscheinen im Abstand von drei Monaten

SPECIALS FÜR DEN REN DHARK FAN

Ren Dhark Cap
HJB, schwarzer Stoff, gelber Schriftzug, DM 19,80
Die optimale Kopfbedeckung für den harten Ren Dhark - Fan. Größe verstellbar. Gute Qualität. Originallogo auf Frontseite.

Ren Dhark Magazin
HJB, Nr.1, 48 Seiten, A4, erscheint unregelmäßig, DM 9,80
Nr. 2 erscheint ca. Ende 2000

Ren Dhark Kunstdruck „Point Of “
HJB, Format 46 x 62 cm, DM 19,80
Die PO auf Kunstdruckpapier (Motiv von „Gestrandet auf Bittan“)

Modell der POINT OF (2. Edition)
HJB, Ringdurchmesser 9,6 cm, Länge 14 cm, bemalt, DM 118,-
Die 2. Ed. (Auflage: nur 98 Ex.) der PO in kleinerem Maßstab.

Ren Dhark „Projekt 99“
RDC, Nrn. 99-115, Heft, ca. 60 Seiten, A5, DM 9,80
Die RD - (Fan)Fortführung des RD Clubs im Heft. Nicht identisch mit der HJB - Fortschreibung! Alle ca. drei Monate ein neues Heft.

HJB Verlag, Postfach 22 01 22, 56544 Neuwied
Tel. 0 26 31 – 35 48 32, Fax 0 26 31 – 35 61 02

www.ren-dhark.de